Gurnah Collection
◎
グルナ・コレクション

Paradise
Abdulrazak Gurnah

楽園

アブドゥルラザク・グルナ
粟飯原文子 訳

白水社

楽園

サルマ・アブダラ・バサラマに

楽園　目次

装丁　成原亜美
装画　田上允克

壁に囲われた庭

1

まずは少年。名はユスフ。十二歳で突然、家を離れることになった。干ばつの季節で、毎日が同じ繰り返しだったのを覚えている。思いがけなく花が咲いたり、枯れたりした。岩陰から風変わりな虫がそそくさと這い出し、焼けつく日差しのもとで悶え死ぬ。灼熱の太陽に照らされて、遠くの木々が揺らめき、立ち並ぶ家が震え、喘ぐ。足を踏みしめるごとに砂埃が舞いあがり、日中は深い静寂に満ちる。乾季ならではの時間が蘇った。

そのころ、ユスフは鉄道の駅で二人のヨーロッパ人を目にした。はじめてのことだ。とにかく最初のうちは、怖いと思わなかった。しょっちゅう駅に足を運んでは、鉄道が音をたてて優雅に滑り込むのを見守り、再び発車するまで待った。しかめ面のインド人の信号手が旗と笛で先導する。たいていユスフは列車の到着を何時間も待った。二人のヨーロッパ人も待っていた。帆布の日除けの下にたたずみ、数歩先には旅行鞄や高価そうな品々がきれいに積んである。男性は大柄だ。背が高いので日除けにぶつからないよう頭を低くしている。女性は日陰の奥にいて、つややかな顔が二つの帽子に少し隠れている。白いフリルのブラウスは首もとと手首でボタンが留めてあり、長いスカートは靴にかかっている。同じく上背があって大柄だが、印象はちがう。女性はぽってりして柔らかで、形を変えられそうな感じがする。男性は一片の木を彫り出したみたいだ。二人は赤の他人のように別々の方向を見つめている。ユスフが凝視していると、女性は唇にハンカチをあてて、乾いた皮をなにげなくこすり落とした。男性の顔はまだらに赤い。狭苦しい駅舎にゆっくり視線を動かして、鍵の掛かった木造の倉庫、黄色地に怒れる黒い鳥が描かれた巨大な旗に見入る。ユスフは一部始終をじっくり観察できていた。男性は向きを変え、じろじろ見ている少年に気づく。とっさに目を逸らしたが、また視線を戻してしばらく睨みつける。ユスフの目が釘づけになる。男性はいきなり歯をむいて、ふいに大声をあげ、指をわけのわからない形に丸めた。ユスフは警告を受けて逃げ出した。教わったとおりの呪文を口にする。思いもかけないときに神の助けが必要になったら唱える文句だ。

ユスフが家を離れたのは木食い虫が裏口の柱にはびこった年でもある。父はそばを通るたびに怒って柱をたたき、お前たちの企みはお見通しだと思い知らせるのだった。虫が梁に残す跡は、干あがった川床に動物が掘り返す穴と似ている。ユスフが柱をたたくと低く虚ろな音が響いて、腐った木の粉が飛び散った。なにか食べたいとぼやくと、母に虫を食べたらどうなのと言われた。

「おなかがすいた」ユスフは母に泣きつく。素朴な不満を並べたてる際にも、年とともにますます荒々しい口調になっていた。

「木食い虫を食べなさいよ」母はそう応じて、ほとほとうんざりだと言わんばかりの息子の大げさな表情を見て笑った。「ほら、いつでも好きなときにお腹いっぱい食べなさい。止めたりしないから」

いい加減、世の中には嫌気がさすよ、とため息をついてみせて、ユスフはいかに母の冗談がくだらないかあてこすろうとした。家では骨を食べることもあった。母が煮込んだ味の薄いスープの表面にはぎとぎとした色と脂が浮いて、底にはぶよぶよの黒い骨髄が沈んでいる。最悪の場合にはオクラのシチューしかなかったが、どんなに腹が減っていても、ユスフはあんなねばねばの汁を飲み込めなかった。

ちょうどそのころ、アズィズおじさんも訪ねてきた。おじさんの滞在は短く、ごく稀で、いつも大勢の旅人、荷担ぎ、楽士を引き連れていた。海から山へ、湖や森へと進み、内陸の乾いた平原やむき出しの岩山を越える長旅の途中で立ち寄るのだった。遠征にはしばしば太鼓、タンブーリ（インドの弦楽器）、角笛、スィワ（彫刻と装飾の施された長さ二メートルほどの象牙の角笛）をともなう。大行列が町にやってくると、動物は慌てて逃げ出し、子どもたちは手がつけられないほどにはしゃぎまわる。アズィズおじさんは馴染みのない独特の香りを漂わせていた。動物の皮や香水、ゴムや香辛料の匂いが入り混じり、もうひとつ、出所がはっきりしない匂いはなにやら危険なものを連想させた。例のごとく、上質な薄い綿布のゆったりとしたカンズ（アラブ商人がもたらした白い綿布のくるぶし丈の衣服）をまとい、かぎ針編みの小さな帽子をあみだにかぶっている。洗練された雰囲気と礼儀正しく感情を表に出さない態度は、夕方近くに散歩している人か夜の礼拝に出かける信徒を思わせる。棘だらけの茂みや毒を吐くヘビの巣を抜けて慎重に前進していく商人にはとうてい見えない。到着時の熱気に包まれて、大量の荷物が乱雑に転がっていても、疲れ果てた騒々しい荷担ぎや用心深く抜け目ない商人たちに囲まれていても、おじさんは落ち着いてくつろいだようすを保っていた。とはいえ今回はひとりでやってきた。

ユスフはアズィズおじさんの訪問を楽しみにしていた。父は言っていた。おじさんは裕福で名高い商人——タジリ・ムクブワ（スワヒリ語で「金持ちのお偉いさん」の意）——なので、立ち寄ってもらえるのは名誉なことだ。でもそれだけではないぞ。もちろん名誉なことに変わりはないが、ありがたくもある、と。アズィズおじさんはうちに来ると必ず十アンナ硬貨（英領インド・ルピーの下の単位の硬貨）をくれた。ユスフはなにも求められない。ちょうどいい時間に姿を見せればいいのだ。おじさんはユスフを呼んで、にっこり笑い、硬貨を握らせてくれる。毎回、ユスフも微笑み返したくなるのだが、どうもよくない気がして思いとどまった。おじさんの輝くばかりの肌、謎めいた香りにうっとりする。おじさんが発って数日しても、香水の匂いは残っていた。

滞在三日目になり、アズィズおじさんの出発が間近に迫っているのは明らかだった。台所はいつになく慌ただしく、いろんな匂いが混じり合っている。ごちそうにちがいない。こんがり甘く炒めた香辛料、ぐつぐつ煮えているココナッツのソース、発酵させたパンに平たいパン、焼いたビスケットに茹でた肉。まる一日、ユスフは家からあまり遠くに行かないようにしていた。母が料理を手伝ってほしいとか、味見してほしいとか言ってくるかもしれない。こういうことに関してユスフの意見は尊重されていたのだ。あるいは、母はソースをかき混ぜるのを忘れたり、熱した油がじゅうじゅういっているのに野菜を入れる頃合いを逃したりするかもしれない。これがなかなか厄介な問題だ。台所には目を光らせていたいけれど、ぶらぶら見張りをしているのを目撃されても困る。そうなると、ぜったいにあとからあとから用事を言いつけられてしまう。それ自体まずいというのに、アズィズおじさんにさよならを言いそびれてしまいかねない。十アンナ硬貨をもらえるのは決まっておじさんが出発するときなのだ。おじさんは手を差し出してキスを待ち、ユスフが手の上に屈み込むと頭のうしろをなでる。そして、慣れたやり方で硬貨をそっとわたしてくれる。

父はたいてい昼過ぎまで仕事をしている。アズィズおじさんと一緒に帰ってくるはずだとユスフは踏んでいた。とすれば時間はたっぷりある。父は宿屋を営んでいた。ひと儲けして名を成そうとさまざまなことをやってみた結果、この商売に行き着いた。気が向けば、成功すると思った別の商売の案を家であれこれ聞かせてくれて、馬鹿馬鹿しい笑い話に仕立てた。でなければ、父は失敗続きの人生のこと、なにをやってもうまくいかないことをぶつくさこぼしていた。小さな町のカワに暮らして四年。宿屋というのは二階に清潔なベッド四台を備えた食堂だ。ここに来る前は南部に住んでいて、農業が盛んな地域の田舎町で商店をやっていた。ユスフは緑の丘、遠くにうっすらと見える山並みを思い出す。絹糸の刺繡入りの帽子をかぶった老人が店先の舗道で丸椅子に腰をおろしている光景も目に浮かぶ。一家がカワに引っ越してきたのは景気に沸いていたからだ。ドイツ人が町を拠点に内陸の高地まで延びる鉄道路線を建設していた。ところが好況はすぐに終わり、いまや鉄道が停車しても木材と水を積んでいくだけだ。アズィズおじさんは前回の旅で、カワまで鉄道を使い、その後徒歩で西に赴いた。次回にはできる限り列車で移動してから、北西か北東の経路をとるつもりだと話していた。あのあたりではまだいい商売ができる、と。ユスフはときおり、この町はじきに丸ごとだめになるなと父がぼやくのを耳にした。

沿岸地域への列車は夕方に出発する。ユスフはアズィズおじさんがこの便に乗ると予想していた。おじさんのようすから、なんとなく帰路につくところだと思えたのだ。でも他人のことはわからない。ひょっとすると、山岳地帯に向かう上り列車に乗るのかもしれない。それなら出発は午後の半ばになる。ユスフはどちらに転んでもいいように心づもりをしていた。父からは、正午の礼拝が終わったら、午後には宿屋に顔を出しなさいと言われていた。商売を学んで一人前になれと説いていたのだが、実際には調理場の手伝いと清掃を担い、客に給仕する二人の青年を休ませるためだった。宿屋の料理人は酒を飲んで悪態をつき、目に入った者を見境なく罵倒した。ただしユスフだけは別だ。延々と口汚く罵っている最中にも、ユスフを見かけると、急に黙って笑顔になった。それでもユスフは料理人の前では怖くて震えあがった。あの日、宿にも行かず、正午の礼拝もすっぽかした。昼日中の猛暑の時間帯に、わざわざだれも探しに来たりしないだろうと思ったのだ。裏庭の鶏小屋のうしろで日陰にこっそり隠れていたら、やがて昼さがりの砂埃とともに息の詰まるような臭いがたちこめてきたので急いで逃げ出した。そこで家の隣の暗い木材置き場に身を潜めた。半円形の藁ぶき屋根があり、濃い紫色の影ができる場所だ。トカゲが用心深くちょろちょろ忍び寄る音に聞き耳をたてながら、十アンナ硬貨の機会を逃さないよう注視していた。

　ユスフはしんとした薄暗い木材置き場に不安を感じなかった。ひとりで遊ぶことに慣れていたのだ。父は息子が家から遠いところで遊ぶのを嫌った。「まわりは野蛮人だらけなんだぞ。あいつら野蛮人《ワシェンズィ》は神を信じないで、木や石に宿る精霊や悪魔を崇めている。幼い子どもを連れ去るのがなにより楽しみで、さらった子を意のままに扱う連中だ。もしくは、なんの気遣いもないやつら、ごろつきか、ごろつきの子どもだ。ほったらかしにされて、野犬に食われるがままにされるぞ。この近くの安全な場所にいなさい。必ずだれかが見守っていてくれる」近所に住んでいるインド人商店主の子どもと遊ぶほうがまだいいと父は思っていた。ただ、ユスフがインド人の子どもたちに近づいていこうとすると、砂を投げつけられ馬鹿にされた。「やーい、奴隷《ゴロ》、奴隷《ゴロ》（グジャラーティー語で黒人男性への侮辱を表す語）」と囃したてられ、唾を吐かれるのだ。ときには、木陰や家の風下側でたむろしている年長の少年たちに交じって腰をおろした。冗談を言って笑ってばかりいるので、ユスフはこの子たちといるのが好きだった。親は日雇い《ヴィバルア》の仕事に就き、ドイツ人のもとで線路の敷設工事をしたり、線路の末端で出来高払いの仕事をしたり、旅人や商人の荷物持ちをしたりしていた。働いた分しか賃金を得られず、仕事にありつけない場合もある。しっかり働かないとドイツ人に吊るし首にされる、と少年たちが言うのをユスフは聞いたことがあった。若すぎて吊るし首にできないのなら、タマを切り落とされてしまうんだとか。ドイツ人は怖いもの知らず。やりたい放題で、だれにも止められない。ある子はこんなことを語った。父さんが言ってたよ。ドイツ人が赤々と燃える火のなかに手をつっこんでも火傷ひとつしなかったのを見たって。まるで亡霊みたいだったたって。

　少年たちの親の日雇い労働者《ヴィバルア》は、カワの北に位置するウサンバラ山地、美しい湖から山地の西側にかけて、戦争で荒れ果てたサバンナから南部にかけて、あちこちから来ていた。そして大半が沿岸地域から移ってきていた。みんな親のことを笑った。仕事歌を嘲り、親が家に持ち帰る不快な酸っぱい臭いの話を比べ合った。親の出身地をでっちあげ、へんてこで下品な名前をつけて、互いに悪口を言ってからかった。取っ組み合いの喧嘩をして、怪我するまで投げたり蹴ったりもした。年長の子たちはあわよくば使用人や使い走りをやっていたが、たいていはだらだら過ごし、食べ物を漁り、成長して一人前の男の仕事ができるくらい強くなるのを待っていた。ユスフは仲間に入れてもらえたら、傍らに座って会話に耳を傾け、使いにも行った。

　少年たちは暇つぶしに噂話やトランプに興じた。ともに過ごしていて、ユスフは赤ん坊がペニスにいるとはじめて聞いた。男が子どもを欲しくなれば女の腹に赤ん坊を入れる。女の腹のなかはじゅうぶん広いので、赤ん坊が育つというわけだ。この話を信じがたいと思ったのはユスフだけではない。みんなでああでもないこうでもないと意見をぶつけ合っていると、しまいには外に出して長さを測り出した。たちまち赤ん坊のことはどうでもよくなり、性器が興味の対象になる。年長の子たちは得意げに見せびらかして、無理やり年下の子の小さなあそこ《アブダラ》を晒して笑いものにした。

キパンデ（スワヒリ語で「木切れ」の意。木片をボールのように打って遊ぶ子どものゲーム）をやって遊ぶこともあった。ユスフは幼いので打者になれなかった。打順は年齢と力にもとづいて決まるからだ。参加させてもらえたときには、野手に交じって、砂埃の舞いあがる広場を横切り、飛んでくる木切れを夢中になって追いかけた。一度、通りで素っ頓狂な声をあげてキパンデを追う子どもたちと一緒に走っていたら、父に見られてしまった。厳しい非難の目を向けられ、平手打ちを食らい、家に帰された。

ユスフはキパンデを作って、ひとりでも遊べるやり方を編み出した。自分が選手全員になりきるので、いくらでも打者をやれる。家の前の道を行ったり来たりして駆けまわり、興奮して大声をあげて、できるだけ高く球を打ちあげ、たっぷり時間をかけて落下点に入るのだった。

2

そういうわけで、アズィズおじさんの出発の日、ユスフにとっては、十アンナ硬貨に狙いをつけて、二、三時間の暇をつぶすくらいなんともなかったのだ。午後一時に父とおじさんは連れだって帰ってきた。家に続く石だらけの道をゆっくり近づいてくると、澄んだ日差しを受けて体がかすかに光っていた。二人とも、無言でうつむいて歩き、暑さのために背を丸めている。客間のとびきり上等な絨毯の上にはすでに二人分の昼食が並べられている。ユスフは仕上げの段階で手を貸し、見栄えがするようにいくつか皿の位置を整えて、疲れきった母から感謝のこもった大きな笑みを向けられた。客間にいるあいだ、ここぞとばかりにごちそうを念入りに見まわす。羊の挽肉と鶏肉の二種類のカレー。最高級のペシャワール米、ギー（バターを溶かして脂肪分だけを取り出したもの。南アジアで古くから使われる）でつやつやして、レーズンとアーモンドが散らしてある。ふっくらしていい香りのするマンダズィやマハムリ（どちらも東アフリカの揚げパン）は布で覆ったかごから溢れそうだ。ほうれん草のココナッツソース。豆の煮込み。料理を終えたあとの残り火で炙った干し魚。ユスフは当時食べていた粗末なものとは大違いの贅沢な食事をしげしげと眺め、食べたくて食べたくてたまらなくなり、泣きそうになった。母は息子の態度に眉をひそめたが、とてつもない悲壮感が顔に漂うのを目にして、とうとう声をたてて笑った。

　父とアズィズおじさんが席につくと、ユスフは真鍮の水差しと器を持ち、清潔な麻布を左腕に掛けて入っていった。ゆっくりと水を注ぎ、まずおじさんが、次に父が手を洗った。アズィズおじさんのような客を迎えるのはいいものだ。とてもいいものだ。用があればいつでも出ていけるように、客間の扉の外にしゃがんでいるとき、ユスフはそんなことをつらつら考えた。ほんとうなら部屋に残って見ていたかったのだが、父に怖い目で睨みつけられ、追い出されてしまった。おじさんの滞在中はいつもいいことがある。おじさんは宿に泊まっても、三度の食事は家でとる。つまり、食事が済めば、心躍るごちそうのおこぼれにありつける。ただし、母が先に見張っていたら、ほとんどはご近所におすそわけするか、みすぼらしいなりをした物乞いの腹に入ることになる。この人たちはときどき戸口にやってきてはもごもごなにか言って、憐れっぽく神を讃えるのだ。好きなだけたらふく食べるよりも、ご近所や貧しい人にあげたほうがいいでしょ、と母に諭された。ユスフは納得がいかなかったものの、善いおこないをすれば善い報いがあるのよ、とも言われた。母の鋭い口調からすると、これ以上口答えをしたら、また延々と説教されることになる。コーラン学校の先生から聞かされているのでもうたくさんだった。

　ユスフには食べ残しを分けてもいいと思う物乞いがいた。名前はモハメド。甲高い声のしなびた男で、腐肉の臭いがした。ある日の午後、家の脇に座り、壊れた外壁から赤い土をすくってほおばっていた。シャツは汚れて染みだらけ、ユスフが見たこともないほどぼろぼろの半ズボンをはいて、帽子の縁は汗と土で焦げ茶色になっていた。ユスフは数分間じっと観察して、こんなに汚い人を見たことがあったかどうか思い巡らし、それからキャッサバ（熱帯の低木。根茎部分は食用となる）の残りが入った鉢を取りに行った。モハメドは涙ながらに感謝をつぶやいて何口か食べると、悲惨な人生は大麻のせいだと打ち明けた。昔は裕福だった。灌漑《かんがい》された土地を持ち、家畜を飼い、愛情を注いでくれる母親もいた。日中は大切な土地を力を尽くして忍耐強く耕した。夜になると、母親と並んで腰をおろし、母が神を讃えて、偉大な世界の驚くべき物語を語ってくれるのを聞いた。

　そこへ突然、悪が襲いかかった。強烈な悪の力に呑み込まれ、大麻を手に入れたい一心で母親も土地も見捨てた。いまじゃほうぼうをうろついて蹴りを食らったり、土を食べたりしている。これまで散々放浪してきたが、このキャッサバにありつくまで、母の料理のような申し分のない食べ物を口にしたことはなかったかもしれない。二人で家の脇の壁にもたれて座り、モハメドは旅の話をたくさんしてくれた。甲高い声が生き生きし、しわくちゃの若い顔に笑みが広がり、欠けた歯を見せてにやりとした。「俺を反面教師にするんだぞ。いいか、大麻はぜったいにだめだ、ぜったいだぞ！」モハメドが長居をしたためしはなかったが、ユスフはいつも喜んで会い、最新の冒険の話を聞いた。なによりも、ウィトゥの南の灌漑地や幸せだったころの暮らしについて聞くのが好きだった。次に気に入っていたのは、モハメドがはじめてモンバサの狂人の家に連れていかれたときの話。「神にかけて《ワッラーヒ》、嘘じゃない。俺は狂人扱いされたんだ！信じられるか?」狂人の家では口に塩を詰め込まれて、吐き出そうとしたら顔をひっぱたかれた。塩の塊が口のなかで溶けて腹を蝕むあいだ、おとなしく座っていればそっとしておいてもらえた。モハメドは拷問のようすを身震いしつつも、おもしろおかしく語った。ユスフが嫌いな話もあった。石を投げられて死んだ盲目の犬を目撃した話、残酷な仕打ちを受けた子どもたちの話。かつてウィトゥで知り合った若い女性の話も聞いた。母は結婚してほしかったらしいけどな、とモハメドは言って虚ろな笑みを浮かべた。

最初のうち、ユスフはモハメドのことを隠しておくつもりでいた。母にばれたら追い払われてしまうのではないかと案じたのだ。ところが、母が姿を見せるたびに、モハメドはぺこぺこ媚びて、涙交じりに感謝を述べるので、すぐに母の贔屓の物乞いになった。「お母さんを大切にしろよ、ぜったいだぞ！」と母に聞こえるように、泣き声で訴えるのだった。「俺を反面教師にするんだぞ」のちに母は説いた。賢人や預言者や君主が物乞いに身をやつして、ごく普通の人や恵まれない人と交わろうとする。まったくない話ではないのよ。常に敬意をもって接するのが一番ね。ユスフの父が現れると、モハメドは恭しくへつらいの言葉を口にして、腰をあげて去るのだった。

いつだったか、ユスフは父の上着のポケットから硬貨をくすねたことがあった。なぜそんなことをしたのかはわからない。父が仕事から帰ってきて手を洗っているうちに、両親の部屋の釘に掛かっていた悪臭のする上着に手を突っ込んで、硬貨を取った。前もって企んでいたわけではない。あとで確かめてみたら、なんと一ルピー銀貨だった。こんな大金を使うのが怖くなった。見つからなかったことに驚いて、戻しておこうという気になった。何度かモハメドにあげようとも考えたが、注意されたり咎められたりするかもしれないので思い直した。一ルピー銀貨はユスフがこれまでに手にした最高の額だ。とにもかくにも、壁の下の割れ目に隠し、ときどき棒切れでつついて端だけを出してみた。

3

アズィズおじさんは客間で午後を過ごし、昼寝をした。ユスフにとって、こんなに待たされるのはじれったくもどかしい。父も日々の食後の習慣で自室に引っ込んでしまった。どうして揃いも揃って法に従うみたいにわざわざ昼間に眠りたいのか、ユスフには理解できなかった。しかも昼寝を休憩などと言っている。母ですら部屋に入ってカーテンを閉め、居眠りすることがあった。ユスフも一度や二度試してみたものの、退屈でたまらなくなり、それきり起きあがれなくなるのではないかと不安になった。二度目に試して、死とはこういう状態ではないかと考えた。目を覚ましたままベッドに横たわっているが、ぴくりとも動けない。まるで罰を与えられているかのように。

アズィズおじさんが眠っているあいだに、ユスフは台所と庭を掃除しなければならなかった。料理の残りをどうするのか、口を出そうとするなら、これは避けて通れない。意外にも、母は父と話があるとかで、ユスフをひとり残していった。いつもなら厳しく見張って、食べ残しともう一食分になりそうなものをきちんと分けていたはずだ。ユスフはできるだけ料理をぐちゃぐちゃにして、皿をきれいに片づけ、残せる分は残しておき、鍋をごしごしこすって洗い、庭を掃いた。それから裏口の日陰に行って腰をおろし、気を抜かないまま、課された重責にやれやれとため息をついた。

なにしてるのと母に訊かれたので、休憩しているところと答えた。もったいぶらずに言おうとしたのに、とっさに口をついて言葉が出てきてしまい、にんまりされた。母はやぶからぼうに手を伸ばし、息子を抱き締めて持ちあげた。ユスフは体を離そうとして足をじたばたさせた。赤ん坊みたいに扱われるのが嫌なことを母もわかっていた。怒りをこらえて体をよじり、堂々と土の庭を踏みしめようとする。ユスフが歳のわりに小柄なので、母はこういうことをするのだ。抱っこしたり、頬をつねったり、抱き締めたり、べたべたキスを浴びせたり。そして小さな子どもにするように微笑みかける。ユスフは十二歳だというのに。けれども驚いたことに、母はぎゅっと抱き締めたままでいた。普段なら、ユスフが激しくもがき出すとすぐに手を放して、走って逃げようとすると尻をぴしゃりとはたく。このとき、母はなにも言わず、笑いもせず、心に染みる優しさで抱き締めた。胴衣の背中はまだ汗で濡れていて、体は煙と疲れの臭いがした。ほどなく、ユスフはもがくのをやめて、母に抱かれるがままになっていた。

それが最初に感じた胸騒ぎだった。母の目に滲む涙を見て、恐ろしさのあまり心臓が飛び出るかと思った。こんな母を見たことがなかった。たしかに隣人が亡くなった際、なにもかもが手に負えないというふうに泣きじゃくり、涙で顔をぐしょぐしょにしてひたすら祈り、生きる者への慈悲を全能の神に乞うていた。でもいまみたいに、さめざめと泣いている姿を目にしたのははじめてだ。きっと父さんとなにかあったんだ。きつい言い方をされたのだろうか。アズィズおじさんが料理を気に入らなかったのかもしれない。

「母さん」とすがるように呼びかけたら、静かにとだけ言われた。

もうひとつの家族は素晴らしかった、などと父に言われたのかもしれない。父が怒っていて、その話をしているのをユスフは聞いたことがあった。以前、母に向かって毒づいていた。お前なんかしょせん、タイタの奥地から出てきた丘の未開人の娘じゃないか。煙たい小屋で暮らして、臭い山羊皮をまとって、どんな女の婚資にも山羊五頭と豆二袋でじゅうぶんと思っている父親だ。「もしお前になにかあったとしても、囲いのなかからよく似た女を連れてきて、売りつけるんだろうよ」母は沿岸の文明化した人びとに交じって育ったからといって、上品ぶることはなかった。ユスフは両親が言い争いをしていると、荒々しい言葉に胸が引き裂かれ、どこかの少年たちが言っていた虐待の話、見捨てられる話を思い出して、恐怖に襲われた。

　最初の妻のことを聞いたのは母からだった。笑みをこぼして、寓話を語るような声音で詳しく話してくれた。キルワ（現タンザニアの南部の小島。古くからインド洋交易の中心地のひとつとして繁栄した）の旧家の出のアラブ人女性で、王女とまではいかなくても高貴な血筋を受け継いでいた。ユスフの父は相手の両親の反対を押し切って結婚した。気位の高い両親は自分たちの家系にこんな男は見合わないと考えたのだ。父は父で良い家柄ではあったが、見る人が見れば母親は野蛮人だと気づくだろうし、父自身も成功に恵まれてはいなかった。母方の血筋で家名は汚されないにしても、この世ではやむにやまれぬ事情があるものだ。相手の両親は娘に大きな期待をかけていて、野蛮人の顔をした気の毒な子どもの母親にさせることはできなかった。そこでユスフの父にこう告げた。

「親切にもお目に留めていただき、神に感謝しております。ですが、なにぶん娘は若すぎて、まだ結婚を考える年齢ではありません。この町には、うちの娘よりも立派なお嬢さん方がたくさんいますよ」

　ところが、ユスフの父は若い女性をひと目見て忘れられなかった。彼女に夢中になってしまったのだ！愛ゆえに無謀にも捨て身の行動に出て、なんとかして相手に近づけないかと策を練った。キルワには縁もゆかりもなく、雇い主の代理で委託の品の水瓶を運んできただけだったが、ダウ船（大きな三角帆を備えた大型の木造帆船）の船頭《ナホダ》と親しくなっていた。ナホダは上気嫌で友のひたむきな情熱を応援し、女性を勝ち取る計画に手を貸した。なにはともあれ、あの自惚れの強い家族を悲しませるだろうけどな、とナホダは言った。ユスフの父は女性と密会を重ねて、ついに彼女を奪って逃げた。ナホダははるか北のファザから南のムトワラまで沿岸の停泊地を知り尽くしていて、二人を本土のバガモヨ（現タンザニアの海岸中央部の都市。ザンジバル島の対岸に位置する）までこっそり連れ去った。ユスフの父はインド人商人が所有する象牙の倉庫で仕事を見つけ、まずは警備員をやり、次に事務員兼臨時雇いの商人として働いた。しかし結婚して八年がたつころ、女性はキルワに戻ろうとして、あらかじめ両親に宛てた手紙を書いてもらい、許しを乞うた。両親のわだかまりを払拭するために、二人の幼い息子を同行させることにした。三人の乗ったダウ船は日号《ジチョ》という名だった。バガモヨを出帆して以来、二度と目撃されることはなかった――。ユスフも父からこの家族の話を聞かされたことがある。たいていなにかに怒っているか、失望しているときだ。記憶が痛みをもたらし、激しい憤りに駆りたてるのだとユスフは理解していた。

　ある日、両親がまたもひどい口論をはじめた。開いた扉の外に息子が座っているのを忘れていたらしく、激しくいがみ合っていたところ、父の呻きがユスフの耳に飛び込んできた。「彼女への愛は報われなかった。どれほどの苦しみかわかるはずだ」

「当たり前でしょ」と母は切り返した。「苦しみがわからないはずない。愛が壊れたときの痛みをわたしが知らないとでも？　わたしに感情がないとでも思ってるの？」

「ちがう、ちがう、俺を責めないでくれ、お前のことじゃない。お前は俺を照らしてくれる光だ」喚きたてる父の声がうわずり、かすれた。「責めないでくれ。もうその話はやめてくれ」

「わかった」母は声を落として吐息ほどのささやきを漏らした。

ユスフは両親がまた喧嘩をしていたのだろうかと思案する。母が口を開くのを待った。なにがあったのか話してほしかった。どうして泣いているのか教えてと強く迫ることもできず、自分の無力さに苛立った。

「父さんが話してくれるから」母は最後にぽつりと言って、ユスフを放し、家のなかに戻っていった。瞬く間に、廊下の薄暗がりに呑み込まれた。

4

父がユスフを探しに出てきた。昼寝から起きたばかりで、まだ目が充血している。左の頬が真っ赤だ。たぶんそっち側を下にして寝ていたのだろう。肌着の裾をまくって腹を掻き、もう片方の手で顎の黒っぽい無精ひげをなでる。顎ひげがすぐに伸びるので、いつも午後の昼寝のあとで剃っていた。父はユスフに微笑む。微笑みが満面の笑みに変わる。ユスフは母がいなくなってからもまだ裏口の近くに座っていた。今度は父がやってきて、そばにしゃがみ込んだ。父がなにげないふうを装っているのを察して、ユスフはたちまち不安になる。

「ちょっと旅に出てみないか、タコの坊や」と父は言って、男くさい汗をかいた体に息子を引き寄せた。肩に腕がずっしりのしかかり、重みに負けて父の胸に顔を埋めないようユスフは力を込めた。もうそういうことをする歳ではない。父の顔にさっと目を向け、心の内を読み取ろうとする。父は含み笑いをして、つかのま、息子に体を強く押しつけた。「そんなにうれしそうな顔するなよ」

「いつ？」ユスフは少しずつ身をよじって離れた。

「今日だ」父は陽気に声を張りあげ、小さなあくびをしてにやっと笑い、努めて平静を装う。「今すぐに」

ユスフは爪先立ちになって膝を曲げる。ふと用を足したくなり、父を心細い思いで見つめて、話の続きを待った。「どこに行くの？　アズィズおじさんはどうなの？」ユスフはたずねる。十アンナ硬貨が頭に浮かび、突然のじっとりした恐怖が和らいだ。十アンナ硬貨を手にするまではどこにも行けない。

「アズィズおじさんと行くんだ」と父は言って、かすかに苦笑いした。父がこんな表情をするのは、ユスフが愚にもつかないことを口にしたときくらいだ。さらに待ったがそれ以上なにも言わなかった。ややあって父は声をたてて笑い、息子に飛びかかった。ユスフは慌てて身をかわし、一緒に笑う。「汽車に乗るんだ。海岸までずっとだぞ。汽車、好きなんだろ？　海までの旅は楽しいぞ」父がもっと話してくれるのかと思い、ユスフは黙っていた。旅のことを想像すると気乗りしなかったが、理由ははっきりしなかった。しまいに父はユスフの太ももをぴしゃりと打ち、母さんに荷造りをしてもらいなさいとだけ言った。

いざ出発となってもなかなか実感が湧かなかった。家の表玄関で母に別れを告げて、父とアズィズおじさんについて駅まで行った。母はユスフを抱き締めることも、キスすることもなく、涙も流さなかった。母のそんなところを思い描いていたのだけれど。のちのち、ユスフは別れ際の母の身振りや言葉を思い出せないでいたが、具合が悪いのか呆然としているのか、戸口の柱にぐったりと寄りかかっていた姿は目に焼きついている。旅立ちのことを振り返ると、前方に男たちがいて、熱で揺らめく道を進んでいく光景が脳裏に蘇る。先頭には、アズィズおじさんの荷物を肩に乗せた荷担ぎがよろよろと歩いていた。ユスフは自分の小さい包みを持つことを許された。半ズボン二枚、この前のイード（イスラームの祝祭。イード・アル・フィトルはイスラーム暦第十月の断食の終了を祝う祭り。イード・アル・アドハーは第十二月（巡礼月）に祝われ、「犠牲祭」とも呼ばれる）の際に新調したばかりのカンズ、シャツ一枚、コーラン、母の古い数珠。母は数珠以外のものを使い古したショールでくるみ、端と端をきゅっと縛って太い結び目にした。にっこり笑って結び目に棒を通し、荷担ぎのやり方で、包みを肩に担げるようにしてくれた。最後に、茶色の石の数珠をユスフにこっそり押しつけた。

両親と長らく離れ離れになるかもしれない、二度と両親に会えないかもしれないなどという考えは、一瞬たりとも頭をかすめもしなかった。いつ家に帰れるのかたずねようとも思わなかった。どうしてアズィズおじさんの旅に同行するのか、どうしてあれほど急に話を決めなくてはいけなかったのか、訊こうともしなかった。駅でユスフは、あの黄色地に怒れる黒い鳥が描かれた旗に加えて、銀色に縁取られた黒い十字の旗を目にした。ドイツ人の長官が列車に乗っているときにだけ、この旗が掲げられるのだ。父は屈んで手を握った。ひとしきり話して目を潤ませた。その後、ユスフはなにを言われたのか思い出せなかったが、神の名が唱えられたのは記憶に残っている。

しばらく列車が進むと、物珍しさも薄れていき、ほんとうに家を離れてしまったのだという思いが抑えきれなくなった。ユスフは母の屈託のない笑い声を想像して泣き出した。アズィズおじさんは隣の座席に腰かけていて、ユスフがうしろめたそうにちらりと見ると、座席と荷物に挟まれてうつらうつらしていた。ほどなくして、涙はもう溢れてこないとわかってはいたものの、この悲しみを失いたくなかった。涙を拭い、おじさんをしげしげと眺める。知り合ってから何度も機会はあったのに、まともに顔を見たのははじめてだった。おじさんは列車に乗り込むと帽子を脱ぎ、ユスフは険しい表情に驚いた。帽子をかぶっていないと、顔は平べったく、整っていない感じがする。のけぞって静かにうたた寝している姿には、人目を惹く優雅な雰囲気はない。ただいい匂いだけは変わらない。ユスフはこの香りがずっと好きだった。そしてゆったりした薄手のカンズ、絹糸の刺繡が入った帽子も。おじさんが部屋に足を踏み入れた瞬間に、本人とは切り離されたような貫録が漂い、仰々しく、羽振りがよく、大胆不敵な印象が伝わってきた。こうして荷物にもたれていると、胸の下で丸い太鼓腹が小さく突き出ている。ユスフはそれまで気づいていなかった。呼吸に合わせて腹が膨らんだりもとに戻ったりを繰り返し、一度などは全体が波打っていた。

革の金入れはいつものとおり股間に留めてあり、ベルトを腰骨に巻きつけ、太ももの付け根で留め金に通している。まるで鎧みたいだ。ユスフは金入れのベルトを外したアズィズおじさんを見たことがない。午後の昼寝の時間にもつけたままだった。ふと壁の下の割れ目に隠した一ルピー銀貨のことを思い出し、とうとう見つかって、罪が発覚するのではないかと身震いした。

列車は騒がしかった。開いた窓から砂埃と煙が入ってきて、火と焦げた肉の匂いも紛れ込む。右手には列車が通ってきた平原が広がる。夕闇の迫るなか、長い影がいくつも伸びている。そこかしこに散らばった畑や家は地表にぴたりととどまって、勢いよく突き進む大地にしがみついている。左手にはごつごつした山影が見える。山頂が沈む夕日に照らされ、後光が差して燃えているかのようだ。列車は先を急がず、がたがた揺れて、ごとごと音をたてながら、沿岸地域へと懸命に進んでいく。どうかすると、停車するのかと思うほど速度を落とし、じわじわと動いていて、突然車輪から甲高い抗議の悲鳴があがり、前につんのめった。ユスフは列車が途中の駅で停まったのかどうか覚えていなかったが、あとになって停まったはずだと納得した。母がおじさんのために用意した食事を分けてもらった。マンダズィ、茹でた肉に豆。慣れた手つきで慎重に包みを解き、いただきます《ビスミッラー》（アラビア語。直訳すると「神の御名において」の意）とつぶやいてわずかに微笑むと、手のひらを半分開いて歓迎を表し、ユスフに食事を勧めた。おじさんは食べているあいだ優しく見守り、ユスフの浮かない顔を見てにっこりした。

　ユスフは眠れなかった。座面のすのこ板が体に食い込み、眠気が吹き飛んでしまったのだ。せいぜいうとうとするか、用を足したくなって寝ぼけた状態でいた。真夜中に目を開け、座席が半分ほど埋まった薄暗い車両を見て叫びたくなった。窓の外の暗闇は底なしの穴。列車が深くはまり込んで、無事に戻れないのではないかと思った。車輪の音に意識を集中させてみるも、おかしな調子で鳴るので、気持ちが乱れて結局寝つけなかった。母がひとつ目の犬になった夢を見た。かつて見た犬だ。犬と化した母が列車の下敷きになってしまった。そのあと別の夢を見た。月明かりのなか、臆病心が胎盤のぬめりにくるまれ、ちらちら瞬いていた。それが自分のものだとわかったのは、暗がりにたたずむだれかに耳打ちされたからだ。たしかに臆病心が息づいているのを目の当たりにしたのだった。

　翌朝、目的地に到着した。アズィズおじさんは、駅の構内と外で大声をあげる商人の群れをかき分け、冷静にしっかりとユスフを導いた。通りを歩いているとき、おじさんはユスフにひと言も話さなかった。あちこちに少し前の祝祭の残骸が散らばっている。椰子の葉が玄関の柱に結わえられ、アーチ状になったまま。歩道には踏みつけられてぺしゃんこになったマリーゴールドとジャスミンの花輪があり、黒ずんだ果物の皮が道路に散乱している。二人の荷物を運ぶ荷担ぎが先を行き、午前半ばの暑さに汗をかいて、ぶつぶつこぼしている。ユスフは小さな荷物を運べなくなった。「荷担ぎに運んでもらおう」とおじさんが指を差して言ったのだ。荷担ぎはにやにや笑い、荷物にもたれかかって立っていた。痛む腰への負担を軽くするために、歩きながらひょこひょこ跳ねた。路面は猛烈に暑い。ユスフは裸足だったので、男の真似をして飛び跳ねたいと思ったが、アズィズおじさんが嫌がるのは言われなくても予想はついた。通りで次々に挨拶されるようすから、おじさんが有名人なのは見て取れた。荷担ぎが道を開けてくれと通行人に喚く。「みなさん《ワウングワナ》（スワヒリ語で「文明化された人びと」の意。ムウングワナの複数形）、ご主人《サイイド》さまのお通りだ」この男がどんなに醜くみすぼらしくても、だれも反論しない。ときおりあたりを見まわして、口を歪めてにやりと笑う。ぼくには見当もつかない恐ろしいことでも知っているのだな、とユスフは考えを巡らせていた。

アズィズおじさんの家は町外れの細長い平屋だった。道路からいくらか離れたところに建っていて、正面には木々に囲まれた広い空き地がある。隅には小さなニームの木、ココ椰子、スフィ（一般にはカポックまたはパンヤ）、巨大なマンゴーの木が植わっている。ほかの木もいろいろあるが、ユスフには見分けがつかなかった。まだ朝早い時間だというのに、マンゴーの木陰にはすでに何人かが腰をおろしている。邸宅のそばには先端が凹凸になった白い壁がぐるりと張り巡らされていて、木々や椰子のてっぺんがのぞいている。二人が近づいていくと、マンゴーの木の下にいる男たちが立ちあがり、腕をあげて大声で挨拶する。

ハリルという青年が迎えてくれた。平屋の家の前にある商店から急いで出てきて、長々と歓迎の言葉を述べる。アズィズおじさんの手に恭しくキスをする。おじさんが手を引っ込めなければ、キスを浴びせ続けていただろう。おじさんが苛立ってなにか言うと、ハリルは目の前で棒立ちになって黙り込み、両手をぎゅっと握り締め、おじさんの手を取ろうとするのをこらえていた。二人はアラビア語で挨拶を交わし、変わりはないかとたずね合う。ユスフはぽかんと眺めていた。ハリルは十七、八歳。やせていて、落ち着きなく見え、唇の上にうっすらとひげが生えている。ユスフは自分のことが話題にのぼっていると気づいた。ハリルがこちらを振り返り、興奮気味にうなずいていたのだ。アズィズおじさんは家の脇へと歩いていった。長い漆喰塗りの壁の扉が開いている。そこから庭園のなかがちらりと見えて、果樹や花をつけた低木、きらめく水があるように思った。あとに続こうとすると、おじさんは前を向いたまま、体から手のひらを離してぎこちなく伸ばし、去っていった。ユスフがはじめて目にする身振りだ。咎められていると感じ、ついてくるなという意味だと受け止めた。ハリルに目をやると、満面に笑みをたたえて、じろじろこちらを値踏みしていた。ユスフを手招きして踵を返し、店に戻っていく。荷担ぎがおじさんの荷物を家に運び込む際にユスフの包みを置いていった。ユスフは棒を通した包みを持って、ハリルの背中を追う。早くも茶色の石の数珠をなくしてしまった。きっと列車に忘れてきたのだ。商店の前のテラスで三人の老人が長椅子に座っていて、ユスフがカウンターの跳ねあげ戸の下を潜って店内に入っていくのを静かに目で追っていた。

5

「こいつは弟です。ここの仕事を手伝いに来たんですよ」ハリルは客たちに話した。「ちびで弱々しいでしょ。なにしろ、丘の向こうの荒れ地から旅してきたばかりなんでね。あそこにはキャッサバと草くらいしか食う物がない。だから生ける屍みたいなんです。おい、キファ・ウロンゴ（スワヒリ語で「死んだふり」の意）！　ほら、この憐れな子を見てやってください。こんなにか細い腕。冴えない顔。でも今後は、魚や砂糖菓子や蜂蜜を腹いっぱい詰め込んでやります。そしたらあっという間に、丸々と肉づきがよくなって、お宅の娘さんにふさわしい男になりますよ。おい、お客さんに挨拶しろ。とびきりの笑顔を見せるんだぞ」

最初の数日はだれもが微笑みかけてくれた。ただし、アズィズおじさんを除いては。おじさんを見かけるのは一日に一度か二度だけだった。そばを通り過ぎると、みんなが駆け寄って、許されれば手にキスをし、近寄りがたいようなら、丁重に距離を取ってお辞儀する。ぺこぺこ挨拶されても、祈りを唱えられても、おじさんは感情を表に出さない。無礼に見えない程度に耳を傾けると、そのまま歩き続け、ご機嫌取りのなかでもとりわけ貧しい者にひと握りの硬貨をそっと手わたした。

ユスフはいつもハリルと一緒に過ごした。ハリルは新しい生活について教えてくれて、かつての生活のことを知りたがった。店番をして、店で暮らし、ほかにはなにも関心がないようだ。ありったけの気力と体力をこの場所に注いでいるらしく、心配そうな顔をしてせわしなく仕事をこなし、俺がひと息ついただけで店は災難に見舞われてしまう、と早口で快活に話す。客たちはハリルを諭した。そんなにぺちゃくちゃしゃべってばかりいると、ゲロを吐いてしまうぞ。若いの、そんなにせかせかしていると、これからというときに干からびてしまうぞ。ところがハリルはにやりと笑うだけで、またしゃべり続ける。流暢にスワヒリ語を使いこなすが、明らかにアラビア語話者の訛りがある。うまい具合に構文を自由に変えて、見事でも突飛でもある言いまわしをする。激怒したり不安を覚えたりすると、猛烈な勢いでアラビア語をまくしたてる。そうなると客は一様に沈黙し、寛容にも引きさがる。ユスフがはじめてその場面を見たとき、あまりの強烈さについ笑ってしまった。ハリルはつかつか寄って来て、左頬に思いきり平手打ちを食らわせた。テラスにいる老人はどっと吹き出して、体を揺らしながら声をあげて大笑いし、こうなるのははなからわかっていたと言わんばかりに、訳知り顔で目くばせを交わす。老人たちは毎日訪ねてきては、長椅子に腰かけて内輪の話をし、ハリルの滑稽な態度に目を細める。客がいなければ、ハリルは老人たちとの会話に専念する。くだらないことで熱弁をふるって合いの手を入れてもらい、戦争の情報や噂話が小声でささやかれると、話に割り込んで、避けて通れない質問を投げかけたり、示唆に富んだ意見を述べたりした。

新しい師匠はさっそくユスフに教えを垂れ、いろいろな点を改めさせた。一日は夜明けとともにはじまり、俺がよしと言うまで終わらない。夜に悪夢を見たり泣いたりするのは愚かしいことだから、この先は一切許されない。まじないをかけられたと勘違いされて、治療師のもとに送られ、赤々と熱したこてを背中にあてられかねないからな。店のなかで砂糖の袋にもたれて居眠りするなど、最低最悪だ。もし寝小便でもして、砂糖を台無しにしてしまったらどうする。お客が冗談を言ったら笑え。いざとなったら屁をこけ。とにかく笑うんだ。ぜったいに退屈そうな顔をするなよ。「アズィズおじさんのことだけど、そもそもお前のおじさんじゃない」とハリルは言い放った。「ここが肝心だ。いいか、おい、キファ・ウロンゴ。間違ってもお前のおじさんじゃないからな」生ける屍《キファ・ウロンゴ》。あのころ、ハリルにそう呼ばれていた。二人は店の前の土のテラスで眠った。昼間は店番をし、夜には見張りを務め、ごわごわした更紗のシーツをかぶって横になる。頭を寄せ合って体を離す。こうすると、互いにさほど近づかなくても小声で会話ができるのだ。ユスフが近くに転がってくるたび、ハリルは乱暴に蹴り飛ばした。蚊が飛びまわり、血を求めてぶうんと甲高い羽音をたてる。シーツが体から滑り落ちると、瞬く間に集まってきて、罪深いごちそうにありつく。ユスフは蚊にぎざぎざの刀で肉を切り裂かれる夢を見た。

ハリルは言った。「お前がここにいるのは、お前の親父がご主人《サイイド》に借金しているからだ。俺がここにいるのは、俺の親父が借金しているからだ――って言っても、もう死んでるけどな。神のご慈悲がありますように」

「神のご慈悲がありますように」ユスフはつぶやく。

「お前の親父さん、商売が下手なんだろうな――」

「そんなことない」とユスフは声を荒らげる。ほんとうはなにも知らなかったのだが、唐突に不躾な言い方をされて我慢ならなかったのだ。

「まあ、死んだ親父《マレヘム》ほどひどくない――神のご慈悲がありますように」ユスフの抗議を意に介さず、ハリルは続ける。「親父ほどひどい商売人はいないな」

「きみの父さん、あの人にいくら借金があったの？」ユスフはたずねる。

「そんなこと訊くなんて、褒められたもんじゃないな」ハリルは上機嫌に言うと、手を伸ばして引っぱたき、愚かな発言をたしなめる。「それに、あの人じゃない。ご主人《サイィド》と言え」ユスフは細かいことまできちんと理解できたわけではなかったが、父親の借金を返すために、アズィズおじさんに仕えるのが悪いことだとは思えなかった。全額返し終えたら、どのみち家に帰れるのだから。もっとも、家を離れる前に、両親はひと言断りを入れてくれてもよかったのではないか。借金の話など聞いた覚えはなかったし、近隣の家と比べるといい暮らしをしているように思えた。ユスフがこういう考えを明かすと、ハリルはひとしきり黙り込んだ。

「ひとつ言えるとすれば」とようやく口を開いて穏やかに言った。「お前はバカで、なんもわかっちゃいない。夜中にめそめそ泣くし、夢を見て悲鳴をあげるし。お前のことで話し合いがあったときに、いったいどこを見て、なにを聞いてたんだ？　もちろん、お前の親父さんはとんでもない額を借りている。でなけりゃ、お前がここにいるはずない。払えるなら払っただろうな。そしたらずっと家にいられて、毎朝、マライ（インドの乳製品。牛乳を煮詰めて固めたクリーム）とモファ（丸いキビのパン）を食べられたのに。そうだろ？　しかも、母さんの使い走りやらなにやらしていたはずだ。サイイドにとっては、お前がここにいる必要すらない。たいして仕事があるわけじゃないし――」

ハリルは少し間を置いて、声を忍ばせる。聞かれたり、知られたりしてはいけないのだとユスフは察した。「女きょうだいはいないんだよな。もしいたら連れてこられてたはずだから」

ユスフは黙っていた。しばし口をつぐんで、ハリルの言ったことに下品な関心などないと態度で示したかった。でも実はどういうことか知りたくてたまらなかった。ご近所のことを詮索したり、質問したりすると、母にいつも叱られていたのだ。ふと、母さんはどうしているかなと考える。「アズィズおじさんのもとでどれくらい働かないといけないの？」

「おじさんじゃないんだって」とハリルはつっけんどんに言う。またぶたれると思って、ユスフはびくっとした。ほどなく、ハリルはふっと小さく笑い、シーツの下から手を伸ばし、ユスフの耳をはたいた。「さっさと慣れたほうがいいぞ、うすのろ《ズマ》。大事なことだからな。サイイドはお前みたいな物乞いのガキにおじさん、おじさんって言われるのが嫌いなんだ。手にキスをして、サイイドと呼んでもらいたがっている。念のため言っておくけど、サイイドはご主人さまという意味だ。わかったか、ちっこいタマ野郎《キブンブ・ウェ》め！　サイイドだ。いいか、サイイドと呼ぶんだぞ！」

「わかった」ユスフはすかさず答えた。さっき殴られたせいで、まだ耳鳴りがしている。「ねえ、きみはどれくらい働いたら家に戻れるの？　ぼくはどれだけいなければいけないの？」

「借金がなくなるまで、それか親父さんが死ぬまでだろうな」とハリルは陽気に言った。「どうした。ここが嫌なのか？　サイイドはいい人だ。たたくとか乱暴なことは一切しない。ちゃんと敬意を払えばよくしてくれるし、道を誤らないようにしてくれるぞ。ずっと、一生だ。でも夜中に泣いて、恐ろしい夢ばかり見ていたら――。アラビア語を学んだらどうだ。そしたらもっと気に入ってもらえるぞ」

6

暗い通りをうろつく犬に悩まされる夜もあった。犬は群れをなし、油断なくのしのしと歩いて、物陰や茂みを動きまわる。慌てて走る足音がして、ユスフははっと目を覚まし、犬たちが残忍な姿で逃げ去るのを見た。ある晩、深い眠りから覚めると、四匹の犬が道路の向こう側で身じろぎもせずにいた。恐怖のあまり上半身を起こした。なにより怖かったのはあの目だ。ひどく動揺して眠れなくなった。半月の淡い光を受けてぎらついた目はまるで生気がなく、ただひとつの事実を明かす。目にじっと見入っていると、命を貪り尽くそうとして、したたかに計算高く待ち構えているのがわかった。急にがばっと起きあがったせいか、犬たちは鳴き声をあげて引き返していった。ところが翌晩、また戻ってきた。しばらく静かに動かずにいたが、これも想定内とでもいうように踵を返して去っていった。やつらは夜ごとにやってきた。月が満ちていくにつれ、強烈な執念が徐々にあらわになる。毎晩じりじりと近づいてきて、空き地をぐるぐるまわり、茂みに隠れて遠吠えをあげる。やつらのせいでユスフの心は悪夢で溢れた。恐怖は恥と混じり合った。というのも、ハリルは犬のことをちっとも気に留めていなかったのだ。どこかに潜んでいるのを見かけると、石を投げつけて追い払った。近くにいれば、砂をつかんで目にかけた。夜に現れるときは、自分が目当てのようだった。夢のなかで、犬たちは二本足で立ってこちらを見おろし、長い口を半開きにして涎を垂らし、うつ伏せの柔らかな体に冷酷な視線を這わせた。

別の夜には、予想どおり、またのしのしとやってきた。互いに間隔をとって歩いているので、ユスフは一匹また一匹と、きょろきょろ目を動かさなくてはならない。あたりは昼間みたいに明るい。一番大きいやつがすぐそばまで来て、店の前の空き地にいる。こわばった体から低く長い唸り声があがると、残りの仲間がそれに応えて摺り足で近づき、一面に大きな弧を描いて並ぶ。荒い息が聞こえ、音もなく吠える開いた口が見える。なんの予兆も前触れもなく、ユスフの腹がぱっくり割れた。ユスフが驚いて悲鳴をあげると、先頭の犬がいきなり突進してきた。ハリルは叫び声で目を覚まし、慌てて起きると、犬たちが間近にいることに気づいた。激しく怒って哮《たけ》りたち、興奮していまにも襲いかかろうとしている。ハリルは大急ぎで空き地に出ていき、発狂した犬たちに怒鳴り、腕を振りまわし、石でも砂でも、手当たり次第に投げつけた。するとやつらは反対を向いて、怯えたように憐れっぽく鳴き、嚙みつき合いながら逃げていった。かなりの時間、ハリルは月明かりに照らされた空き地に突っ立って、逃げていく犬に向かってアラビア語で罵声を浴びせ、拳を振っていた。走って戻ってくると、傍目にも手が震えているのがわかった。ユスフの前に立ち、頭に血をのぼらせて、両のげんこつを振りまわすと、アラビア語でまくしたて、何通りもの仕草で怒りを表し、言わんとすることをはっきりさせた。ついでうしろを向き、犬のいた方向を指差して非難した。

「あいつらに嚙みつかれたいのか？　まさか遊びに来たとでも思ってるのか？　お前ってやつは、キファ・ウロンゴどころじゃないな。うすのろで腑抜けのどうしようもないガキだ。いったいなにをぼんやり待ってたんだ。言ってみろ、マルウーン（アラビア語で「呪われた者」の意）め」

　そうこうするうちに、ハリルは黙って、ふんと鼻を鳴らし、秘密の庭園の外壁にある蛇口にたどり着けるよう助けてくれた。家の脇には便所にしている納屋があるが、ユスフは真っ暗ななかでは使おうとしなかった。足を踏み外して、たちの悪い底なしの便所穴に落ちてしまうのではないかと恐れていたからだ。ハリルはしっと唇に指をあてて、ユスフの頭をぽんぽんと優しくたたき、ユスフが泣きやまずにいると、髪をなでて涙を拭いてくれた。服を脱ぐのを手伝い、水道でできるだけきれいに体を洗っているあいだ、そばにいてくれた。

　その後、犬の群れは何度か夜に戻ってきて、空き地からやや離れたところで足を止め、暗がりで遠吠えしたり、きゃんきゃん鳴いたりした。夜に姿が見えないときでさえ、家のまわりをうろついている気配がして、茂みから物音が聞こえてきた。ハリルは人間の赤ん坊をさらって仲間として育てた狼やジャッカルの話をした。犬のように乳を飲ませて、一度食べた肉を吐き出して与えるんだ。獣の言葉や狩りのやり方を教えて、大きくなったらつがいにさせる。こうして狼人間が生まれる。生まれた子たちは森の奥深くで暮らし、腐った肉しか食べない。そういえば、グール（イスラーム以前から伝わるアラブの伝承に出てくる怪物の一種）も屍肉を食らう。特に人間の肉を好むが、死後に祈りを捧げられていない者にしか手をつけない。いずれにしても、グールは炎から創られた精霊《ジン》（アラブ世界でイスラーム以前から伝わる超自然的存在の総称）なので、一緒にしてはいけないか。狼人間はどんな動物とも同じで、土から創られたんだから。ついでに興味があるなら言っておくと、天使は光から創られたんだ。天使が目に見えないのはそういう理由もある。ともかく、狼人間は本物の人間のなかに紛れ込んでいる場合もある。

「見たことあるの?」ユスフは訊いた。

ハリルは考え込むような顔をする。「確信はもてないけど、たぶん見たことがある。人前に現れる際には外見を変えているからな。ある晩、スフィの木にもたれている異様に背の高い男がいた。家くらい大きくて全身真っ白だった。光みたいに輝いていた——いや、光じゃなくて炎だな」

「天使だったかもしれないよ」ユスフはほんとうにそうだったらいいのにと思いつつ口にしてみる。

「神よ、お許しください。天使は目に見えないんだって。で、そいつは木にもたれて笑ってたんだ。欲深そうに笑ってた」

「欲深そうに?」ユスフはたずねた。

「俺は目を閉じて祈りを唱えた。狼男の目を見ちゃだめなんだ。もし目が合ったら一巻の終わり、貪り食われてしまう。次に目を開けると、そいつは消えていた。また別の話だけど、空っぽのかごに一時間あとをつけられたこともある。足を止めると、あっちも止まる。角を曲がると、一緒に曲がる。それでも歩き続けていたら、犬の吠え声が聞こえた。あたりを見まわすと、空っぽのかごが真ん前にいたんだ」

「どうして走らなかったの?」ユスフはすっかり感心して声をひそめる。

「無意味だからだ。狼人間はシマウマよりも速く走る。頭で考えるよりも速い。唯一、狼人間に勝るのは祈りだな。そのうえ走ったら、動物か奴隷に変えられてしまう。復活《キヤマ》のときが来たら、つまり世界の終末が訪れて、神が全人類を呼び寄せたら——キヤマののち、狼人間は地獄の第一の階層に送られる。数えきれないほどうじゃうじゃいて、アッラーに背いた罪深い者を食うことになる」

「グールもそこにいるの？」

「たぶん」ハリルはよく考えたうえで答える。

「ほかには？」

「さあな。でもぜったいに行きたくないよな。ちなみに、地獄のほかの階層（イスラームでは地獄に七つの階層があると考えられている。第一の階層がジャハンナム、ムスリムが落ちるとされる火地獄）はもっと恐ろしい。なにがなんでも近づかないのが一番だろうな。さあもう寝ろ。そろそろ寝ないと、仕事中に居眠りしてしまうぞ」

ハリルはユスフに店の仕事のやり方を仕込んだ。どうやって怪我をしないようにして袋を持ちあげるか。どうやってこぼさずに穀物を桶に入れるか。どうやって素早く金を勘定するか。釣り銭の計算方法、硬貨の呼び方、額の大小の見分け方を示してみせた。客から代金を受け取り、紙幣を指にしっかり挟んで落とさないこつをユスフは学んだ。杓子ですくってココナッツ油を量ったり、細長い石けんを針金で切って小分けにしたりするときには、手が震えないよう握っていてくれた。ユスフがうまくできたら、いいぞと笑顔で認めてくれるが、失敗したらきつい平手打ちをお見舞いされる。客の目の前でぶたれることもあった。

店の客たちは、ハリルのやることなすことを笑った。とはいえ、ハリルは笑われても不快に思ってはいないみたいだった。客たちはハリルの訛りを延々とからかって真似をしては、ひいひい言って大笑いする。ハリルはこういうふうに反応した。もっとうまく話せるように弟から教わっているんですよ。じゅうぶんに上達したら、ぽっちゃりしたスワヒリ人の奥さんをもらって、敬虔な生活を送りますから。テラスに集う老人たちが肉づきのいい若い妻の話が好きなので、ハリルは喜んで期待に応えるのだ。客はハリルが言いにくそうな単語や表現を何度も言わせる。するとハリルはできるだけぞんざいに繰り返し、一緒になって笑い、うれしそうに目を輝かせた。

　店に来る客は近所の人たちか、町を出ていく途中の田舎の住民だった。こんなに貧しいのに物の値段が高すぎると口々に愚痴をこぼすが、ほかのみなと同じで己の嘘や残酷さには口を閉ざす。老人が長椅子に座っていると、立ち止まって世間話をしたり、コーヒー売りを呼んで一杯振る舞ったりした。女性客はユスフを気に入り、ことあるごとに世話を焼き、ちょっとした親切や器量の良さに喜んで笑い声をあげた。とりわけユスフに夢中だったのは、つややかな黒い肌をした表情豊かな女性、マ・アジュザだ。がっしりと強そうな体格で、人混みでもよく通る声を出す。ユスフにはずいぶん年老いて見える。どっしりして、動くのも大儀な感じで、ふと気を抜くと苦しそうな顔をしている。ユスフの姿が目に入ると、思わず知らず動揺して体を震わせ、背筋をしゃんと伸ばし、小さな悲鳴を漏らす。しばらく見かけないと思ったら、背後から忍び寄ってきて、ぎゅっと腕のなかに抱き締める。ユスフがもがいたり、足をじたばたさせたりすると、勝利の歓喜に酔いしれて、甲高く叫ぶ。こっそり近づけない場合には、われを忘れて奇声を発し、わたしの旦那さま、わたしのご主人さまと言って迫ってくる。そして、ひたすらおだてて約束して、砂糖菓子で気を惹こうとしたり、もし家に来てくれたら想像もつかないほどの喜びを与えてあげると言って誘ったりする。わたしの旦那さま、どうか憐れだと思って、と涙ながらに訴える。かわいそうで見ていられないと、たまたま近くにいた男たちがかわりを申し出ると、軽蔑の眼差しを向けてきっぱりはねつけた。ユスフはマ・アジュザをひと目見るとすぐに逃げ出し、お願いだから出てきてと泣き喚く声が聞こえるあいだは、店の奥の暗がりに身を潜めていた。ハリルは彼女にできる限り救いの手を差し伸べた。あるときなどは、カウンターの跳ねあげ戸の鍵をうっかり閉め忘れたふりをして、アジュザが店のなかに入り込んで、袋や缶の山に隠れているユスフを探し出せるようにした。別のときには、彼女が待ち伏せしている店の脇の倉庫にユスフを使いにやった。愛しい人がまんまと罠にかかると、女性は狂気じみた叫びをあげて飛びかかり、震えとくしゃみで体を激しく揺らした。マ・アジュザは噛みタバコの臭いがする。ユスフは抱きつかれたり、大声で喚かれたりするのが恥ずかしかった。それなのに、みなこの状況をおもしろがっているらしく――ユスフにはなにがおかしいのかさっぱりわからなかったのだが――必ず隠れ場所をばらされてしまうのだった。

「だって年寄りじゃないか」とユスフはハリルに文句を言った。

「年寄りだって！　愛に年齢なんて関係ない。こんなに愛されてるのに、お前ときたら相手を苦しめているだけだ。あの人が心を痛めているのがわからないのか？　目がついてないのか？　感情がないのか？できそこないのキファ・ウロンゴ、ひ弱で未熟な腰抜けめ。年寄りってどういうことだ。あの体を、あの尻を見てみろ――いいことずくめじゃないか。最高の相手だよ」

「白髪がある」

「ちょっとヘナで染めれば――白髪はきれいに消えるさ。なんで髪なんか気にするんだ？　美しさは内面に、魂に潜んでいるもんだ」とハリルは強く説く。「表に出てくるものじゃない」

「歯がタバコのやにで赤くなってる。おじいさんたちと同じだ。どうしてぼくなんだ、おじいさんじゃいけないのかよ」

「歯ブラシを買ってやれ」とハリルは提案する。

「すごくお腹が出てる」ユスフは憂鬱そうに口にする。もういい加減、からかうのをやめてほしかった。

「やれやれ」ハリルは嘲笑う。「いつの日か、すらりとした美しいペルシアのお姫さまが店を訪ねてきて、宮殿に招いてくれるだろうよ。なあ弟よ、あの立派で大柄な女性はお前に心底惚れてるんだぞ」

「金持ちなの？」とユスフは訊く。

ハリルは吹き出し、いきなり嬉々としてユスフを抱き締めた。「この状況から救い出してもらえるほど金持ちじゃないな」

7

二人は少なくとも日に一度、アズィズおじさんに会った。夜遅くに一日の売上を取りに来るのだ。おじさんはハリルが手わたす売上金の入った帆布の袋をのぞき込み、ハリルが帳簿に書き留めた数字に目を通す。そうして両方を持って帰り、のちにじっくりと確認する。もっと頻繁に会うことがあったとしても、通りがかりにすれちがう程度だった。おじさんはいつも忙しくしていて、午前中、難しい顔をして町に出かける途中に店の前を過ぎ、難しい顔で戻ってくる。たいてい、心に深刻な問題を抱えているみたいな表情をしている。テラスの老人たちは、アズィズおじさんがやきもきしているときにも静かに眺めていた。ユスフはやっと名前を覚えた。バ・テンボ、ムゼー・タミム、アリ・マフタ。とはいえ、いまだに三人をひとまとめにして考えてしまう。目を閉じて老人の話を聞いていたら、だれがだれだか区別がつかないだろうな、とふと思った。

ユスフはアズィズおじさんをご主人《サイイド》さまと呼ぶ気になれなかった。ハリルにはおじさんと言うたびにぶたれた。「おじさんじゃない。まったく、バカなスワヒリ野郎だな。そのうち、ご主人の尻にキスすることを学ぶんだな。サイイドだ、サイイドと呼べ。おじさんじゃない、おじさんじゃないぞ。ほら、俺のあとについてサイイドと言ってみろ」それでもユスフは言わなかった。アズィズおじさんの話題になると、「あの人」とだけ言うか省略し、ハリルが苛々してサイイドと補うのだった。

ここに来てから数か月がたった。ユスフは日を数えるのをやめてしまい、ひねくれた試みが奏功して、わざわざ数えない限りは、数日も数週間も同じだと感じるようになった。ちょうどそのころ、内陸への旅の準備がおこなわれていた。アズィズおじさんは夜に店の前の長椅子に座ってハリルと長い時間話し込んでいた。日中に老人が占拠している場所だ。二人のあいだでランプが赤々と燃えて、どちらものっぺりした包み隠しのない表情に見える。ユスフはアラビア語がいくらか聞き取れたように思ったが、特に気にしてはいなかった。二人してハリルが一日の売上を記した小さな帳簿を眺め、前にうしろにページをめくり、数字を合計している。ユスフはそばにしゃがんで、おじさんとハリルが身の危険を案じるみたいに心配そうな声で話すのを聞いていた。ハリルは受け答えをしながらそわそわしていて、目を熱っぽく輝かせ、興奮を抑えきれずにいる。アズィズおじさんが急に笑い出すと、ハリルはびっくりして飛びあがった。それを除けばおじさんは眉ひとつ動かさず、どことなく上の空で、淡々と耳を傾けていた。ひとたび口を開くと穏やかな声音で語り、必要とあらばさりげなく厳しい口調を使った。

まもなく、旅の準備がせわしなくなり、混乱が起こった。大小の荷物が予期せぬときに届いて、邸宅の横に並ぶ倉庫に運び込まれた。麻袋や編んだ包みは店内に積みあげられた。テラスのそこかしこに、さまざまな形や匂いの荷物が置かれて、埃よけに麻布や帆布で覆われた。荷物とともに無口な雇われ人が到着し、腰をおろして見張りをはじめたので、三人の老人は長椅子から立ち退かされ、覆いのかかった商品に興味津々の子どもや客たちは追い払われた。使用人はソマリ人とニャムウェズィ人で、細い杖と鞭を手にしている。まったく口をきかないわけではなく、自分たちにしか通じない言葉を話している。ユスフには残忍で凶暴に見え、いつでも戦争に行けるといった感じがした。あからさまにじろじろ見る勇気はなく、向こうもユスフが目に入っていないようだった。旅の隊長《ムニャパラ・ワ・サファリ》は内陸のどこかで隊商を待っている、とハリルは話した。サイイドは大金持ちの商人だから自ら隊商を指揮して監督することはない。普通ならムニャパラが出発点で荷担ぎを雇ったり、物資を調達したりしただろうけど、どうやら片づけなければいけない用事があったらしい。ハリルはそう言って目をむいた。厄介なことにちがいない。でなければ、いまごろもうここにいるはずだからな。というより、ぜったいにいかがわしいことだ。裏工作をしたり、密輸を仕切ったり、積年の恨みを晴らしたり——とかいった下衆な話だな。あの男がいたら、必ずおかしなことがある。ムニャパラはモハメド・アブダラという男だ。ハリルは名前を口にして、大げさに身震いした。

「あいつは悪魔だ！　分別も慈悲もなにもない、人の心を歪める冷酷な輩《やから》だ！　サイイドは悪行の数々を知りながら、なぜかあいつを高く買っている」

「みんなどこに行くの？」ユスフはたずねる。

「野蛮人との商売に出かける」とハリル。「それがサイイドの生活だ。そのためにこの町にいる。未開人のところへ行って、ここにある商品を売り、あっちでいろいろ買ってくる。なんでも買うけど——奴隷だけは手をつけない。政府がやめろと言う前からだ。奴隷の売買は危険だし不名誉だ」

「どれくらい留守にするの？」

「数か月。数年になることもある」ハリルは誇らしげに、惚れ惚れした表情でにんまりする。「いいか、これは商売だ。どれくらい時間がかかるかなんていう話じゃない。丘を越えて四方八方に進んでいき、取引が終わるまで帰ってこない。サイイドは最高の商人だ。いつも決まっていい取引をしてすぐに戻ってくる。今回も長くはかからないだろうな。小遣い稼ぎ程度のもんだよ」

日中は男たちが仕事を求めて訪ねてきて、アズィズおじさんと条件を交渉する。かつての職場の紹介状を携えてくる者もいる。なかには老人もいて、門前払いされると目を爛々とさせ、必死の形相で懇願する。

そしてある日の朝、あたりのごたごたが限界に近づいたとき、隊商は出発した。太鼓、角笛、タンブーリが鳴り響き、喜びを爆発させ、抑えきれない情熱を解き放ち、男たちを先導していく。楽士のうしろには包みや袋を運ぶ荷担ぎが続き、大声で陽気に憎まれ口をたたき合って、見送りに来た野次馬にも戯言を飛ばす。その横をソマリ人とニャムウェズィ人が歩き、杖と鞭を振って威嚇し、物見高い連中を寄せつけないでいる。アズィズおじさんはふっと苦笑して、男たちが目の前を過ぎていくのを見守っていた。行列がほぼ視界から消えると、おじさんはハリルとユスフに向き直った。ほんの一瞬、動きというより、ちょっとした仕草だったが、呼び声に反応するかのように、庭園の奥の遠く離れた戸口のほうを肩越しにちらりと見た。それからユスフに微笑んで、キスのために手を差し出す。ユスフが手の上に屈んで、香水と香の匂いに包まれると、もう片方の手が首をなでる。十アンナ硬貨を思い浮かべたら、たちまち鶏小屋と木材置き場の悪臭が襲いかかってきた。最後にようやく、どうでもいいといった感じで、おじさんはハリルの騒々しい別れの挨拶に応える。手を差し出してキスを受け、背を向けて去っていった。

二人は遠ざかる主人の背中が見えなくなるまでその場に立っていた。ハリルはあたりを眺め、ユスフに笑いかける。「また少年を連れて帰ってくるかもな。いや、少女かもしれないな」

アズィズおじさんの留守中、ハリルの興奮ぶりは目に見えておさまった。老人たちはテラスに戻ってきて、ささやかな知恵を分かち合い、ここの主人に返り咲いたなとハリルをからかった。ハリルは家の用事を取り仕切り、毎朝なかに入っていったが、ユスフが興味を示してもなにひとつ話したがらない。ハリルは年老いた野菜売りに代金を支払った。老人は毎日、庭の戸口から来て、重いかごを担いで肩が傾いている。午前中には、近隣の少年に金をわたして、市場へ使いにやることもあった。少年はキスィママジョンゴーという名前で、いろいろな人の使い走りをして、鼻歌をうたいながら次から次へと仕事をこなす。しかつめらしい態度は悪趣味な物真似かなにかみたいで、周囲の笑いを誘う。というのも、小柄で虚弱で、ぼろをまとい、通りでほかの少年たちによくぶちのめされているからだ。家がなく、どこで寝ているのかわからない。ハリルはこの子のこともキファ・ウロンゴと呼ぶ。「もうひとりのキファ・ウロンゴ。こいつが元祖だ」

毎朝、老庭師のハムダニがやってきて、人目につかない木々や茂みの手入れをして、池と水路を掃除する。だれとも口をきかず、にこりともせず仕事に励み、さまざまな詩歌やカスィーダ（アラビア語やペルシア語などの古典詩の一類型）を口ずさむ。正午になると、庭園で体を清めて礼拝をおこない、ほどなく無言で立ち去る。客たちは異口同音にハムダニは聖者だと言った。常人にはない薬や治療の知識を持っている、と。

食事どきになると、ハリルは邸宅に入り、二人分の食べ物を手に出てくる。食べ終わると空の皿を戻しにいく。夜には、金の入った帆布の袋と帳簿を家に持っていく。ユスフは夜遅くに、刺々しい話し声を聞いたことがあった。女性たちがなかにいるのはわかっていた。ずっといるのだ。庭園の壁の蛇口より先に足を踏み入れたことはないが、そこからロープにかかった洗濯物、鮮やかな色のチュニックやシーツを目にして、いったいいつ、家のなかの声の持ち主が外に出てきて洗濯物を干したのだろうと首を傾げた。女性の訪問客は頭から爪先まで黒のブイブイ（東アフリカのムスリム女性の衣服）をまとっている。ハリルとすれちがうとアラビア語で挨拶し、ユスフのことをたずねた。ハリルは目を合わせずに答える。ときおり、ヘナで模様を描いた手が黒い衣装のひだからすっと伸びてきて、ユスフの頰に触れる。女性たちのむせ返るような香りを嗅ぐと母の衣装箱を思い出す。母はこの香りをウディ（スワヒリ語で一般には「香」の意）と呼び、沈香《じんこう》、竜涎香《りゅうぜんこう》、麝香《じゃこう》を混ぜたお香なのよ、と教えてくれた。名前のひとつひとつにユスフの心は思いがけない形で揺り動かされたのだった。

「家にはだれがいるの？」頃合いを見てユスフはハリルに訊いた。アズィズおじさんの在宅中には、なんとなくたずねる気になれなかったのだ。この暮らしに必要なもの以外に、なにか望みを持つなど考えたこともなかった。偶然の成り行きのようでもあれば、予期せぬ変化をもたらすようにも思えた。生活の中心と意義を占めているのはアズィズおじさんであり、おじさんを軸にすべてがまわっている。そうした世界から切り離して、おじさんをどう言い表せるのかはまだわからない。でも不在のなかでようやく、再び距離を感じはじめていた。

「家にはだれがいるの？」とユスフはたずねる。二人は夜の戸締りを済ませたあと、まだ店のなかで砂糖を量って袋詰めしていた。ユスフは砂糖をすくって計量し、ハリルは紙を巻いて円錐型の袋を作り、砂糖を入れる。しばらく、ハリルは同じ質問の繰り返しが聞こえていないふりをしていたが、手を止めて、いささか疑わしげにユスフを見た。ユスフはしてはいけない質問をしてしまったんだと気づき、失敗したときにはいまだに平手打ちが飛んでくるので、体をこわばらせる。だが意外にもハリルは笑って、ユスフの怯えた目から顔を背けた。「奥さまだ」とハリルは答え、これ以上訊くなと唇に指をあてた。そして用心深く店の奥の壁を一瞥する。その後、二人でまた黙々と砂糖の袋詰めを続けた。

のちほど、二人は空き地の反対側にあるスフィの木の下に腰をおろした。ランタンが作り出す光の空洞にすっぽりおさまっている。虫が炎のなかに飛び込めず、狂ったように次々とガラスに体当たりしてくる。「奥さまは頭がおかしいんだ」ハリルは唐突に口を開き、ユスフの小さな悲鳴を聞いて笑った。「お前のおばさんだな。おばさんって呼んだらどうだ。大金持ちだけど年寄りの病人だ。きちんと挨拶したら、全財産を残してくれるかもな。ずいぶん前、サイイドは奥さまと結婚して、突然大金持ちになった。でも奥さまはものすごく醜い。しかも病気だ。何年もいろんな医者がかわるがわる来た。長くて白い顎ひげの博識な賢者《ハキーム》が祈りの言葉を読みあげ、丘の向こうから呪術医《ムガンガ》が薬を持ってきたが、まったく効き目がない。なんと牛の医者やラクダの医者まで来た。この病は心の傷なんだ。人の手が加える傷じゃないぞ。わかるか？　なにか悪いものが影響したんだ。奥さまは人目を避けている」

ハリルは言葉を切り、もうなにも語らなかった。最初は茶化していたのに、話をするうちに悲しげな顔をした。ユスフはそんなふうに感じ、ハリルを元気づけたくてなにか言おうと考えた。狂った老女が邸宅にいることにはちっとも驚かなかった。母が聞かせてくれた物語に出てくるとおりだからだ。こういう話では、狂気はうまくいかない愛ゆえに起こる。あるいは、遺産を奪うためのまじない、果たされない復讐のせいだ。問題が解決するまで、呪いが解けるまで、狂気のことはどうしようもないんだよ、とハリルに伝えたかった。あんまり心配しないで。きっと物語が終わる前に、なにもかももとどおりになるから、と。

狂った奥さまに出くわしたら、目を逸らして祈りをつぶやこうとユスフはすでに心に決めていた。母さんのこと、母さんが物語を語ってくれたことは考えたくない。ハリルが悲しんでいると、こっちまで惨めな気持ちになる。もう一度ハリルに話してもらおうと思って、最初に頭に浮かんだことを口にする。「ねえ、きみのお母さんはよくお話を聞かせてくれた？」

「母さんだって！」ハリルはふいを突かれて叫んだ。

少ししてもハリルが黙ったままなので、ユスフは改めてたずねた。「聞かせてくれた？」

「母さんの話はしないでくれ。もういないんだ。だれもかれも。みんないなくなってしまった」そしてアラビア語でなにか早口でつぶやき、いまにもユスフを張り倒しそうだった。「行ってしまったんだ。やれやれ、バカなやつ、キファ・ウロンゴめ。みんなアラビア半島に帰ったんだよ。俺を置いて。兄さんたちも、母さんも――みんな」

ユスフは涙ぐんだ。故郷が恋しくなり、見捨てられたのだと感じた。泣かないように必死でこらえた。ややあって、ハリルはため息をつき、手を伸ばしてユスフの後頭部を殴った。「残ったのは弟だけだな」と言ってハリルが笑うと、ユスフは自分が憐れでたまらなくなり、わっと泣き出した。

金曜日の午後はたいてい商店を一、二時間閉めていたのだが、アズィズおじさんが留守のあいだに、午後まるまる町で過ごしてみようとユスフは提案した。昼間の猛暑のなか、海をちらりと見たことがあり、客たちがその日の漁でたまたま獲れた驚くべき生き物の話をしているのを聞いたこともある。ハリルは、町には知り合いがいないんだ、と答えた。ここに到着して、真夜中に下船し、サイイドの腕に抱かれてからは、一度しか港を見ていない。

あれからずいぶんたつけど、訪ねていける人はいない、とハリルは言った。どこの家にも入ったことはない。毎年イードの時期には、サイイドとともに、ジュムア・モスク（ジュムアはアラビア語で「金曜日」の意。金曜礼拝や祝祭の日に訪れる）に礼拝に行った。一度、だれかの葬儀に連れていかれたけど、だれが亡くなったのかはわからなかった。

「じゃあなおさら町を見てまわらないと。港にも行けるよ」とユスフは言った。

「道に迷ってしまう」ハリルはぎこちなく笑う。

「迷わないよ」ユスフは断言する。

「シャバーブ（アラビア語で「若者」の意）！　なんて勇敢な弟だ」と言ってハリルはユスフの背中をぱしっとたたく。

「なら頼んだぞ」

　店を出てまもなく、何人かの客に行き合い、二人は挨拶した。通りの人の波に呑まれて、金曜《ジュムア》礼拝のモスクへと流れついた。ユスフは嫌でも気づいてしまった。ハリルは適切な言葉で祈れるかどうか、きちんと振る舞えるかどうか不安を覚えていたのだ。のちに海辺まで歩き、ダウ船や小舟を眺めた。ユスフがこんなに海の近くに来たのははじめてで、あまりの巨大さに圧倒されて言葉を失った。海沿いの空気は爽やかでぴりりと香るのだろうと予想していたが、ただ糞やタバコや原木の臭いが漂うばかりだ。それとは別に鼻をつく腐敗臭もしていて、あとで海藻の臭いだと知った。砂浜には浮きのついた小舟がずらりと並び、その先では、持ち主の漁師たちが日除けの下や調理用の焚火のまわりでくつろいでいる。潮の流れが変わるのを待っているんだ、と二人は説明を受けた。だいたい日没の二時間前だという。漁師たちが場所を空けてくれたので、ハリルは気兼ねなく交じって腰をおろし、ユスフを引っ張って横に座らせた。二つの黒焦げの鍋で作っている料理は米とほうれん草だと判明する。使い込まれた丸い大皿に盛られ、全員で分け合って食べた。

「前はここの南の海岸沿いの漁村で暮らしてたんだ」漁師たちが去ると、ハリルが言った。

二人はぶらぶら散策しながら、やることなすことに笑って午後を過ごした。気の向くままにうろついている途中、サトウキビ一本とナッツひと袋を買い、その後、足を止めて少年たちのキパンデを見物した。ユスフがハリルに、仲間に入れてもらおうかとたずねると、ハリルはもったいぶったようすでうなずいた。実を言うと、ハリルは詳しいやり方を知らなかったのだが、数分見ているうちにおおよその流れは把握できた。腰布《サルニ》を短くたくしあげて、狂ったように木切れを追いかける。少年たちは笑い転げ、大声で悪態をつく。ハリルが力を尽くしてできる限り早くバットを手に入れ、ユスフにわたすと、名人技でこともなげにどんどん安打を放った。ハリルは得点が入るごとに拍手を送り、とうとうユスフが捕まったら、肩に担いで試合から連れ出した。ユスフはなんとかもがいておりようとした。

家に帰る道すがら、夕方の通りで活動をはじめた犬たちに出くわした。明るいところで見ると、体はあちこちただれ、やせこけていて、毛は汚れてみすぼらしい。月明かりのもとであれほど残忍だった目は、日中の光のなかでは、ねばねばした糸を引いて、白いものがこびりついているだけだ。体の赤い傷にはハエがたかっている。

キパンデの試合のあと、客たちの前でユスフの見事な腕前が讃えられた。ハリルはユスフの偉業を語るたびに尾ひれをつけ、自分の登場する場面はいっそうおもしろおかしく演出した。客がいるときのいつもの調子で、特に少女や若い女性が交じっていると、なんでもかんでも笑い話にしてしまう。そんなわけで、マ・アジュザが話を聞きに来たときには、少年の遊びが流血と殺戮の光景に変わっていた。大団円ではユスフが意気揚々と立ち去り、道化師がそばで飛び跳ねて誉め歌をうたう。神に祝福された偉大なるユスフ、ゴグとマゴグ（旧約聖書『エゼキエル書』第三十八―三十九章、新約聖書『ヨハネの黙示録』第二十章の神に逆らう勢力。コーランではヤージュージュとマージュージュとして、第十八章「アル・カハフ（洞窟）」、第二十一章「アル・アンビヤー（預言者）」で言及されている）を退治したズー・ル・カルナイン（「二つの角を持つ者」の意。コーラン第十八章でヤージュージュとマージュージュを防ぐために障壁を建てたとされる）の生まれ変わりよ！　ユスフのきらりと輝く剣に目に見えない敵が次から次へと打ち倒されると、マ・アジュザはひとつひとつの見せ場で歓声をあげて拍手を送る。そしてハリルの熱弁が終わるころ、ユスフの予想どおり、マ・アジュザは歓喜の叫びをあげて追いかけてきた。客とテラスの老人はやんやと囃《はや》したてて笑い、女性をけしかける。こうなったらもう逃げられない。マ・アジュザはユスフを捕まえ、スフィの木まで引きずっていき、激しい情熱に打ち震えていたが、ユスフはどうにかこうにか身をよじって離れたのだった。

「ねえ、マ・アジュザに話していた、マジョグとかいうのはだれなの？　どんな話？」のちにユスフは訊いた。

その夜、ハリルは邸宅に行ったあとで物思いに耽っていて、最初のうち質問に取り合おうとしなかった。しばらくしてこう説明した。「ズー・ル・カルナインは空飛ぶ小さな馬だ。捕まえて、クローブの焚火で炙り、四本の足、翼も含めて肉を少しずつ食えば、まじない師や悪魔やグールに勝る力を得られる。お望みとあらば、中国やペルシアやインドからすらりとした美しいお姫さまを連れてこいと命令もできる。でも問題はそれと引き換えに、ゴグとマゴグに囚われてしまうことだな――しかも一生だ」

ユスフは納得がいかず、黙っていた。

「わかったわかった。ほんとのことを教えてやるよ」とハリルは言ってにやりとする。「冗談はこれくらいにしよう。ズー・ル・カルナインとは二本の角が生えた男、征服者イスカンダル（古代マケドニアのアレクサンドロス大王の伝承が由来とされる。イスカンダルはアレクサンドロスのアラビア語・ペルシア語名）だ。戦いに勝って全世界を手に入れた。征服者イスカンダルの話、聞いたことあるか？　世界征服に乗り出して、東へ西へと旅するうち、ある民族のもとにたどり着いた。人びとの話によれば、北のほうにゴグとマゴグ、言葉を知らない残虐なやつらが暮らしていて、近隣の土地をずっと荒らしまわっているという。それでズー・ル・カルナインは壁を築いた。ゴグとマゴグはのぼれないし、下を掘って抜け出すこともできない。この壁こそが世界の果てだ。これを越えたら野蛮人と悪魔しかいない」

「壁はなにでできているの？　ゴグとマゴグはまだそこにいるの？」ユスフは問いかける。

「どうやってわかるっていうんだ」ハリルは苛々して言い放つ。「いい加減にしてくれよ。お前は話をねだってばかりだ。もう寝させてくれ」

　アズィズおじさんの不在中、ハリルは店のことに関心を失っていった。家にひっきりなしに入っていき、ユスフが庭園に迷い込んでもさほどがみがみ言わない。庭園は周囲を壁に囲われていて、邸宅の前のテラス付近に広い出入口があるだけだ。静かで涼しいのは遠くから見ても明らかで、ユスフはここに来てすぐに心を惹かれていた。おじさんの留守をいいことに、壁の内側に足を踏み入れ、庭が四つに分かれているのを知った。中央に池があり、水路が四方に流れている。四つの部分には木々と茂みがあって、ところどころ花をつけている。ラベンダー、ヘナ、ローズマリー、アロエ。茂みと茂みのあいだにはクローバーや芝が広がり、ユリやアヤメがそこかしこで固まって咲き誇る。池の向こう、庭の一番奥には地面を高くした花壇があり、ケシ、黄色のバラ、ジャスミンが野生の状態を模してまばらに植えてある。夜に芳香がたちのぼり、めまいを感じるところをユスフは夢想する。うっとりしていたら、音楽が聞こえた気がした。

庭園のあちこちにオレンジとザクロの木がある。ユスフは木陰を歩いていて、なんだか自分が邪魔者のように思え、うしろめたい気持ちで花の香りを吸い込んだ。木々の幹には鏡がいくつも掛かっているが、いかんせん高い位置にあるので、のぞき込むことができない。ハリルと二人で店の前の土のテラスで横になり、庭園について語り合い、美しさに感嘆した。ユスフは口にこそ出さなかったものの、二人でそんなふうに話していて、ひっそりとした木立のなかにしばらく消えてしまえたらどんなにいいだろうと強く思った。ザクロは果実の王さまだ、とハリルは語った。オレンジでも桃でも杏でもない。ぜんぶが合わさったもの。そもそも木は実り豊かだし、幹も実も頑丈で丸々としていて、生命の強さそのものだ。この説の裏づけに、大胆にもくすねてきた実から固くて水気のない粒を手わたされた。オレンジとは似ても似つかない味。とにかく好きになれなかった。桃については聞いたこともなかった。「杏はどうなの?」

「ザクロほどうまくないな」ハリルは苛立ちを募らせる。

「じゃあ杏も好きになれない」ユスフはきっぱり言ったが、ハリルは相手にしなかった。

ハリルが邸宅でかなりの時間を過ごしているのははっきりしていた。ユスフは折に触れて庭園を訪れたが、いつ立ち去るべきかをわきまえていた。家の中庭で不平を訴える声が大きくなって、壁越しに文句をぶつけられていると気づいたのだ。奥さまにちがいない。

「奥さまはお前を見かけたんだ」とハリルは語った。「なんてきれいな子なのと言ってる。お前が庭を散歩してると、木に掛けてある鏡で眺めてる。鏡のこと、知ってるか?」

マ・アジュザのときと同じ、きっと笑い者にされるとユスフは踏んでいたが、ハリルは意外にもただ険しく憂鬱な顔をして、なにかに気を取られていた。

「すごく歳なの?」ユスフはハリルに訊いた。関心を引いてからかってもらおうと思ったのだ。「奥さまはすごく歳なの?」

「そうだ」

「醜いの?」

「そうだ」

「太ってるの?」

「いいや」

「気が狂ってるの?」とユスフはたずね、みるみるうちに血相を変えるハリルを興味深そうに眺めた。

「使用人はいるの?　料理はだれがしてるの?」

ハリルはユスフの頰を何度も引っぱたき、拳で思いきり頭を殴った。膝のあいだに顔を押し込み、わずかに手を止めてから唐突に突き放した。「使用人はお前だ。俺もそうだ。奥さまの奴隷だ。ちょっとは頭を使えよ。間抜けなスワヒリ野郎め、ひ弱なバカが――奥さまは病気だ。ちゃんと目を開けてよく見ろよ。お前ってやつは、生きてるより死んだほうがましだな。なんでもかんでもひっきりなしに面倒を起こしたいのかよ?　あっちに行け!」ハリルは口角に泡をためて怒鳴りつけた。怒りを抑えようとして、やせた体を震わせていた。

山間の町

1

はじめての内陸への旅は降って湧いたような話だった。ちょうどユスフがこういう予想外の出来事にも慣れつつあったときのことだ。旅支度がかなり進んでから、自分も同行するのだと知った。商店の裏とテラスに道中の食料が集められた。かぐわしいなつめ椰子の実やさまざまな干し果実の袋が脇の倉庫に積まれている。藁袋から染み出る豊かな香りと甘い湿り気に誘われて、蜂という蜂が格子窓をすり抜けて入ってくる。ひづめや皮の臭いがする荷物はせわしなく邸宅のなかに運び込まれ、不格好な形で麻袋が被せてある。**マゲンドだ**、とハリルはささやく。**内陸に持っていく密売品。大金になる。**店の客は眉を寄せて麻布で覆われた積み荷を眺め、老人たちといたずらっぽく満足げに顔を見合わせる。三人の老人はテラスの長椅子から追い払われていたものの、相変わらず木陰でじっと状況を見守り、周囲の出来事ぜんぶにかかわっていると言わんばかりに、よしよしとうなずいてにんまりする。ユスフは老人のひとりに捕まったら、相手にもよるが、たいてい痔と便通と便秘の話を長々とこと細かに打ち明けられた。しかし体の衰えはつらいものだという愚痴にひとしきり耐えれば、そのほかの旅の話を聞けたし、活気溢れる新たな旅ごしらえに老人たちが夢中になるさまを見ていられた。
あたりには旅先で染みついた異郷の香りが漂い、指示を飛ばす声が響いている。出発の日が迫るにつれて、混沌とした状態も名残り惜しそうに落ち着いてきた。アズィズおじさんは戸惑ったような含み笑いを見せたり、表情のない厳しい顔をしたりして、全員が品位をもって行動することを暗に求めた。そしてとうとう、穏やかな空気に包まれて、角笛の騒々しい音色、太鼓の満ち足りた拍子に導かれ、隊商は出発した。通りの見物人は一団が過ぎるのを静かに見送り、笑みをたたえて控え目に手を振った。みな一様に、内陸へ向かう隊商の行進を目当てに来ていることを否定するつもりはなく、こうした旅はなくてはならないと感じさせる話し方を心得ていた。

ユスフはこれと似た出発の場面をすでに何度も目にしており、緊張と熱狂に満ちた旅支度の雰囲気も楽しむようになっていた。ユスフとハリルは荷担ぎや護衛を手助けし、物を取りに行ったり運んだり、見張りをしたり、数を数えたりする役目を負っていた。アズィズおじさんは準備にほとんど立ち会わない。細かいことはすべて隊長《ムニャパラ》のモハメド・アブダラに託される。あの悪魔だ！　長旅に出るときにはいつも、内陸のどこかからムニャパラを呼び寄せる。まず間違いなくモハメド・アブダラはやってくる。おじさんは資力のある商人なので、インド人のムッキ（インド人の金貸し・商人）の貸付に頼らなくとも隊商を自力でまかなえるのだ。つまり、こういう商人のもとで働くのは名誉になる。荷担ぎや護衛を雇い、利益の分け前を取り決めるのはモハメド・アブダラ。男たちの仕事ぶりも監督する。雇うのは沿岸の人間が大半で、はるばるキリフィ、リンディ、ムリマから出てくる者もいる。ムニャパラはだれかれ構わず震えあがらせる。険しく恐ろしい表情、無情に光る目を見るだけで、逆らえば必ず痛い目に遭うのが予想できる。ごくありふれた、なんの変哲もない身振りですらも、ムニャパラは己の力を意識して楽しみつつおこなう。背が高く、見るからに屈強で、どんな挑戦も受けて立つというように、肩をいからせて威勢よく歩く。頬骨が高くごつごつした顔には、不穏な衝動をたぎらせる。威嚇のために細い竹の杖を携えて、苛立ったら宙でひゅっと鳴らし、怒りが爆発したら不精な尻に振りおろす。無慈悲な男色家であるのは有名で、虚ろな目をして自分の股間をなでる姿がしばしば目撃されている。モハメド・アブダラに雇われなかった男たちによれば、旅の途中、進んで四つん這いになりそうな荷担ぎを選んでいるという。

ムニャパラはともすれば、薄気味悪い笑みを浮かべてユスフを見つめ、小さな喜びに浸って首を振る。ついで、なんと素晴らしい《マーシャアッラー》（アラビア語。直訳では「神の望まれたままに」の意）、これぞ神の奇跡とつぶやく。そういったときには、うれしそうに優しい目をして、いつになくにやりと笑い、噛みタバコの色に染まった歯をむき出しにする。この手の苦悩に苛まれると、欲望の混じった深い吐息を漏らし、美しさの本質をうたう詩の一節を微笑みながら口ずさむ。ユスフはモハメド・アブダラから今度の旅に同行することになると聞かされ、そんな単純な指示すらも恐ろしく感じた。

ユスフにとって旅は気が進まないものだった。長い囚われの生活のなかでようやく得られた心の平穏が乱されかねない。なにはともあれ、アズィズおじさんの商店の仕事に不満があるわけではなかった。ユスフは自分が質草《レハニ》だと、父親の借金の形としてここにいるのだとじゅうぶんに理解できるようになった。父が長年にわたって借金を重ね、宿屋を売り払っても返済できない額にまで膨れあがっていたのは想像にかたくない。それとも、単についていないかっただけなのか。それとも、借りた金なのに馬鹿みたいに使ってしまったのか。ハリルは言っていた。なにか必要になったら、必要なことを頼める人がいる。どうしても金に困ったら、ひと握りの貸方に調達させればいい。それがご主人《サイイド》のやり方だ、と。

いつの日か、父さんが自力でどうにかできれば、連れ戻しに来てくれるかもしれない。ユスフは母と父を思い、泣けるときには泣いた。両親の面影が記憶のなかでかすんでいく気がして取り乱したこともある。二人の声音や特徴——母の笑い声、父の苦笑い——を思い出すとほっとした。両親が恋しいというわけではない。いずれにしても、時間が積み重なるとともに寂しさは薄れていき、かわりに両親との別れが人生で一番忘れられない出来事として心に刻まれた。だからこそよくよと考えて、失ったものを嘆く。両親について知っておくべきだったこと、質問できたはずのことに思いを巡らせる。ユスフが常に怯えていたあのひどい夫婦喧嘩のこと。バガモヨを発ったあとで溺れ死んだ二人の少年の名前。木々の名称。こうしたことを両親に訊こうという気になっていたら、こんなにも無知で、あらゆるものから切り離されて危なっかしくさまよっていると感じたりはしなかったかもしれない。ともあれ与えられた仕事をこなし、ハリルのどんな指示にも従い、「兄さん」を当てにするようになった。許しが出れば庭園でせっせと働いた。

朝と昼過ぎに庭園の手入れをしに来る老《ムゼー》ハムダニはユスフの庭園への情熱に感心した。老人はめったに口をきかず、神を讃える詩——いくつかは自作のもの——を口ずさんでいる最中に邪魔が入り、相手の話を聞かなくてはならなくなると腹をたてる。毎朝、だれにも挨拶せずに作業をはじめ、バケツに水を溜め、通路を歩いて水やりをする。この庭園とこの仕事のほかはなにも存在していないかのようだ。太陽がじりじり照りつけてくると、木陰に座って小さな本に目を通し、ぼそぼそつぶやき、軽く体を前後に揺らし、うっとりと祈りに耽る。午後の礼拝が終わると、足を洗って立ち去る。ムゼー・ハムダニはユスフの好きな時間に庭仕事を手伝わせてくれた。といっても、仕事を指示するわけではなく、追い払わないというだけのことだ。夕方近くになり、日が傾くと、ユスフは庭園をひとり占めした。枝を切り、水をやり、木の下や茂みのあいだをそぞろ歩く。暗くなって、不平がましい声が壁の向こうからあがると、そそくさと逃げ出す。あるときには、次第に闇が深まっていくなかで、ため息や切れ切れの歌を耳にした。その響きを聞いて、悲しみでいっぱいになった。一度など、切なる思いを延々と叫ぶ声がして、母のことを思い出し、壁のそばで立ち止まり、恐怖に震えながら耳を澄ましていた。

ユスフは奥さまについて根掘り葉掘り訊くのをやめた。ハリルを怒らせるからだ。**お前には関係ない。無駄な詮索はやめろ。お前は――不運《キスィラニ》をもたらす。災いを招こうとしているんだぞ。**ハリルが激昂するので、奥さまの話はやめなければならなかったが、客たちが家のようすを丁重にたずねるときに交わす視線に気づかずにはいられなかった。午後にハリルとユスフが町を漫歩していて、静まり返った豪邸を目にしたことがあった。正面の壁には窓がひとつもない。裕福なオマーンの一族が暮らしているという。「あの一族は娘を兄弟の息子にしか嫁がせない」と店の客が話していた。「馬鹿でかい要塞みたいな家には、虚弱な子孫が幽閉されているのに、だれもそのことを語らない。たまに、憐れな子たちが上階の窓の格子に顔を押しつけているのが見える。どうしていいのかわからずに、この悲惨な世界を眺めているのかもな。知る由もないが。あるいは、ひょっとすると父親の犯した罪に対する神の罰だとわかっているのかもしれないな」

二人は毎週金曜日に町へ行って、ジュムア・モスクで礼拝をおこない、通りでキパンデとサッカーに興じた。ハリルは通りすがりの人たちから大声でたしなめられた。父親と言ってもいいほどの年齢なのだから、もう子どもと遊ぶのはやめなさい。みんなに噂されて口汚く罵られてしまうぞ。ある日、老女が足を止めて、数分試合を見物していたが、ハリルが近くに来たので、すぐさま地面に唾を吐いて去っていった。夕暮れどきには海岸まで歩いていき、海に出ていない漁師と話をした。大麻を勧められると、ハリルは受け取って、ユスフにはやめておけと言った。これだけきれいなんだから大麻なんかいらないな。漁師たちは口々に述べた。こんなものを吸ってもいいことはない。悪魔の仕業、罪だ。そうはいっても、貧しい男はこいつなしでどうやって生きていけばいいんだ？　ユスフは物乞いのモハメドが語っていた悲惨な経験、母の愛とウィトゥの南の灌漑農地を失ったという話を思い出した。やめろと言われたところで、なんの不足も感じなかった。漁師たちはいろいろな冒険について、海で降りかかった災難や試練について語ってくれた。粛々と厳かに悪霊の話をした。あるときは、雲ひとつない空から突然の嵐を装い襲ってきた。またあるときは、ぎらぎら光る巨大なエイの姿で暗い夜の海から現れた。漁師たちは互いに気兼ねせずに、手ごわい勇敢な敵と戦った記憶に残る話を交わした。

それから二人はカフェの外でトランプのゲームを見たり、食べ物を買って通りで食べたりした。季節の節目を迎えたり、縁起を祝ったりする際に、屋外で踊りと演奏会が催されて深夜まで続いていた。ユスフは町に居心地の良さを感じ、もっと頻繁に来られたらいいのにと思っていたが、ハリルがそわそわしていることに気づいていた。ハリルにとっては、商店のカウンターに立ち、きつい訛りで客と冗談を言い合うのがなによりもうれしいのだ。客といるときの幸せなようすは心からのもの。からかわれても馬鹿にされても、相手と同じくらい楽しそうに笑う。どれほどの困難に耐えているか、どれほどつらく苦しいかと吐露されると、注意深く共感をもって耳を傾けた。マ・アジュザの話はこうだ。たしかにあんたは落ち着きがないし、貧相な体つきだけれど、もしユスフと婚約していなかったら、あんたを結婚相手に考えていたでしょうね。

ある日の夕べ、旧市街の中心でインド人の婚礼の宴に参加した。もちろん招かれたのではなく、豪勢な愛のお披露目と祝賀をひと目見ようと集まってきた薄汚れた群衆に紛れたのだ。来賓の紋織物のドレスや金の装飾品の素晴らしさに息を呑み、男たちが頭に巻いた鮮やかなターバンを誉め讃える。古来伝わる濃厚な香りがあたりに漂い、家の前の道路に置かれた真鍮の壺からもうもうと香の煙がたちのぼる。芳香のおかげで、道の真ん中を走る蓋のついた排水路の悪臭が抑えられている。花嫁に付き添う行列の先頭には二人の男性がいて、巨大な緑のランタンを持っている。タマネギ形の丸屋根がたくさんついた宮殿みたいだ。両脇には青年が列を作り、歌をうたい、通りを埋め尽くした大勢の見物人にバラ水をまく。なかには照れくさそうにしている若者もいる。それに気づいた野次馬が冷やかして、口汚い言葉を投げつけたので、余計に戸惑っていた。花嫁はうら若く、ほっそりした少女。頭から足先まで金の刺繡入りの絹のヴェールをかぶり、動くたびにきらきらと輝きを放つ。ずっしりとした腕輪と足輪がぼんやりと光り、ヴェールの下では大ぶりの耳飾りがまばゆい影のように揺れている。ランタンの明かりに照らされて、うつむいた顔の輪郭が浮かびあがる。花嫁は花婿の待つ家の狭い門を入っていった。

その後、料理を盛った大皿が続々と通りに運ばれてきて、サモサ（小麦粉の皮でジャガイモ、豆、挽肉などの具を包んで揚げたもの）、ラドゥー（小麦粉や豆粉とギー、砂糖を炒って固めた丸い菓子）、バダム・ハルワー（アーモンドのハルワー。皮をむいたアーモンドをつぶして、牛乳、ギー、砂糖などと練り合わせた菓子。ハルワーは広くはハルヴァと呼ばれ、材料や形状は異なるが南アジアから北アフリカまで広く食される）が見物客に振る舞われる。夜遅くまで音楽が奏でられ、美しく朗々と響く歌声に弦楽器と打楽器が伴奏する。通りにいる人たちは歌詞の意味がさっぱりわからなくても、とにかくとどまって鑑賞していた。夜が更けるにつれて歌は物悲しくなり、見物客は歌の憂いに追いたてられて静かに散っていった。

2

「キジャナ・ムズリ」、きれいな子だ。モハメド・アブダラは言った。ユスフのそばで足を止め、うろこに覆われたような染みだらけの手で顎を持ちあげる。ユスフは首を振って逃れた。顎がずきずき痛む気がした。「お前も行くんだぞ。サイイドは午前中に支度を済ませるように言っている。一緒に旅をして、商売をして、文明と野蛮のちがいを学ぶんだな。そろそろ大人になって、世界がどんなものか知るべきだ――汚い店で遊びまわるんじゃなく」モハメド・アブダラは話しながらにやりと笑った。獰猛に歪んだ顔は悪夢につきまとう犬を思い起こさせた。

ハリルに同情してもらおうと思ったら、慰めの言葉もかけてくれないし、悲運を憐れんでもくれない。ただ笑って腕を小突いた。ふざけたつもりだろうがユスフの心は傷ついた。「ここの庭に座ってぶらぶらしてたいのか？　あの頭のおかしいムゼー・ハムダニを真似して、カスィーダを口ずさみたいのかよ？　向こうにもそこらじゅうに花畑はあるさ。サイイドから鍬《くわ》を一本借りればいい。野蛮人との商売用にいっぱい持っていくから。あいつら、野蛮人どもは鍬を欲しがるんだ。理由はだれにもわからない。戦いが好きだとも聞いた。でもこういうことはぜんぶ知っていて、わざわざ俺から聞くまでもないよな。お前はあそこの未開の土地の出だもんな。なのになんで怖がってるんだ。きっと楽しいぞ。あっちに行ったら言えばいい。ぼくはこのあたりの王子で、お妃を探しに故郷に帰ってきたんだって」その夜、ハリルはユスフに近寄らず、店の仕事を忙しくこなし、荷担ぎたちとひどく興奮して話し込んでいた。敷物に横たわって寝る時間になり、とうとう避けられなくなると、ユスフが質問しようとしたことで軽口をたたいた。「たぶん、旅の途中でじいさんに会えるんじゃないか。わくわくするな――風変わりな景色や野生の動物も見られるし。それとも、留守中、マ・アジュザを奪われるかもしれないって心配してるのか？　だいじょうぶだ、スワヒリ人の弟よ。あの人は一生お前のもんだ。出発の前に別れがつらくて泣いてたって言っておくよ。野蛮人にはあそこ《ズップ》を握ってくれる人がいないからって。ずっと待っていてくれるし、戻ったらすぐに駆けつけて歌ってくれるさ。お前はもうじき金持ちの商人になるんだ。サイイドみたいに絹の衣装を着て、香水をまとってな。腹に金入れを巻いて、手首に数珠をつけるんだぞ」

「いったいどうしたんだよ」ユスフは憤慨して怒鳴った。ハリルの言葉に傷つき、惨めな気持ちで声を震わせた。

「俺にどうしろっていうんだ。泣けばいいのか？」とハリルは言って笑った。

「明日、出ていかなきゃいけないんだよ。例の男と、泥棒の一味と一緒に――」

ハリルはユスフの口をさっと手で塞ぐ。二人は店の裏で横になっていた。モハメド・アブダラと手下の連中が正面のテラスを占拠しているのだ。しかも、空き地の端の茂みを屋外便所に変えてしまった。ハリルは唇に指をあてて、しっと言って警告する。ユスフは続きを話そうとして、腹を強く殴られ、痛みに呻きをあげた。追放の刑に処されて、まったく身に覚えのない裏切り行為の罪に問われているように感じた。ハリルはユスフを近くに引き寄せて、しばらく抱き締めてから放した。「そのほうがいい」

朝になり、麻袋で覆った荷物がひとつ残らず古いトラックに積まれて、先に内陸へと向かう。一行はあとで合流することになる。トラック運転手はバチュスという名のギリシア人とインド人の混血だ。黒い長髪に、きれいに整えた口ひげを貯えている。父親は町で瓶詰めと製氷の小さな工場を所有していて、たまにトラックと息子を商人に貸し出す。バチュスはドアを開けたまま運転席に座り、柔らかで肉づきのいい体をゆったり座席に預ける。口を開けば穏やかな声でにこりともせず、卑猥な話をとめどなく続ける。合間にひとしきり恋の歌をうたい、ビリ（インドのタバコ、一般にはビディ）をふかす。「おい、今回くらいよくしてくれよ、山羊野郎め。日がな一日、ここに腰かけて、お前らのケツの穴をなでてられたら最高だが、いかんせんまだ荷物を積み込まなくちゃならない。さあ仕事、仕事。いつまでも互いの糞を嗅ぎ合ってるんじゃないぞ。

真実を思うと、きみの顔が浮かぶ
ほかはどれも偽りの顔
幸せを夢見ると、きみの愛撫を感じる
するとだれの目にも嫉妬が燃えあがる

おやおや、閣下《ジャナーブ》！　マハーラージャが俺の歌を聞いたら、ひと晩、好みのやつを差し出してくれますぜ。この場所、妙な臭いがするな。腐ったアレの香りにちがいない。でも食い物のせいかもな。おい、親父！　ここでなにを食わせてもらってるんだ？　背中を流れる汗が脂ぎってるじゃないか。これから行く土地のやつらは脂っこい肉が好きだからな。ケツの置き場に気をつけろよ。おいおい、お前、そんなところで股ぐらを掻くんじゃない。だれかにやってもらえ。いや、どうせなんの役にも立たないな。この種の痛手に効く薬はひとつしかない。こっちの壁の裏に来て、体をさすってくれ。五アンナやろう」荷担ぎたちは運転手の下品な話に腹を抱えてげらげら笑い転げる。大商人の前であんな口をきくとはな！　運転手の勢いがなくなってくると、一同は母親と父親をこきおろし、子どものことで下卑たあてこすりをしてからかう。「おい、こいつをしゃぶってくれよ」運転手は股間をつかんで言い放つ。そしてまた繰り返すのだった。

旅に必要な残りの商品は荷担ぎが長い手押し車《リクワマ》を引いて鉄道の駅に運び込む。アズィズおじさんはぎりぎりまでハリルと小声で話している。ハリルは傍らで指示を聞いて、恭しくうなずく。荷担ぎたちは何人かで固まって気だるそうに立ち、雑談をしたり、言い争ったり、どっと笑ったり、手を打ったりしている。「さあ《ハャ》、向こうに連れていってくれ」ついにアズィズおじさんが声をかけて、出発の合図を出した。太鼓叩きと角笛吹きが即座に演奏をはじめ、張りきって隊列の先頭を歩き出す。モハメド・アブダラはその数歩うしろを闊歩し、杖を振って宙に大きな弧を描く。ユスフは台車を押す手助けをした。ぼんやりしていると足を轢いてしまうので木の車輪から目を離さずに、小気味よくぶつくさ言う荷担ぎたちに加わった。いよいよというときになって、ハリルがおじさんの手にすがりつくのを見て恥ずかしくなった。許されるなら手を丸ごと呑み込みかねない勢いだ。毎度のことながら、今朝はいっそう見るに堪えない。ユスフはハリルがスワヒリ野郎とかなんとか叫ぶ声を聞いたが振り返らなかった。

アズィズおじさんはしんがりを務め、ときおり足を止めて、通りの人だかりのなかに名士の知人を見つけては、別れの挨拶を交わした。

3

荷担ぎと護衛は三等車に乗り込み、すのこの長椅子にわがもの顔で足を広げて座っている。ユスフも一緒だ。乗客はやかましくがさつな集団に恐れをなして、車両を移るか、隅に引っ込んでしまった。モハメド・アブダラは冷笑を浮かべて別の客車からやってきた。興奮して不平を並べたり、愚にもつかない話をしたりしている男たちに耳を傾けている。列車のなかは窮屈で薄暗く、粘土や薪の煙の臭いがする。ユスフは目をつむり、はじめての鉄道の旅を思い返す。一泊二日の旅のあいだ、しょっちゅう停車し、めったに速度を出さなかった。最初のうち、土地には椰子の木や果樹が密生していて、線路沿いの草木の隙間から大小の農地が見えた。列車が停まると、荷担ぎと護衛はなにが起きているのか見ようとして、駅に出ていった。この路線に慣れた者もいる。駅員や物売りとはすでに顔見知りで、ただちに旧交を温めて、旅の途中でわたしてほしいと伝言や贈り物を託された。暑い昼さがりの静寂のなか、ユスフはある停車場で流れ落ちる水の音が聞こえたような気がした。午後の半ば、列車がカワで停まると、だれかに見られて、両親が恥をかいてはいけないと思い、体をこわばらせて口をつぐんだまま、車両の床にじっと座っていた。その後、のぼり坂になって列車が東へと向かうと、木々や農地はまばらになっていった。草原が一面に広がって、鬱蒼と生い茂る雑木林が点在している。

荷担ぎと護衛はだみ声をあげて、互いにまくしたてる。食べ物の話を盛んにし、いまこのとき口にできない美味い料理について語り、各地方の名物がいかに素晴らしいか競った。腹が減って機嫌が悪くなると、別の話題に切り替える。言葉の裏にある真意、伝説の商人の娘が受け取った婚資の額、有名な船長の勇気ある行動、ヨーロッパ人の赤むけした皮膚の理由などを語り合う。三十分ほど活気に満ちた会話が続くが、動物の睾丸の重さだけはどうしても意見が一致しない。牛、ライオン、ゴリラ、それぞれを支持する者がいた。ほどなくして、男たちは寝どこが奪われていると言い争った。毒づき、唸りをあげ、少しでも場所を得ようと押し合った。いきりたつにつれて、小便みたいな汗の臭いとむっとするタバコの臭いが体から放たれ、鼻を刺す。まもなく喧嘩がはじまった。ユスフは頭を腕で覆い、車両の壁に背中を押しつけ、だれかが近寄ってきたら、ありったけの力で蹴り飛ばした。真夜中になると、もごもご言う声、そしてかすかな物音がした。ややあって、こっそり体に触れる音だとわかり、続いて小さな笑い声とくぐもった喜びのささやきが聞こえた。

日中、ユスフは車窓の外を眺め、田園風景の変化に気づいた。右手には、再び遠くに丘の連なりが現れ、木々が茂って黒っぽい。丘の上空はどんよりと霞がかかり、先行きが見通せない。列車が苦労して進む乾いた平原に澄んだ光が照りつける。日がのぼるにつれて、空気が砂埃でざらつき出した。太陽に灼かれて干からびた土壌には、まだところどころ枯れ草が残っている。やがて雨が降り注ぐと、青々とした草原に変わるだろう。ごつごつした棘のある木々がまばらに生え、あちこちに黒い岩が露出しているせいで暗く見える。燃えるような大地からたちのぼる熱と蒸気が口いっぱいに広がり、ユスフはぜいぜい喘いだ。長い時間停車していたとある駅では、一本のジャカランダの木が花を咲かせていた。薄紫と濃い紫の花びらが地面に敷き詰められて、くるくる色が変わる絨毯みたいだ。木の横には二つに分かれた倉庫がある。大きな錆びた南京錠が扉に掛かっていて、漆喰塗りの壁には赤土が飛び散っている。

ユスフは何度かハリルのことを考えた。仲良く過ごした日々のこと、突然、むっつりしたまま出発したことを思い出して悲しくなった。でもハリルは旅立ちをむしろ喜んでいるようだった。それからカワの町と町にいる両親に思いを馳せ、ひょっとしたらもっとちがったふうに振る舞えただろうかと自問した。

一行は夕方近くに、雪をかぶった巨大な山の麓の小さな町で列車をおりた。空気はひんやりと心地良く、夕暮れどきの柔らかな光が果てしなく広がる水面に反射している。到着早々、アズィズおじさんは昔馴染みの友人のように、インド人の駅長に挨拶した。

「やあモフン・シドワさん、ごきげんよう、ご主人《フジャンボ・ブワナ・ワング》。お元気ですか。お子さんたち、お子さんたちのお母さまもお変わりないですか。万有の主アッラーに讃えあれ《アルハムドゥ・リッラーヒ・ラッビル・アーラミーン》。われわれがこれ以上望むものはありませんね」

「ようこそ《カリブ》、アズィズの旦那《ブワナ・アズィズ》。ようこそおいでくださいました。ご家族のみなさんはお元気ですか。その後変わったことはありましたか。商売の調子はいかがでしょう」小太りの駅長は興奮と喜びをかろうじて抑え、アズィズおじさんの手を上下に振って握手する。

「神が授けてくださったものには感謝しています」アズィズおじさんは応じる。「わたしのことはともかく、いかがお過ごしでしたか、ぜひ聞かせてください。なにごともうまくいくよう祈念しています」

仕事の話をはじめる前に、われ先にと相手に礼を尽くし、にこやかに雑談をしながら、二人は納屋に似た低い建物の駅長室に姿を消した。巨大な黄色の旗が建物の上で翻り、ぱたぱたと波打ち、恐ろしい黒い鳥が怒り狂っているように見える。荷担ぎたちはにやにやと笑みを交わす。貨物の輸送費を割り引いてもらおうと、サイイドが駅長に相応の袖の下をわたす話をつけに行ったと知っていたのだ。ほどなく、駅長の補佐が出てきて壁にもたれかかった。たまたま通りかかり、状況を把握しようとちょっと立ち止まっているという無頓着な感じだ。補佐もインド人、背の低いやせた若者で、だれとも視線を合わそうとしない。荷担ぎたちは青年の態度を見て互いに目くばせし、訳知り顔で意見を言い合う。そうこうするうちに、モハメド・アブダラと護衛の監督のもとで荷物をおろし、駅に積みあげた。

「ぐずぐずするんじゃない。浅ましいおしゃべりども」モハメド・アブダラはただ叫びたいから叫んで、杖を振って威嚇する。周囲の全員をせせら笑い、ぼうっとした顔で股を広げて、キコイ（東アフリカ沿岸部の綿織物。伝統的に男性が着用していた）の上から下半身をなでている。「いいか、盗みは許さない。見つけたらケツをずたずたにするぞ。あとで子守歌を歌ってやるから、しばらく起きてろ。なにせ野蛮人の土地にいるんだ。ここのやつらは腑抜けのお前らとまるきりちがう。あいつらはなんでも盗む。腰布をしっかり巻いてないと、あっちのほうもやられてしまう。ハヤ、ハヤ！　やつら、首を長くして待ってるぞ」

出発の準備が整うと、一行は割り当てられたものを担ぎ、隊列を組んで歩き出した。居丈高な隊長が先頭につき、杖を揺らして、呆気にとられた通行人をすれちがいざまに睨みつける。小さくがらんとした町はそびえ立つ巨大な山の麓で縮こまり、まるで悲劇の舞台のように謎めいた陰鬱な雰囲気を漂わせていた。ビーズ飾りをつけた二人の戦士が大股で通り過ぎる。赤土を塗った体はつややかだ。緊張に張り詰めた面持ちで前傾姿勢になり、槍を振るのに合わせて革のサンダルでぱたぱたと道路を踏みしめる。右も左も向かず、目には自信と決意をみなぎらせ、ひたむきと言ってもいいほどだ。髪はきつく編んで、土と同じ赤に染めてあり、柔らかい革のシュカ（腰布または敷布）を肩から腰、さらに膝まで斜めに巻いている。モハメド・アブダラは振り向いて、蔑むような目で隊列を眺め、大股で歩く二人の戦士を杖で指す。「野蛮人め。お前ら十人分に値するな」

「神がああいう人間を創ったと考えてみろ！　まったくもって、罪でできたようなやつらだな」荷担ぎのひとりが言った。いつも最初に口を開く青年だ。「凶暴そのものじゃないか」

「どうやったらあんなに赤くなるんだ？」別の荷担ぎが問いかける。「血を飲んでるにちがいない。血を飲むってのはほんとの話だよな」

「槍の刃を見てみろよ！」

「それに扱い方を心得ている」隊長のしかめ面を意識して声をひそめ、護衛が言った。「棒の先についたお粗末な刃に見えるかもしれんが、かなりの打撃を与えられるぞ。あれだけ練習してたらなおさらだ。年がら年じゅう人を攻撃して、狩りをしてるからな。一人前の戦士になるには、ライオンを狩って仕留めて、性器を食わないといけない。そして食うたびに妻をもらう。仲間うちでは、食えば食うほど一目置かれるらしいぞ」

「おいおい《ヤー・アッラー》！　からかうなよ！」一同が大声をあげて護衛を嘲笑い、大げさな話を信じなかった。

「ほんとなんだって」と護衛が抗弁する。「この目で見たんだ。ここらへんを歩いてまわったことのあるやつに訊いてみな。神に誓って《ワッラーヒ》、嘘じゃない。しかも人を殺したら、体の一部を切り取って特別な袋に入れて取っておくらしいぞ」

「なんのために？」おしゃべりな若い荷担ぎがたずねる。

「野蛮人に理由を訊くのか？」モハメド・アブダラがつっけんどんに言って振り返り、青年を一瞥する。「理由はひとつ、野蛮人だからだ。見たまんまだ。サメやヘビに、なんで攻撃するのかと訊かないだろ。野蛮人も同じ。そういうもんなんだ。それより、荷物を担いでもっと速く歩け。口数を減らしたらどうだ。

どいつもこいつも、女みたいにめそめそしてやがる」

「信仰と結びついてるんだ」ややあって護衛が付け加える。

「こんな生活、まったくもって恥ずべきだな」若い荷担ぎが言うと、モハメド・アブダラは恐ろしい形相でじっと睨みつけた。

「文明人なら必ず野蛮人に勝利できる。連中がいくらライオンの性器を食っていようが関係ない」コモロ諸島出身の護衛が口を挟む。「知恵と策略を使えば裏をかけるからな」

隊商はまもなく目的地に着いた。小さな町から延びる本道の脇道の突き当たりにある商店だ。店の前の円形の空き地はきれいに掃いてあり、パンの木にぐるりと囲まれている。店主はずんぐりした男で、大きめの白いシャツにだぶだぶのズボンを身に着けている。きれいに整えた細い口ひげには、髪の毛と同じく白髪が交じっている。風貌と言葉遣いからして、沿岸の人間なのは間違いない。男たちのあいだをせわしなく動きまわり、断固とした威厳のある口調であれこれ指示を出している。割って入って代弁しようとするモハメド・アブダラには見向きもしない。

4

山の麓の空気は身を切るようだ。光は紫がかっている。ユスフはこういう色合いをはじめて目にした。早朝には山頂が雲で覆われていても、日差しが強くなると空が澄みわたり、凍りついたてっぺんが見える。片側には平原がどこまでも続く。以前もここを訪れたことのある人たちによれば、山の背後には土にまみれた戦《いくさ》好きの民が暮らし、牛を飼ってその血を飲んでいるそうだ。戦争は名誉あるおこないで、流血の歴史を誇りに思っている。指導者がいかに偉大かは、近隣の民を襲って奪う動物と連れ去る女性の数で決まる。戦に出ないときには、娼館の女性さながらの熱意で体や髪を飾りたてる。古くより犠牲になってきたのは雨の多い山腹に暮らす農民だ。この人たちは週に何度か町に来て作物を売る。体は頑丈で足の裏が平ら、生まれ故郷から遠く離れた経験のない顔つきをしている。

あるとき、ルター派教会の牧師が農民に鉄の鋤《すき》の使い方や車輪の作り方を教えた。神からの贈り物ですよ、と牧師は説いた。山の民の魂を救済するために神から遣わされたと主張し、労働とは神の聖なる命令であり、懸命に働けば罪を贖えると告げた。教会は礼拝の時間外には学校にもなり、人びとは読み書きを教わった。あまりにしつこいものだから、とうとう集落の全員がそんな現実的な牧師のいる神に忠誠を誓うようになった。複数の妻を迎えることは禁止され、新たにもたらされた神への誓いはぜったいに守らねばならないと説き伏せられた。父や母から受け継ぐ慣習などとは比べようもない、と。讃美歌を教わり、果実や凝乳が溢れる緑深い谷、悪鬼や野獣が跋扈《ばっこ》する森、雪で覆われた山腹、凍った湖を滑る村人の話を聞いた。そういうわけで、牛飼いたちは何世代にもわたって農民を食い物にしてきたうえに、さらにまた蔑む口実を得たのだった。やつらは動物や女みたいに土を掘るだけではない。いまや敗者の物憂い歌で山の空気を満たし、汚しているのだ。

雪山の向こう側、戦《いくさ》の民が暮らし、雨のほとんど降らない土地、土埃の舞う闇の世界には伝説のヨーロッパ人がいた。途方もない金持ちだと噂され、動物の言葉を覚えて、会話をしたり命令をくだしたりしていた。男は広大な王国を築き、崖の上の鉄の宮殿に住んでいた。宮殿は強力な磁石でもあったので、敵は砦に迫るたびに、鞘に入れていても、手に握り締めていても、ひとつ残らず武器を奪われ、あっという間に丸腰にされて捕まってしまう。ヨーロッパ人の男は未開人の首長たちを支配していたが、その無慈悲で執念深い性質を礼賛してもいた。男にとって彼らは気高く、頑健で優雅、美しくもあったのだ。伝え聞くところによると、男は指輪を使い、当地の精霊という精霊を集めて仕えさせていたという。王国の北ではライオンの群れが徘徊し、人間の肉を絶えず追い求めていたものの、呼ばれない限りはヨーロッパ人に近づかなかった。

さて、沿岸出身の店主はハミド・スレイマンといった。ハミドの経営する商店に一行が集められ、ユスフはみなと一緒にパンの木の下に腰をおろし、こうした話に耳を傾けたのだ。ハミドはモンバサの北に位置するキリフィという小さな町の出だ。ユスフはその町がウィトゥからそう遠くない南にあるのを知っている。物乞いのモハメドが、キリフィの深い水路をわたろうとして溺れかけたと話していたのだ。大麻に依存して恥を晒すくらいなら、溺れ死んだほうがよっぽどましだとモハメドは言っていた。この話をしている最中、すまなそうに折れた歯を見せてにやりと笑っていた。

ハミド・スレイマンは愛想が良く温厚で、ユスフに親戚のように接してくれた。アズィズおじさんはハミドになにか言い残して出発した。ユスフはおじさんが話をしながらこちらを見ていることに気づいていた。なんの説明も受けず、ただ頭をぽんとたたかれて、ハミドのもとで待っていなさいと言われた。ユスフは隊商の出発を複雑な思いで見送った。恐ろしいモハメド・アブダラから逃れられてほっとする気持ちもあったが、この先隊商が向かう内陸の奥にある湖をひと目見てみたいと期待に胸を膨らませていたのだ。それに意外にも、はみ出し者の荷担ぎたちと一緒にいると心が和み、際限なく続くおしゃべりや粗野な冗談を楽しんでいた。

ハミドの妻のマイムナも沿岸の出で、モンバサよりもずっと北、ラム島の出身だという。マイムナは異なる口調で話し、ラムのスワヒリ語は沿岸地域のどこよりも混じりっけがないと言い張る。スワヒリ語《キスワヒリ》・の元祖《アスィリ》だからね、だれにでも訊いてみて。マイムナの目にはラム島こそ非の打ちどころがない土地なのだ。夫と同じく、ふくよかで愛想が良く、声の届く範囲に人がいると黙って座っていられない。ユスフにも矢継ぎ早に質問を浴びせる。どこの生まれなの？　ご両親はどこの出身？　親戚はどこにいるの？　みんなあんたの居場所を知っているの？　最後にご両親を訪ねたのはいつ？　親戚はどうなの？　こういうことが大切だって、教えてもらえなかったの？　婚約者はいる？　いないって、どうして？　いつ結婚するつもりなの？　あんまり引き延ばしていたら、問題があるんじゃないかって疑われるのよ、知らないの？　わたしにはあんたが一人前に見える。もっとも、見た目なんて当てにならないものだけど。いったいいくつなの？　ユスフはなるべくはぐらかそうとした。たいていは、訊かれたこともない質問に困って、せいぜい肩をすくめるか、恥ずかしさにうつむくことしかできなかった。でも、なんとかうまく切り抜けられたと思った。マイムナはことごとく質問をかわされて、信じられないという面持ちで不満を漏らした。目に浮かんだ表情は、いずれきっとなにもかも白状するでしょうよと語っていた。

ここの店でもユスフの役目はだいたい同じだが、さほど繁盛しているわけではないのでやることは少ない。店の仕事に加えて、朝と午後遅くに空き地を掃き清める。パンの木の下に落ちている実を拾ってかごに入れ、毎日来る市場の男にわたす。つぶれた実は裏庭に捨てる。自分たちでは決して実を食べない。

「幸い、そこまで貧しくないから」とマイムナは言った。

かつてこの町には内陸から来る隊商が立ち寄っていた、とハミドが説明する。俺たちが移ってきて商売をはじめる前の話で、当時は栄えていたらしい。パンの木の実は荷担ぎや奴隷の食べ物だった。なにもない荒野を長い時間歩いたあとでは、どんなものでも口に入れたんだな。パンの木が悪いというんじゃない。うちでも食べていたことがあった。ココナッツのソースで煮込んで、揚げたイワシに添えて。たしかに、いまかわりに食べているものもじゅうぶん粗末なものだから、この実を嫌う理由だとは思わないだろうけどな。とりわけここらへんでは、パンの木の実は囚われの身を連想させるというだけのことだ。

ユスフは小さな部屋を与えられ、家族と一緒に食事をするように言われた。夜じゅうランプの明かりを灯し、日が暮れるとすぐに戸にかんぬきを掛け、窓の鎧戸を閉める。動物や強盗の侵入を防ぐためだ、と夫婦は話していた。ハミドは軒下に巣箱を置いて、鳩を飼っている。夜に突然、ばたばた羽ばたく音がして、不穏な静けさが破られ、朝になると庭に羽根と血が残っていたこともある。鳩は真っ白で、幅広の尾羽を引きずっている。ハミドは異なる外見の雛鳥がいたら残らず処分した。鳩のこと、飼育下での習性のことをうれしそうに語り、楽園の鳥と呼んだ。鳩は無鉄砲にも屋根の上や庭をふてぶてしく気取って歩く。身の安全よりも美しさを見せびらかすほうが大事とでも言わんばかりだ。とはいえ、ユスフは別のおりに、自嘲気味に光る目を見た気がした。

夫婦はたまにユスフの言葉に顔を見合わせる。ぼく以上にぼくのことがよくわかっているのだな、とユスフは思った。アズィズおじさんはどの程度ぼくのことを話したのだろう。はじめのころ、二人はユスフの振る舞いがどこかしらおかしいと感じていたが、あえてはっきりとは言わなかった。それに、なにか魂胆があるはずだと疑っているのか、訝しげに話を聞いていた。ユスフがこの町まで移動してきた際に通った干からびた土地について語ると、明らかに苛立っていた。無作法なことや厄介なことをしてしまったのか。ここで暮らしているとやむをえない制約があって、なにげなくそのことに触れてしまったのだろうか、とユスフは首を傾げた。

「なんで驚くんだ？　このあたりはどこもからからに乾いている。たぶん、緑豊かな台地とか小川とかを思い描いていたんだろう。なら期待外れだな」とハミドは言った。「とにかく、ここは山に近くて涼しいし、山腹ほどではないが雨も少しは降る。そういうもんだ」

「うん」とユスフ。

「なにを期待していたのか知らないが」とハミドはユスフに渋い顔を向けて続ける。「一年のうち、雨が降ったあとの数週間やここみたいな高地を別にすれば、どこも同じようなものだ。だが乾燥した土地を雨あがりに見るといい。ぜったいに見るべきだ！」

「うん」

「うんって、それだけ？」マイムナは苛々して言った。「うんって、ハイエナに返事してるの？　動物に返事してるの？　ちゃんとおじさんと言いなさい」

「でも海辺は緑でいっぱいだよ」わずかに間を置いてユスフは答える。「ぼくらが住んでいた家にはきれいな庭があって、まわりは壁で囲ってあるんだ。椰子の木やオレンジの木、ザクロだってあるよ。水路に池もあるし、いい香りがする茂みもある」

「なんとなんと、あんな大商人や名士と張り合えるわけないじゃない」マイムナは出し抜けに声を張りあげる。「わたしたちは店をやっているだけの貧乏人よ。あんたは恵まれてる。でもこれは神が導いてくださった人生なの。神の命を受けて、ここで動物みたいに暮らしてる。神はあんたに楽園を、わたしたちにはヘビやら野獣やらがうじゃうじゃいる雑木林や藪を与えてくださったのね。で、わたしたちにどうしてほしいの？　神を罵れとでも？　こんな扱いは不公平ですって文句を言えばいいの？」

「たぶん家が恋しいだけさ」ハミドはその場を丸くおさめるつもりで、にっこり笑って言った。マイムナは怒りを抑えられず、ぶつぶつとぼやいて、もっと言ってやったのにという怖い顔で睨む。

「まあ、なにごとにも犠牲はつきものだもんね。この子もいずれ学んでくれるといいけど」

ユスフはここの庭と比べたつもりはなかったが、黙っていた。ムゼー・ハムダニが造りあげた木陰や花壇、たわわに実った低木や水路はここにはない。単に裏庭の向こうに茂みがあって、ごみ溜めになっているだけだ。生き物がこそこそ這いまわって木々が震え、腐敗した有害な臭いがたちこめる。ここに着いた日、ヘビがいるから注意して近づきなさいと言われ、いかにも予言めいた警告だと感じた。夫婦はユスフが口を開いて弁明するのを待っていたが、面と向かって言うべきことが思いつかず、言葉に詰まったまま、怒らせてしまいそうだった。

「午後はいつも庭で作業をしていたんだよ」ユスフはやっとのことでそう話した。

二人は吹き出し、マイムナは手を伸ばしてユスフの顔をなでた。「こんなきれいな子に腹をたてるなんてできやしない。うちの太った夫を追い出して、あんたと結婚しようかと思いはじめてるのよ。でもそのときが来るまで庭園を造ってくれるかしら」と言って、ハミドとさっと目くばせを交わす。「うちにいるあいだはしっかり仕事をしてもらいましょう」

「オレンジの木は育つかな？」ユスフはたずねる。夫婦は皮肉と受け取り、再び声をあげて笑った。

「噴水やあずま屋も造ってもらえるわね。庭でいろんな鳥を飼いましょ」マイムナはからかい半分の口調で続ける。「きれいな声でさえずる鳥がいいな。この人が大好きな、あのごろごろいうだけの鳩じゃなくて。そうそう、古代の庭にならって、木にたくさん鏡を吊るしたらどうかな。鳥たちが光を受けた鏡にに映る自分の美しい姿に驚いて、ぱたりと倒れるのが見られるかも。そういう庭を造ってちょうだい」

「詩人だな」とハミドは妻を讃える。「こいつの一族の女性はみんな詩人だ。男は怠け者や抜け目ない商人だが」

「嘘ばっかり。神がお許しくださいますように。見てのとおり、この人こそすごい語り手なの。ああ、ほんとにそうね」マイムナは笑ってハミドを指差す。「はじまるまで待ってなさい。いったん話がはじまると、終わるまで食べるのも眠るのも忘れてしまうほどよ。ラマダーン（ヒジュラ暦第九月の断食月）まで待ってて。ひと晩じゅう寝させてくれないから。ほんとにおもしろい人なの」

　翌日、ハミドは鉈《なた》を手に茂みの端に行って、手が届く枝を乱暴にたたき切っていった。ユスフを大声で呼び、刈り取った枝を集めて焚火用に積みあげてくれと指示を出す。「庭園が欲しいのはお前なんだからな」ハミドは機嫌良く語りかける。「さあ、茂みを刈ってやるから、俺たちのために庭を造ってくれ。一生懸命やれよ。あそこの刺のある木のところまで、茂みを丸ごと伐採するぞ」最初は殺気だった叫びをあげ、耳障りな歌を口ずさみ、荒々しく鉈を振りまわしていた。こうやってヘビを脅かして追い払うんだ、とハミドは力説する。しかしすぐに高揚感も冷めてしまい、マイムナが快活に励ましと冷やかしの言葉をかけると、むかっ腹をたてて鉈を振るう手を止めた。なんでもかんでも女に任せていたら、いったいどうなってたかわかるか、とハミドは怒鳴りつける。いまだに洞穴に住んでただろうな。顔から汗が噴き出し、流れ落ちる。一時間かそこらで、威勢のいい掛け声が不満の呻きに変わり、小刻みに震える茂みを弱々しくたたきつけていた。何度も手を止め、肩で息をし、やたらと時間をかけてユスフに枝の束ね方を教える。なんて不器用なやつだときつく叱り、とがった小枝が手のひらに刺さってユスフが顔をしかめると、じろりと睨んだ。そしてとうとう、もうだめだと叫び、鉈を地面に放り出し、家に駆け戻っていった。「あんな森なんかのために死ねるか」ハミドは妻のそばを通るときに断言した。「水くらい持ってきてくれてもよかったんじゃないか」

「森だなんて。せいぜい茂みがちょこちょこある程度じゃない。まったく、情けない老いぼれね」マイムナはにやにやして冷やかし、夫を目に入らないところへ追いたてた。「あんたはおしまいよ、ハミド・スレイマン。新しい夫を見つけておいてよかった」

「いまに見てろよ」とハミドは喚く。

マイムナは茶化すように叫んだ。「ちょっと、子どもたちをびっくりさせないで、お兄さん《シャバーブ》。そんな恐ろしい凶器に触っちゃだめ」ユスフが鉈を手に取るのを見て、マイムナが声を張りあげる。「わたしたちのせいで怪我させられない。すでに面倒なことがたくさんあるっていうのに、あんたの親戚が押しかけてきたりしたらたまったもんじゃない。茂みとヘビに慣れてもらうしかないわね。それで、しばらくあの楽園を夢見て、おじさんの帰りを待ちなさい。さあ、うちの人に水を持っていって」

5

ユスフは夫婦ふたりともの用事をこなさなければならなかった。なにかあれば大声で呼ばれ、のろのろしていたら、辛辣な言葉をぶつけられて、厳しい眼差しを向けられる。井戸の水を汲み、薪を割り、庭を掃く。店の仕事がないと、野菜と肉を買いに市場へ行く。町へ使いに出されると、いつまでも広場にとどまって、牛飼いや農夫が通り過ぎるのを眺めていた。牛が唸ってよたよた歩き、巨大な糞を落とす。ときおり濡れた尾を勢いよく振ると、糞がぱっと飛び散る。牛飼いはしっと鋭く言って低い怒声をぶつけ、何度か突進しては、牛たちを棒の先でつついて一列に並ばせた。ユスフは全身を赤く塗りたくった戦士をしばしば見かけた。堂々とした足取りで進み、どこに行っても注目を集めていた。たまにインド人やギリシア人の商人の家に配達に出かけることもあり、肩に長い天秤棒を担いでかごを運んだが、アズィズおじさんの家に来ていた老いぼれの野菜売りを思い出さないようにした。ヨーロッパ人の農場主は必需品の調達と怪しげな商売のために、トラックや牛車で町にやってくる。周囲に目もくれず、嫌悪をあらわにすたすた歩いていた。ユスフが家に戻ると、十中八九、倉庫からなにか取ってこいとか、子どもを便所に連れていけとか言われる。夫婦には三人の子がいる。一番上は年若い娘で、下の子の面倒を見ることになっているのに、ほかのことに気を取られて、ろくすっぽ言いつけを守れず、常に自分の世界に入り込んでいる。家や庭をせわしなく走りまわり、戸をバンバンたたいては、ひとりにやにやしている。こういう場合、ユスフが下の男の子二人の世話をして、あちこちに付き添わなくてはならない。どちらも元気いっぱいで騒がしく、怒鳴られてもお構いなしだ。この子たちといると、ハリルがどんなふうに接してくれていたかを思い起こして、なるべく辛抱しようとしたが、なかなかうまくいかなかった。

ハリルのこと、ハリルと一緒にしていた仕事のことをユスフはハミドに話した。実際には二人で店を切り盛りしていた、と。こまごまとした使い走りをしたり、店と倉庫を往復したりするのではなく、もっと実のある仕事をさせてもらえないかと考えたのだ。ところがハミドはただ微笑むだけだった。人手がいるほど店は忙しくないからな。旅の客がなく、内陸での商売もないと、店の仕事はたいしてないし、ましてや儲けも出ない。「まだ足りないのか？　なんでそんなに仕事がしたい？　それよりも、あの大商人、アズィズおじさんのことを教えてくれよ。いいご主人さまだろ？」ハミドはたずねる。「大金持ちだし、とても善良な人だよな。あんなにぴったりの名前はない（アズィズは「力強い」「尊敬された」等の意）。いろいろとご主人の話をしてやるぞ。あっと驚く話がたくさんある。いつかお屋敷を訪ねていくつもりだ。きっと宮殿みたいな家なんだろうな――例の庭園のようすを聞いていると、間違いないと思えるよ。宴会や祝賀もよくやってるのか？お前とハリルは王子さながらに、ものすごく甘やかされてきたんだろう」

　家には倉庫が三つある。そのうちのひとつには鍵が掛かっていて、ユスフは用事にやられたことがない。扉の前にとどまっていると、皮やひづめといった獣の臭いがする気がした。密売品《マゲンド》だ。ユスフは思い出した。大金になる。たしかハミドは口の悪いトラック運転手が荷物を運んでくると言っていた――**便所から這い出てきた生き物みたいなやつだ**、と。きっとあそこに鉄道で運べない秘密の貨物があるはずだ。倉庫は家の裏手、壁で囲われた庭に並んでいる。庭を突っ切ると、離れと台所と便所がある。ユスフの部屋もこのあたりにあって、いつの晩だったか、ハミドが立ち入り禁止の倉庫にいる気配がした。とっさには泥棒かもっと悪いものを想像したが、まもなくハミドの声が聞こえた。外に見に行こうと思って、そっと寝室のかんぬきを外しもした。真っ暗な時間。開いた戸口に立つと、倉庫の扉の下からランプの明かりが見えた。ハミドのつぶやきがはっきりと耳に届き、ユスフは足を止めた。怯えるように、祈るようにぶつぶつつ言う声が大きくなったり小さくなったりする。静まり返った家で憐れっぽい声が響くと、どこか不気味だ。痛々しく恐ろしい。寝ていればよかった、なにも知らなければよかったと思う。ハミドも口をつぐみ、聞き耳をたてはじめたので、ユスフはさっきと同じくそろそろとかんぬきを掛け、部屋に戻って横になった。朝になり、なにも言われなかったものの、何度か横目で視線を感じた。

　次から次へと商人が町を通り抜けていった。沿岸の者、アラブ人、ソマリ人であれば、ハミドの家で一日か二日滞在して、用事を片づけ、ひと休みする。空き地のパンの木の下で眠り、家で一緒に食事をとり、お返しにささやかな贈り物をわたしして主人に礼を尽くす。再び出発する前に、商品を売買することもある。旅人たちはさまざまな話題をもたらし、道中で度胸と胆力を試された驚くべき話をしてくれる。何人か町の住民も同席して、旅人の話に耳を傾けた。ハミドの友だちのインド人機械工もそのひとり。いつも淡い青のターバンを頭に巻き、やかましい音をたててトラックでやってきては、たびたび客人を仰天させた。めったに口を開かないが、ユスフの見る限り、笑う場面ではないのに笑うことがあって、まわりの人たちは怪訝な表情をして苛立っていた。夜更けにみなで家の前の空き地に腰をおろし、山の冷気に少し身震いしながら、ランプの火に照らされて、敵意むき出しの動物や人間に野営を取り囲まれた夜の経験を語り合う。もしちゃんと武器を携帯していなかったり、気持ちが挫けたり、神が見守ってくださらなかったりすれば、ハゲワシや蛆の餌食になって、砂塵の舞う平原《ニカ》のどこかに骨だけが残されていただろう。

　近ごろでは、どこへ行ってもヨーロッパ人が先に来ていて、兵士や役人を置いていた。そして、住民には、あなたがたを敵から守るために来た、敵はあなたがたを奴隷にするつもりなのだともっともらしいことを言った。ヨーロッパ人の話を聞いていると、それ以外の商売はなにもないのかと思わされる。商人たちは目に驚きの色を浮かべ、残忍で無慈悲な仕業に恐れおののきつつヨーロッパ人の話をした。びた一文払わずに最良の土地を取りあげて、ありとあらゆる手口で人びとをこき使い、固かろうが臭かろうが、どんなものでも食べる。やつらの欲はとどまるところを知らず、節度なんてお構いなし。まるでイナゴの大発生だ。あれにも税金、これにも税金、従わないと牢屋行き。でなければ鞭で打たれるか、最悪の場合、首を吊られる。ヨーロッパ人は真っ先に留置場を作り、次に教会を建て、それから商売を監視して税金を課すために市場の小屋の設置に取りかかった。そのあとでようやく自分たちの住む家を建てた。こんなこと前代未聞じゃないか。鋼鉄の服を着ても体は擦りむけないし、何日も続けて眠らなくても、水を飲まなくてもぴんぴんしている。連中の唾には毒がある。ワッラーヒ、ほんとなんだ。唾を吐きかけられたら体が焼ける。やつらを殺すなら左脇の下をぐさっとやるしかなく、ほかの箇所を狙ってもうまくいかない。といっても、あっちは分厚い防具をつけているからまずもって無理な話だけどな。

ヨーロッパ人がばったり倒れて命尽きたところ、もうひとりが来て命を吹き込んだんだ。ある商人はたしかにその場面を見たと言い張った。ヘビとまったくおんなじ。ヘビの唾にも毒があるだろ。死体がめちゃくちゃになったり、損傷を受けたりしていなければ、それに腐敗がはじまっていなければ、蘇らせることができる。だからヨーロッパ人の死体を見つけても触ってはいけないし、物を盗るなどもってのほか。いつなんどきまたがばっと起きあがって、非難し出すかわからないからな。

「神を冒瀆するなよ」と言ってハミドは笑った。「神だけが命を与えられるんだぞ」

「ほんとうにこの目で見たんだ。嘘だったら盲目になってもいい」と商人は譲らず、大笑いする面々を見まわした。「死んだ男のもとに別の男がやってきて、隣で横になった。口に息を吹き込むと、死人がぶるっと震えて目を覚ましたんだ」

「命を与えられるなら、そいつは神にちがいない」ハミドも負けじと反論する。

「神よ、お許しください」と商人は怒りに震えながら言う。「なんでそんなこと言うんだ。そういう意味じゃない」

「無知な野郎だ」商人が旅路に戻ったあとでハミドはぼやいた。「あいつの故郷ではだれもが迷信深い。信仰心が強すぎるとそうなりうる。あいつが言おうとしていたことはなんだ？　ヨーロッパ人は人間に化けたヘビだって、ちがうか？」

アズィズおじさんの一行と出くわした旅人もいて、そのことを伝えてくれた。最新の情報では、マルング山地の向こうの湖の反対側、西部で平行して流れる大河の上流域で見かけたという。マニエマ人との取引が順調にいっていたそうだ。あそこは危険な地域だがいい商売ができる。ゴムに象牙、うまくいけば少々金も手に入る。アズィズおじさんから直接伝言も届いた。食料や商品を売ってくれた人たちには、わたしの名前で支払っておいてほしい、と。加えて一度、帰路につく商人が預ったゴムを運んできた。おじさんからの便りがしょっちゅう来て、ハミドは幸先のいい知らせをもたらす旅人たちに気前良く接した。

6

シャアバーン月（ヒジュラ暦第八月）、つまり断食と祈りがひたすら続くラマダーンの直前に、ハミドは山の中腹の村や集落を訪れることにした。年に一度の遠出、待ちに待った旅ではあるが、これも商売のためだと自分に言い聞かせた。客が来ないなら、こちらから出向いていくというわけだ。ユスフは一緒に来ないかと誘われた。町で暮らすシク教徒の機械工にトラックを借りる。夜な夜な旅人の話を聞きに来ていたあの男。名前はハルバンス・シン、みなにカラシンガ（ケニアやタンザニアでインド人のシク教徒男性を指す。一説では十九世紀末の移民カラ・シンの名が由来と言われる）と呼ばれている。カラシンガが自らトラックを運転する。よく故障するし、数キロごとにタイヤがパンクするので、そのほうが好都合なのだ。男はこの程度の災難ではちっともめげず、でこぼこ道と険しい斜面に腹をたてるだけ。陽気にトラックの手入れをし、ハミドに馬鹿にされても機嫌良く応じて、いくらでも切り返す言葉を持っている。二人は旧知の間柄だ。ユスフは何度かカラシンガの家に配達に行ったことがあった。男たちは丁々発止のやり取りをおもしろがり、言い合いを楽しんでいる。どちらも背が低く、でっぷりしていて、どことなく似ている。しかしハミドがにこにこ笑って話しているときに、カラシンガはたとえ場違いであっても真面目くさった顔をしている。

「守銭奴じゃないなら、いい加減新しいトラックを買って、客に惨めな思いをさせるなよ」ハミドは岩にゆったりと腰かけて文句を口にし、カラシンガは不調をきたしたエンジンをせっせと修理する。「俺たちからくすねた金はどうしてるんだ？　ボンベイに送ってるのか？」

「おいおい、悪い冗談はよしてくれ。人を差し向けて俺を殺そうってのか。金ってなんのことだ？　それに知ってるよな、俺はボンベイの生まれじゃない。あそこには山羊の糞みたいな商人《バニャン》（ヒンドゥー教徒のインド人商人。けちで強欲という意味を含むこともある）がいる。グジャラートのクズどもだ。やつらは金を持っている。しかも仲間のボフラ（ダウーディ・ボフラ。インドを中心に広がるイスラームのシーア派イスマーイール派の共同体）ときたら、ムッキだかユッキだか、ごうつくばりの金貸し連中だ。で、あいつらがどうやって金を稼ぐか知ってるか？　金貸しと詐欺だ。金に困った商売人に信用貸しをして、利子に利子をつけ、つまらん理由で差し押さえをする。やつらお得意のやり方だ。人間のクズめ！　だからだな、ちょっとは敬意を見せて、あんな虫けらどもと一緒にしてくれるなよ」

「結局、似たり寄ったりじゃないのか？」ハミドはしつこく続ける。「どうせみんなインド人じゃないか。どいつもこいつも、バニヤンでいんちき野郎で嘘つきだ」

カラシンガは顔を曇らせる。「あんたが長年付き合いのある兄弟じゃなかったら、ぶちのめしてるところだぞ！　俺を困らせたいだけだとわかっているから、怒りをこらえてるんだ。みっともない真似をして、あんたを喜ばせたくないからな。だが度を超すなよ。シク教徒は黙って侮辱を受けることなどできない」

「それがどうした？　だれも黙っていろとは言ってないぞ。シク教徒《カラシンガ》はケツから長い毛を生やしてるんだってな。ある男が毛を一本引っこ抜いて、わずらわしいやつを縛りあげたって話を聞いたぞ」

「いいか、俺は我慢強い人間だ。でも言っとくが、いったん俺を怒らせたら、血を見るまで止められないぞ」カラシンガは悲しげな表情を浮かべて言った。ユスフに目をやり、頭を左右に振って同情を求める。「俺がカッとなったら、どうなるか聞いたことあるか？」とユスフに訊く。「哮《たけ》りたつ野生のライオンみたいになるんだぞ！」

ハミドはうれしそうにはっはと笑う。「おい、毛むくじゃらのカーフィル（アラビア語でムスリムが多神教徒や偶像崇拝者を指す蔑称。「不信仰者」の意）、この子を怖がらせるなよ。お前らバニヤンは法螺吹きばっかりだ。哮りたつライオンとはな！　わかったわかった、スパナをおろしてくれ。冗談を言ったくらいで、うちの子たちをみなしごにしたくないからな。それはそうと、正直に話してくれよ――昔からの仲じゃないか。隠しごとはなしだ。いったいぜんたい稼いだ金はどうしてるんだ？　そっくりそのまま女に貢いでるんだろ？　つまりだな、金を少しも使ってないじゃないか。家は壊れた車だらけ。面倒を見る家族もいない。どっからどう見てもお前は貧乏だ。安いポンベ（スワヒリ語で「酒」。キビやモロコシを発酵させた醸造酒）か作業場でこしらえる毒しか飲まない。賭けごともしない。ぜったいに女だ」

「女だって！　女なんていないぞ」

ハミドは大笑いする。カラシンガの女性遍歴は数知れず、どれも本人が自分から話したもので、ほかの人たちが尾ひれをつけた。こういう話によれば、カラシンガはいつも奮いたつのに時間がかかり、女を苛々させるものの、いったん目覚めるとやめようとしない。

「この間抜けめ、どうしても知りたいなら教えてやろう。パンジャーブにいる兄弟にいくらか仕送りしてるんだ。うちの土地を維持する助けになればと思って。あんたが知りたいのはそれでぜんぶだろ。金をどうしてるかって？　金がなんだ？　俺の勝手だろうが！」カラシンガは怒鳴って、ボンネットを激しくたたいて念を押した。ハミドは大喜びで笑い、また同じ話を繰り返そうとしたが、カラシンガはトラックに乗り込み、エンジンをかけた。

夕方ごろ、山麓の丘の小さな集落付近で休むことにした。翌日、移動を続ける前に、このへんで商売をする予定だ。カラシンガは勢いよく流れる渓流沿いで、イチジクの木の下にトラックを停めた。土手には青々とした草が膝の高さまで生えている。ユスフは服を脱いで川に飛び込んだ。水が冷たくて悲鳴をあげたが、数分間は粘った。すぐに全身の感覚がなくなる。山頂の雪解け水が混じっているとカラシンガが言っていた。ここには木や草が生い茂っていて、山の夕暮れどきに野営の支度をしていると、あたりは鳥のさえずりと奔流の音に満たされた。ユスフは川に散らばった巨大な石を踏みしめて、岸伝いに少し歩いた。

反対側では、空き地の向こうに鬱蒼としたバナナの林が見える。まもなく滝にたどり着き、足を止めて鑑賞する。どことなく秘密めいて不思議な雰囲気はあるが、清々しく和やかな印象だ。大きなシダと竹が川のほうに傾いている。しぶきをあげる滝の背後に岩壁が見える。奥行きのある暗い穴は洞窟だろう。宝が隠されていたり、残酷な簒奪者から逃れた不幸な王子が身を潜めていたりするのかもしれない。体に触れると、服がずぶ濡れになっている。肌着までびしょびしょだったが、水しぶきに包み込まれる感覚に晴れとした気分になった。じっと耳を澄ましていると、滝の轟きに紛れて、かすかな歌声の抑揚がたしかに聞こえる。川の神が呼吸をしているのだ。ユスフはしばらく静かに立ち尽くす。やがて光がみるみるうちに消えていき、コウモリや夜鳥の影が澄みわたった空を横切っていった。遠くでハミドが手招きしているのが見えた。

ユスフは石をひょいひょいと飛び移り、しぶきをあげ、滝の聖域の美しさを早く伝えたくて、ハミドのもとへ急いだ。いざ目の前まで来ると、息を切らし、ただ突っ立って、ぜいぜい喘いで自分を笑い飛ばすしかできない。

「びしょ濡れじゃないか」ハミドも一緒になって笑い、ユスフの背中をパンとたたく。「ほら、早いとこ食べろ。真っ暗になる前に居心地良くしておくんだぞ。ここは夜になると冷え込むから」

「滝があった！」ユスフは苦しそうに息をしながら口走る。「すごくきれいだったよ」

「知ってる」とハミド。

前方の深まる闇のなかから男が現れた。革の肩当てがついた紺色の畝織りの上着にカーキ色の半ズボン。ヨーロッパ人に雇われた者の制服だ。二人が歩いていくと、男は足のうしろからさっと警棒を取り出し、武装していることを見せつけた。相手の臭いを感じるほど近づくと、目の下から口角まで、両頬に細い傷痕が斜めに走っているのがわかる。間近で見ると服はぼろぼろで、煙と動物の糞の臭いがする。目は不気味な光を放ち、毒々しくおぞましい。

ハミドは手をあげて挨拶し、アッサラーム・アライクム（アラビア語の挨拶の言葉。直訳では「あなたに平安がありますように」）と声をかける。男は低く唸って、返事のかわりに警棒を振りあげた。「なんの用だ？　とっとと出ていけ！」

「あそこで野営しているんです」ハミドは答えた。怯えているのがユスフにも見て取れた。「面倒はかけませんよ。この子は滝を見に行ってただけで。これから野営に戻るところです」

「なにしに来た？　旦那《ブワナ》さまはここをうろつかれるのを嫌がる。野営するのも滝を見るのもだめだ。ここにいるのは許されない」男はきっぱりと言い、憎しみを込めて睨みつける。

「ブワナとは？」ハミドが訊く。

男はユスフが走ってきた方向を警棒で指す。二人は低い建物の輪郭に気づいた。眺めているうちに、窓のひとつに明かりがぱっと灯った。男は怒りに燃えた目で二人を見据え、立ち去るのを待っている。その目に視力を失ったかのような悲しみが宿っているとユスフには思えた。

「ですが、野営はここからかなり離れていますよ」ハミドは言い返す。「同じ空気を吸うことすらないはずですけどね」

「ブワナはお前らみたいなのが嫌いだ」男は語気を荒らげて繰り返す。「出ていけ！」

「まあまあ、落ち着いて」ハミドは場慣れした商人の口調になる。「あんたのブワナに迷惑はかけませんよ。一緒に来てお茶でも飲んで、自分で確かめればいい」

男は突然怒りをあらわにして、ユスフの知らない言葉で延々とまくしたてた。そしてすぐさま踵を返し、暗闇のなかへと足早に歩いていった。二人でしばし男を見ていると、ハミドは肩をすくめてつぶやいた。**行こう。あいつのブワナは全世界を掌握していると思い込んでるんだ。**野営に戻ると、カラシンガが米を炊いて、茶を淹れてくれていた。ハミドがなつめ椰子の実の袋を開けて、細長く割いた干し魚を取り分け、各々が焚火の残り火で炙る。二人はカラシンガに警棒を持った男の話をした。

「あそこに白人《ムズング》が住んでいる」とカラシンガは言って、涼しい顔で満足げに屁を放つ。「南方から来たヨーロッパ人で、政府の仕事をしている。前に発電機を修理してやった。でかくてうるさくて、ずいぶん年季の入った代物だった。新しいのを手に入れたらどうだと持ちかけてみたが、気に食わなかったんだろうな。顔を真っ赤にして喚き散らし、賄賂が目当てなんだろと俺をなじった。まあちょっとした手数料くらいはな、そりゃあな——なにが悪いってんだ。習慣だもんな。なのにあいつは、汚いクーリー（インド人、中国人を中心とする主にイギリス帝国に広がった労働者）めと罵りやがった。汚いクーリー、泥棒野郎だとさ。するとそいつの犬まで加勢した。ウー、ワンワン！　ウー、ワンワン！　何匹もいたぞ。でかくて毛むくじゃらで、歯まででかかった」

「犬か」とハミドはぼそっと言った。どういう意味なのか、ユスフははっきりと理解した。

「そうだ、でっかい犬だ！」カラシンガは立ちあがり、腕を広げて怒鳴る。「黄色い目に銀色の毛をしたやつ。ムスリムの男を狩るように訓練されている。あの怒り狂った吠え声を聞いたら、アッラーやらワッラーやらの連中の肉が欲しいと言ってるのがわかるぞ。ムスリム野郎の肉をくれってな」

カラシンガはこの冗談が気に入り、声をたてて笑い、太ももをぱしぱしとたたいた。ハミドはカラシンガに悪態をつき、狂った異教徒、泥棒野郎、毛深いカーフィルめと罵った。ところがカラシンガの勢いは止まらない。数分ごとに吠えて唸って、これ以上おかしいことはないと言わんばかりに大笑いする。

「おい、汚いクーリー、いい加減おとなしくしろ。命を危険に晒すことになるんだぞ。そのうちヨーロッパ人の犬どもに襲われる――二本足のやつにもな。もうやめろ、毛むくじゃらのバニヤンめ！」カラシンガが黙ろうとしないので、ハミドは腹に据えかねて声を張りあげた。

「またバニヤンか！　俺をバニヤン呼ばわりするなと言ったはずだ！」カラシンガは武器になりそうなものや棒きれを探し、ほんの一瞬、缶に淹れた熱々の茶をぶっかけてやろうかと考える。「お前らムスリムがやたらと犬を怖がるのは俺のせいなのか？　そんなことが理由で俺の身内を罵るのか？　いいか、お前があの言葉を口にするたび、俺の一族をひとり残らず侮辱していることになるんだぞ。これで最後にしろ！」

平静を取り戻して寝る準備をした。カラシンガはトラックの傍らに敷物を広げ、ハミドはそばで横になる。ユスフはやや離れて、空の見える場所で大の字に寝転ぶ。カラシンガの屁を避けられるが、会話は聞こえる距離だ。二人はゆったりと横になり、疲れたため息を漏らし、満足そうに唸った。ユスフは心地良い静けさに包まれ、うとうとしはじめた。

「天国がこういう感じだって考えるといい気分じゃないか？」ハミドは声を落とし、川のせせらぎが満ちる夜気に向かって語る。「滝は想像をはるかに超える美しさだ。ここのよりもうんときれいだぞ、目に浮かぶか、ユスフ。地上の水はぜんぶ滝から来てるって知ってるか？　楽園には川が四つある。それぞれが東西南北、別々の方向に流れていき、神の庭を四つに分かつ。水はあちこちに溢れている。あずまやの下、果樹園の脇、テラスを流れ落ち、森の小道に沿って進む」

「その庭はどこにあるんだ」カラシンガがたずねる。「インドか？　インドで滝のある庭園をいくつも見たぞ。あれが楽園なのか？　アーガー・ハーン（イスマーイール派の分派ニザール派の指導者の称号）が暮らしている宮殿か？」

「神は七つの天をお創りになった」ハミドはカラシンガを無視して話を続け、ユスフだけに語りかけるみたいに顔を横に向ける。ハミドの声は少しずつ和らいでいく。「楽園は第七の階層だ。それがさらに七つに分かれている。最高位がジャンナ・アドゥン、エデンの園。毛むくじゃらの異教徒は入れてもらえない。たとえ千のライオンのごとく吠えてもだ」

「インドじゃそういう庭園はどこにでもある。第七、第八の階層だかなんだか知らんが」カラシンガが口出しする。「ムガル（モンゴル人の意。ムガル帝国は一五二六年から一八五八年まで存在したイスラーム王朝。一時期インドのほぼ全域を支配した）の野蛮人どもが造った。テラスで乱痴気騒ぎを繰り返し、好きなときに狩りをしようと庭に動物を飼っていたらしいな。そうだ、あれが楽園にちがいない。お前らの言う楽園はインドにある。インドはすごく神聖な場所だからな」

「神がとち狂っているとでも思ってるのかよ」ハミドは反論する。「楽園をインドに創っただと！」

「そのとおり。たぶんほかにいい場所が見つからなかったんじゃないか。原初の園はいまでも存在するって聞いたぞ。この地上にな」

「カーフィルめ！　どんな子ども騙しの話にも耳を貸すんだな」

「本で読んだんだ。精神世界についての本。お前、読めるか？　ドゥカ・ワラ（「商店主」の意。ドゥカはスワヒリ語で「店」、ワラはヒンディー語由来で「〜する人」）、ムスリムの犬肉め」

ハミドはおかしそうに笑った。「こんな話を聞いたことがある。ナビー・ヌーフ（預言者ノア。イスラームの五大預言者のひとり）の時代、神が地上を大洪水で覆い尽くした（『創世記』第五章―第十章。コーランでは第七十一章「ヌーフ」のほか、ノアへの言及は全体にある）。だが水は楽園にまで届かなかったので、手つかずのまま残った。だから原初の園は存在しているかもしれないが、轟音をたてる川と炎をあげる門に阻まれて、人間が足を踏み入れることはできない」

「考えてもみろよ。ほんとに楽園が地上にあるのかって！」カラシンガは長い沈黙のあとでようやく口を開いた。ハミドは茶化したが、カラシンガは素知らぬ顔をした。轟音をたてる川と炎をあげる門の話はたしかに説得力がある。カラシンガは敬虔なシク教徒の家で育ち、家族の祭壇の中心には偉大な師《グル》たちの書物がずらりと並べられていた。とはいえ、父親は懐の深い人で、ガネーシャの銅像、救い主イエス・キリストの小さな絵、小型版のコーランを祭壇の裏に飾っていた。そんなわけで、カラシンガは轟音をたてる川、炎をあげる門といった細部に宿る力を理解していたのだ。

「そうだな、地上に楽園があると主張する人もいるって聞いたが、俺には信じられない。仮に存在するとしても、だれも入ることはできないし、まずもってバニヤンには無理だな」とハミドは断言した。

7

四日間、商売の見込みがある集落と村を片っ端から訪ねたのち、オルモログにやってきた。政府機関が置かれた山腹の町だ。トラックが何度も故障したので、予定よりも移動に時間がかかった。最後の最後でカラシンガは言い訳を重ねたが、ハミドは疲れ果ててしまい、馬鹿にする気にもなれなかった。「ハヤ、ハヤ、つべこべ言わずに、さっさと向かってくれ」オルモログは最後の目的地。ここで一日過ごして帰路につく。かつては体と髪に赤土を塗る牛飼いが暮らす大きな集落があった。そのうち農業拠点が作られた。

遊牧民の戦士たちがここのやり方にならい、戦いの情熱を諦めて、酪農をはじめるのではないかと期待されていたのだ。しかしそんなことは一切起こらなかった。たぶん役人がせっかちだったせいだろう。政府の権限で世界の片隅を変えようとやってきたはいいが、いかんせん気が短かった。とにかく、遊牧民は喜んで農場を放っておき、少し離れたところに集落を移して、オルモログに商売に来ていた。

ハミドはたいていザンジバル出身のフセインという男のもとに逗留した。フセインは商店を営んでいて、なに不自由なく暮らしていた。店の入口付近に手動のミシンが設置されていて、顧客のためにシュカやラッパー（腰巻などに用いる一枚布）をさっと縫いあげる。壁際の台には、砂糖の袋や茶の箱、こまごまとした商品が置いてある。フセインは背が高くやせぎす、苦労に慣れているようで、店と同じく無駄がなく引き締まっている。店の奥にひとりで住んでいて、ユスフたちが到着すると、物置に場所を作ってくれ、会話ができるのを楽しみにしていた。夕方、店の外に腰をおろし、フセインのザンジバルの話に耳を傾けた。ほどなく、フセインが用を足しに行ったあとで商売の話になり、それから太陽が山に沈んでいくのを静かに眺めた。

「ここでは光が緑色に見えるって、気づいたか？」しばらくしてフセインはたずねた。「いや、カラシンガに訊いても無駄だな。油でぎとぎとしているか、やかましい音を出すものにしか目を留めないから。さてと、直近の計画はなんだ？　この前来たとき、バスを買って山間の村への路線を作るとかいう話をしていたじゃないか。あの名案はどうなった」カラシンガは肩をすくめるだけで、返事もしなければ、振り向きもしない。旅に持参した自家製の蒸留酒をブリキのコップからすすっている。人前ではたまにしか酒を飲まないが、だれもいないと思って、大きな石の瓶を手に、慌ててがぶ飲みしていたのをユスフは偶然見たことがあった。

「おい青年、ユスフ！　光のちがいに気づいたか？」フセインは訊いた。「いずれそのきれいな顔で若い女を狂わせるぞ。俺と一緒にウングジャ（ザンジバル島のスワヒリ語名。ザンジバル諸島最大の島）へ行こう。娘と結婚させる。で、光に気づいたか？」

「うん」とユスフは答える。トラックで山道をのぼっていく途中、色の変化を目撃したのだ。ザンジバルのことと同じくらい、光の色について話すのはわくわくする。フセインの話を聞いていて、ふと、いつの日かザンジバルを訪れて、その素晴らしい場所をこの目で見ようと心に決めた。

「娘をやるなんて言われたら、なんにでもうんと答えるさ」ハミドはそう言って笑う。「残念だが手遅れだ。うちの一番上の子と婚約させた。言ってなかったか、フセインよ」

「けしからんな。まだ十歳じゃないか」とフセイン。

「十一歳だ」とハミドは応じる。「結婚適齢期だな」

ユスフはからかわれているだけだとわかっていたが、こういう話題に居心地の悪さを感じた。「どうして緑なの？　光のことだけど」

「山だよ。はるばる湖まで行くと、あたりが山にぐるりと囲まれて、空が緑色を帯びているのがわかる。湖の向こうの山はこの世界の果てだ。そこを越えたら、悪疫と災厄に染まった大気が広がり、神のみぞ知る生き物が存在する。東と北は明らかだ。東の端ははるか中国まで、北はゴグとマゴグの壁までわかっている。いっぽう西は闇に覆われ、精霊《ジン》や怪物のはびこる土地だ。神はユスフを預言者として精霊と野蛮人の地に送った。ひょっとするとお前も同じ道をたどるかもしれないな」

「湖に行ったことある？」ユスフは訊いた。

「いいや」とフセインは答える。

「こいつはそれ以外ならどこにでも行ったことがある」ハミドが言う。「きっと家でじっとしているのが嫌なんだろうな」

「どのユスフのことだ」とカラシンガが口を挟む。フセインが光と湖のようすを語っていたら、にやついた顔でくっくと笑い、おとぎ話の時間だなと大声で茶々を入れたが、カラシンガが預言者や精霊の話には抗えないはずだと二人ともわかっていた。

「エジプトを飢饉から救った預言者ユスフだ。知らないのか?」フセインは説明する。

「ねえ、西の闇の向こうにはなにがあるの?」ユスフが話に割り込んできたので、カラシンガは苛立って舌打ちをした。エジプトの飢饉の話を待っていたのだ。もちろん知っているが、何度聞いても飽きない。

「荒野がどこまで広がっているかは定かじゃない」とフセインが答える。「だが、歩くと五百年はかかるらしいと聞いた。命の泉が溢れ出て、島ほども巨大なグールとヘビが守っているんだとか」

「地獄もあるんだろ?」カラシンガはいつもの小馬鹿にした態度に戻る。「お前らの神が請け合う例の拷問部屋もあるのか?」

「いいか、お前が送られる場所なんだぞ。肝に銘じておくがいい」ハミドが切り返す。

「コーランを翻訳するつもりだ」とカラシンガは唐突に打ち明ける。「スワヒリ語に」と言い添えると、ぴたりと笑いがやんだ。

「まともにスワヒリ語を話せないじゃないか。アラビア語を読めないどころか」ハミドは言う。

「英語の翻訳から訳すんだよ」カラシンガは険しい顔をする。

「なんでそんなことがしたい？　ここまで無意味な話は聞いたことないぞ。理由はなんだ？」

「あんたら頭の鈍い原住民は神を崇拝してやまない。神が喚き散らす言葉をわからせてやる」とカラシンガは豪語する。「俺なりの聖戦ってとこだな。コーランにアラビア語でなにが書いてあるのか理解できるか？　まあちょっとは知ってるだろうが、馬鹿な原住民はほぼなにもわかっちゃいない。だから揃いも揃って間抜けなんだ。つまりだ、書いてあることがほんとに理解できたら、あんたらのアッラーがいかに不寛容か見抜ける。そしたら崇拝するのをやめて、もっとましなことをしようという気になるだろうよ」

「ワッラーヒ！」と言ってハミドは急に真面目な顔をする。「お前みたいなやつが断じて許されない言い方で神を語るなんて間違ってる。そろそろだれかがこの毛むくじゃらの野郎を懲らしめないといけない。次に、うちの店にのこのこ盗み聞きしに来たら、馬鹿な原住民とやらにお前の言ったことを洗いざらい話してやる。即刻、その毛深いケツに火をつけられるだろうな」

「それでもコーランの翻訳はやるぞ」カラシンガは力を込めて言う。「どれほど無知蒙昧なアッラー・ワッラーだろうと、同じ人間として気にかけてるんだ。いったいぜんたい、あんな教えが大の大人の信じるものか？　俺は神のことがわかっていないかもしれないし、千の呼び名と百万の約束も記憶していないのだろうが、あんたらの崇める神がとんでもない荒くれ者でいいはずはない」

ちょうどそのとき、女性が小麦粉と塩を買いに来た。腰に布を巻いて、首と肩まわりに大きなビーズ飾りをつけている。胸は覆わず、乳房はむき出しのまま。カラシンガがそばでもぞもぞ動き、興奮してははあ声をあげ、物欲しげに喉を鳴らし、ため息をついているというのに、女性は気にも留めていない。フセインは相手の言葉で話しかけた。女性の客はうれしそうににっこりして、身振り手振りを加えて長々と説明し、しゃべりながら笑い声をあげる。フセインもつられて笑い、いきなりふんと鼻を鳴らした。客が帰ると、カラシンガは欲望を高らかに歌い続け、なかで萎えるまで乗って乗って乗りまくってやる、などと戯言を口にした。「ああ、野蛮人の女ときたら。牛糞の臭いに気づいたか？　あの胸、見たか？　でっかくてぷるぷるしていて、狂ってしまいそうだった！」

「授乳中だってよ。赤ん坊が生まれたばかりとかで、そういう話をしていたんだ」とフセインは言った。「神が不寛容だとか、黙って神に従うなんて愚かだとか、俺たちのことを散々馬鹿にしておいて、今度はここの人を野蛮人呼ばわりか」

カラシンガは非難を受けても意に介さない。ハミドにけしかけられて性の冒険の話をはじめ、とりわけ滑稽な出来事を力説した。手を変え品を変え美女を口説いて、やっとのことで家に連れていってもらえることになったのに、なんと相手は男だった。客引きだと思って交渉していた老女が実は当の娼婦だった。既婚女性と関係を持っていたところ、寝取られ夫が突然戸口に現れて、極めて大事なものを失いかけた。カラシンガは声を和らげ、体をくねらせ、手足をだらりとさせて、登場人物すべてを演じきる。合間に自分の役も担い、顎ひげを逆立て、ターバンをなでつけ、荒々しい名士《ジャナーブ》となって、一途に熱狂を追い求める。ハミドは野次を飛ばし、大笑いして、おかしくてたまらず腹を抱えてひいひい喘いだ。カラシンガはハミドが笑わずにはいられない場面をこれでもかと繰り返してみせる。フセインが下品な話にいい顔をしないと気づいて、ユスフはうしろめたそうに笑った。とはいえ、ハミドが身悶えして苦しむ姿が滑稽で、笑いをこらえきれなかった。

その後、夜が深まり明け方に近づくと、会話は落ち着いて湿っぽくなり、長いあくびが増え、言葉は途切れがちになった。

「これからの時代が心配でならないよ」フセインがぼそっと言うと、ハミドはげんなりして嘆息する。

「なにもかも混乱している。ヨーロッパ人の決意は固い。この世の富を奪い合ううちに、俺たちはみんな滅ぼされてしまうだろうな。やつらがここにいていいことをしていると思い込むなんて愚の骨頂だよ。ほんとうの狙いは商売じゃない。土地だ。そしてここにある一切合切を——俺たちを貪り尽くす」

「インドじゃ、ずっと支配が続いている」とカラシンガが言う。「こんなところに文明なんかないのに、どうやっておんなじことができる？　南アフリカでさえ、人を殺しまくって土地をぶんどっても、値打ちがあるのは金とダイヤモンドくらいだ。いったいここにはなにがある？　ああだこうだ言い争って、あれやこれやを盗んで、ちっぽけな戦争を次々に起こしたら、しまいに飽き飽きして出ていくだろうよ」

「現実逃避だな」とフセインは指摘する。「連中はとっくに山の一番いい土地を分け合っているじゃないか。ここから北の山間部では、最強の民すら蹴散らして土地を奪った。赤子の手をひねるみたいに難なく追い払って、指導者を何人か生き埋めにしたんだぞ。知らないのか？　残るのを許されたのは使用人になったやつらのみ。あの武器で一度か二度、小競り合いをすれば、所有の問題は片がつく。なのに、連中がふらりと立ち寄っただけだと思えるか？　いいか、やつらの決意は固い。世界を丸ごと手に入れようとしている」

「じゃあ、あいつらがどんな人間か学べよ。ヘビのこととか鉄を食べること以外に、なにを知ってるんだ？　やつらの言葉や話がわかるか？　なんにも知らずにどうやって立ち向かえる？」カラシンガは反論を続ける。「ぶつくさ文句を言って、いったいなんになる？　俺たちはこのとおり似たり寄ったりだ。やつらは共通の敵。そういうことでも俺たちは似た者どうしになる。やつらからすると俺たちは動物だ。でも長いあいだ、愚かな考えをやめさせられない。ヨーロッパ人がなんであんなに強いと思う？　何世紀も世界を食いものにしているからだ。不平不満を言ったところで止められない」

「なにかを学んだってどうせ止められやしない」フセインはきっぱり言い放つ。

「単に怖がってるだけじゃないか」カラシンガはやんわりと言う。

「そうさ、怖いんだ――でもやつらが怖いだけじゃない。なにもかもを失ってしまう、この生活をそっくりそのまま手放してしまうのが恐ろしい」とフセインは応じる。「若い世代は失うものがもっと大きいだろうな。いずれうまく丸め込まれて、昔ながらのやり方に片っ端から唾を吐きかけ、やつらの決まりごとや世界の見方を聖なる言葉のごとく唱え出すだろう。ヨーロッパ人が俺たちについて書くとき、話は決まっている。奴隷を売り買いしてるってことだ」

「なら、どう立ち向かうのか考えろ」カラシンガは声を張りあげる。「あんたの言うとおり、今後、危機が待ち受けているとして、なんで山奥にとどまってそんな主張をしてるんだよ」

「じゃあ、どこへ行って話せばいいんだ」フセインは憤るカラシンガを見て微笑んだ。「ザンジバルか？　あそこじゃ、奴隷でさえ奴隷制を擁護しているんだぞ」

「もう暗い話題はよそう」とハミドが割って入る。「いずれにせよ、この暮らしのどこがいいんだ？　ぞっとするような予想をわざわざしなくても、じゅうぶん苦しんでるじゃないか。すべて神の御手に委ねよう。いろんな変化が起きるだろうが、それでも太陽は東からのぼって西へ沈むさ。陰気くさい話はもうやめだ」

さらに沈黙が続いたあとで、フセインは口を開いた。「ハミド、悪徳商人の相棒は近ごろどうしてる？どんな愚劣なことにお前を巻き込んでるんだ？」

「だれのことだ」ハミドは苛立ちを隠せない。「今度はなんの話をしてる」

「だれかって！　近いうちにわかるだろうよ。ほら、例の相棒だ！　この前言ってたじゃないか。いよいよとなったら、あいつに無一文にされて、シャツを繕う針と糸すら残してもらえないだろうな」フセインは軽蔑をあらわにする。「必ずひと儲けさせてくれる、とこちらは相手の言葉を鵜呑みにする。不安要素はないとあっちは断言する。ぜったいにだいじょうぶだ。欲しけりゃ絹の上着でも注文すればいいってな。すると遅かれ早かれ問題が起きて、もはやもとには戻れない。おあいにくさま、商売はそういうもんだ。わかるよな。あの男、いったい何人の人生をぶち壊してきた？　分不相応な金儲けの仲間に加えて、借金を返せないと、身ぐるみ剝ぐ。それがあいつのやり口だ。言ってること、ちゃんとわかってるよな」

「今日はどうしたんだよ」とハミド。「緑の光が差す山に住んでいるせいだな」ユスフにはハミドが不安になって、怒りかけているのがわかる。暗くよそよそしい顔をして、一度、ユスフのほうをちらりと見た。

「あの男、お前の相棒の噂を聞いたんだが、知ってるか？」フセインは続ける。「商売相手が借金を支払えないと、息子や娘を借金の形《レハニ》に取るんだってよ。奴隷制の時代と変わらないじゃないか。どう考えても立派な人間のやり方じゃない」

「そのくらいにしておけ、フセイン」ハミドは怒りに声を荒らげ、ユスフを見ようとするみたいに半分横を向く。カラシンガもなにか言いたそうにしていたが、ハミドはさっと手を振って制止した。「それに、たとえ愚かな失敗をすることになっても、俺のしたいようにさせてくれ。お前のやり方——俺たちのやり方のほうがましだと思うのか？　どこがましなんだ？　働きづめに働いて、どんな危険も冒し、故郷から遠く離れて生きている――なのにいつまでたってもひどく貧乏で、びくびく怯えている」

「アッラーは言われた――」フセインはコーランの一節を引用しようとする。

「とぼけるなよ！」ハミドは話を遮って、やんわりとすがるように言った。

フセインは食いさがる。「あいつはいまに捕まる。密輸だって、うまみのある取引だって、どれもこれも結局はだめになるだろうし、お前も巻き込まれるぞ」

「兄弟の言うことをよく聞いておけ」カラシンガがハミドに忠告する。「俺たちみたいな人間は金持ちじゃないかもしれないが、曲がりなりにも法を守って生きているし、互いを尊重している」

ハミドは思わず吹き出した。「おうおう、俺たちはなんと尊い哲学者であることよ！　嘘つきの悪党めが！　いつそんな法を見つけた？　どの法のことを言ってる？　ごく単純な仕事にあれほど請求しておいて――それで法を守っているだと？」ハミドはいつもの態度と口調で、もういがみ合いはここまでにして、おもしろおかしい話題に切り替えようじゃないかと示してみせる。「まあいずれにせよ、この青年の前で、俺たちの印象を悪くしないでおこう」

ユスフはこのとき十六歳になっていた。青年という表現がなんだか立派に聞こえる。上背があるとか、哲学者だとか言われるのと同じくらい響きがいい。そこで、しっかりと喜びを表そうとして、ちょっとした道化を演じてみせた。三人の男はおどけるユスフを見てどっと笑った。こうして、金を借りた相手の要求を満たすために、やむなく息子を引きわたした男の話は無事に終わった。しかしユスフには、フセインがハミドについて言ったことがいくらか理解できる気がした。裕福になろうと必死になり、アズィズおじさんの旅をそわそわ心配している姿から、自分で自分が信じられずに、のちに失敗することがうすうす予想できる。立ち入り禁止の倉庫からハミドのつぶやきが聞こえ、しまい込まれた密売品《マゲンド》の臭いが漂ってきたことを思い出す。ハミドの切なる願いの言葉は祈りだったのだ。

8

町に戻って数日すると、アズィズおじさんが旅を終えて帰ってきた。例によって、隊商を先導するのは太鼓叩きと角笛吹き、そのうしろにモハメド・アブダラが続いた。午後遅く、日が翳って、そよ風や木々の葉が再び湿り気を帯びる甘く穏やかな時間に一行は姿を現した。真っ先に気づいたのはユスフだ。最初は、静かな線路沿いを散歩していて、路上の空気の乱れを感じただけだったが、やがて細かい砂埃が巻きあがり、太鼓の響きと角笛の唸りが聞こえてきた。しばらくようすをうかがって、想像どおり、よろよろ歩く疲れ果てた隊商かどうか見極めたかったのだが、すぐに戻って家の人たちに知らせたほうがいいと思い直した。

窮乏に陥り、危険に見舞われた過酷な旅だったという。不穏な出来事もあったものの、乱闘にはならなかった。二人が大怪我を負った。ひとりはライオンに襲われ、もうひとりはヘビに噛まれた。怪我人を湖畔の小さな町に残して、ある一家に面倒を見てもらうことにした。もちろん、アズィズおじさんはたっぷり謝礼を支払った。この人たちと取引をしたことはなかったが、二人の男の世話を任せてきた。おじさんはそんなふうに語った。ある時期、荷担ぎと護衛が相次いで病に倒れたが、幸いにも、珍しくもなく深刻でもない、単に内陸への旅につきものの患いだった。ある晩、モハメド・アブダラが溝に落ちて、肩をひどく負傷した。快方に向かっているがまだ痛みはあり、本人は隠そうとしている、とおじさんは言う。いろいろと災難続きだったとはいえ、商売は順調にいった。ただ、なにかあるたびに、沿岸からどんなに遠くへ来たかを思い知らされた。アズィズおじさんは相変わらず落ち着き払っていて、むしろいつもよりやせて健康そうに見える。体を洗い、服を着替え、香水をまとうと、何か月も旅に出ていたとは信じられないほどの外見になった。

「川の上流域では申し分のない取引ができた」とアズィズおじさんは話した。「川には実際、長くいなかったな。来年、商人が押し寄せてくる前に、またマルングに戻ろうと思う。ヨーロッパ人がじきに閉ざしてしまうだろうから。ベルギー人だ。連中は湖にどんどん迫っているらしい。やつらはねたみ深いろくでなしの貧乏人で、商売のことがまるでわかっていない。ベルギー人の話を聞いたが、ドイツ人やイギリス人のほうがまだましだな。なんにせよ、どいつもこいつもたちの悪い商売人にはちがいない。さてと、今回は貴重な品を持ち帰ったぞ」

ハミドにとって土産話は心地良い旋律だ。アズィズおじさんとの結びつきを確認しようと、会話にアラビア語をちりばめる。商品の積み込みを監督しながら、満面に笑みをたたえ、感嘆の唸りを漏らす。アズィズおじさんがただ同然で手に入れたトウモロコシの袋の山はハミドに託し、ゴム、象牙、金は鉄道で沿岸まで持ち帰る。先に運ばれてきた天然ゴムはすでに町のギリシア人商人に売っていた。日が暮れると、ハミドはアズィズおじさんを倉庫に連れていき、商品を確認した。二人して腰をおろし、帳簿に目を通しつつ、小声で話して利益を計算した。

アズィズおじさんは長居しなかった。ラマダーンがはじまる前に沿岸地域に戻り、自宅で断食してゆっくり過ごすつもりにしていたのだ。月末までに商品を売り払うと、新年とイードの出費に間に合うように、荷担ぎたちに労賃を支払える。出発の日、まだ回復途上のモハメド・アブダラとともに、一行は鉄道の駅に向かった。ユスフは付き添ってくれと言われなかった。立ち去る少し前、アズィズおじさんはユスフを傍らに呼び寄せてひとつかみの小銭をわたした。

「なにかあったときのためにとっておきなさい。来年もまたここに戻って旅を続けるからな。お前はほんとうによくやってくれている」

奥地への旅

1

アズィズおじさんが立ち寄って以来、ハミドは上機嫌だった。旅の話に胸を躍らせた。一緒に聞いていただれもが地平線の彼方の恐るべき巨大な世界に触れることになった。帳簿の数字には気持ちが昂るし、倉庫に残された商品を見ると、今回の取引がいかに幸運だったか感じ取れる。ハミドはときに夜を待たずして秘密の倉庫に入り、満足げに成功を噛みしめた。背後の戸を開け放ったままにすることもあり、獣の皮の強烈な臭いが庭に漂っていた。ユスフは積みあがった麻袋と藁袋を目にした。いくつかは、アズィズおじさんの遠征から得たトウモロコシだが、あの口の悪いバチュスがトラックで運び込んだ品物もある。ハミドは戦利品のまわりを歩いて袋の数を数え、ひとりごとをつぶやいている。開いた戸口にユスフが立っていることに気づき、顔に動揺が走ったが、すぐにほっとしたような、納得がいかないような表情をした。しかめ面で物思いに耽っているのかと思ったら、ずる賢そうに笑って外に出てきた。

「ここになんの用だ？　仕事がないのか？　庭を掃除して、パンの木の実を拾ったか？　ぜんぶ終わったと言うなら、町へ使いにやろう。だれがじろじろ見ろと言った？　どうせ袋の中身を知りたいんだろう？　いずれわかるときが来るさ」とハミドは明るく言って、倉庫の戸に南京錠を掛ける。「素晴らしい旅だったんだな。なんともありがたい。みながみな幸運に恵まれた。なにか用があったのか？　どうしてきょろきょろしてる？」

「ええと——」ユスフが口を開くと、ハミドは遮り、ユスフがあとについて来るのを見込んで、まっすぐに玄関まで歩いていく。

「で、探しものをしてるわけじゃないんだろ？　フセインならなんと言うか聞いてみたいもんだな。自分が山の中腹でその日暮らしをしているからといって、どうにか這いあがろうとする人間のことを罪深いと思っている。ああ、お前も一緒にいたよな！　なにも大金持ちになりたいわけじゃない。この場所で暮らして商売をしているうちに、ちょっとくらい稼いだっていいじゃないか。いかれた夢想家みたいに振舞いたがるのは、やつの問題であって、俺には関係ない。あいつ、理想ばっかり言ってただろ。聞いてたよな？」

「うん」とユスフは答えるも、ハミドが喧嘩腰なので落ち着かなかった。あの山積みの袋になにが入っているのだろうと考えていた。でもハミドに中身を知っていると思われている気がして、訊くのは憚《はばか》られた。貴重な品物が入っていて、邪魔にならないよう倉庫で保管されているのだろうと察しはついていた。

「家族にいい生活をさせるのが罪なのか？」ハミドはフセインへの軽蔑をあらわに声を張りあげる。「家族が故郷で暮らせるようにするのも罪か？　なにがそんなに悪い？　教えてくれ。家族のために小さな家を建てて、子どもたちにいい伴侶を見つけて、故郷の洗練された人たちと連れだってモスクに通いたい、ただそれだけだ。高望みでなければ、夕方に友人や隣人と一緒に腰をおろして、楽しく話をしながら茶を飲みたい――それだけなんだ！　俺がだれかを殺したいなんて言ったか？　だれかを奴隷にしてやるとか、罪のない人から盗んでやるなんて言ったか？　俺は小さな店をやって、なんとかしようともがいてるだけ。ほんのささやかなことをしてるだけなんだ、ほんとに。近ごろじゃ、あいつはヨーロッパ人を非難するようになった。やつらは根こそぎ奪うとか。わずかな慈悲もない生まれつきの人殺しだとか。俺たちをめちゃくちゃにして、信じるものすべてをぶち壊すとか。こういう話に飽きたら、俺に教訓を垂れる。あいつのことでいくらでも文句は言えるが、俺はただ静かな生活を送りたいだけだ。でもあの哲学者フセインにはそれじゃだめらしい。野蛮人どもに囲まれて悪霊みたいに暮らしているというのに。だれもあいつに思いのままに生きるな、なんて言わない。でもあいつになにを言っても説教をはじめて、コーランのスーラ（コーランの百十四の章）を引き合いに出す。アッラーは言われた！　ってな。お前も聞いただろ」

　ハミドはフセインの言ったことを思い返し、むかっ腹をたてる。神よ、お許しください《アスタグフィルッラー》とつぶやき、聖なる書物を冒瀆してしまったかもしれないと考えてぶるっと震えた。「コーランを引用するのが悪いと言ってるんじゃない。問題はあいつが信仰からじゃなく、悪意をもって引用することだ。とんでもない、神の言葉が悪いなんてこれっぽっちも言ってない。ああそれに、コーランを翻訳するとかいう、あのいかれたカラシンガときたら！　自家製の酒のせいで戯言をほざいていたんだろう。神が頭のおかしい異教徒だって気づいて、憐れんでくださるといいのだが」ハミドは愉快そうにくっくと思い出し笑いをした。

「いいか、コーランは神の言葉だ。善良で正しい人生を送るために必要な知恵がぜんぶ詰まっている」

ハミドはなにかを見るようにちらりと視線をあげる。ユスフも上を見たが、ハミドは苛々してしっと注意を促した。「だからといって、コーランを利用して他人を辱めるなどもってのほかだ。教えと学びの拠りどころとしなければいけない。そして時間の許す限り読むんだ。いまはラマダーンがはじまったのでなおのこと。聖なる月に善行を積むと普段の倍の祝福を受けられる。昇天《ミウラージュ》の夜、預言者が神からそう告げられたんだ。その夜、預言者ムハンマドはメッカからエルサレムへ、翼の生えた空飛ぶ馬、ブラーク（預言者ムハンマドをメッカのカアバ神殿からエルサレムのモスクまで運んだとされる空想上の生き物。コーラン第十七章「アル・イスラー（夜の旅）」の記述に結びつけられる）に乗って旅をした。さらにエルサレムから神のもとへと馳せ参じ、神に信仰の原則を託される。ラマダーンは断食と祈り、無私と贖罪の月になると定められた。神への服従を表明するために、生きるうえでなくてはならない喜び、つまり、食べ物、水、性の快楽を自制する。これこそ、好き勝手に生きる野蛮人や異教徒とのちがいだ。この期間にコーランを読むと、言葉が直接創造主に届いて、大きな祝福を得られる。ラマダーン月には毎日一時間かける必要がある」

「そうだね」とユスフは言ってあとずさる。説教が終わりに近づくと、ハミドは打ち解けた口ぶりになっていて、突如湧き起こった信仰心をユスフにも押しつけようとした。ユスフは話が調子づいてくる前に逃げ出そうとしたが、もたもたしてしまった。

「考えてみると、お前がコーランを読んでいるのをあまり見かけたことがないな」ハミドは厳しく怪訝な顔をする。「笑いごとじゃないぞ。地獄に行きたいのかなんなのか？　今日これから、午後の祈りが済んだら一緒に読もう」

午後を迎えて、ユスフは空腹と疲れで弱りきっていた。断食を開始して最初の三日間がもっとも苦しく、ひとりでいられるときには、ほぼ一日じゅう日陰で静かに横になっていた。数日たつと体が慣れてきて、食べ物も水もなしに長い時間過ごせるようになり、どうにか日中のつらさには耐えられた。山の冷気のなかでもっと楽に乗りきれるのではないかと思っていたが、現実はそうはいかない。沿岸の暑さのもとでは、感覚を失った体を切り離し、疲れ果てた状態で放置して、ぼんやりと諦めの境地に達することができた。空気が冷たいとしゃんとしていられて、たいして弱らないので、うっとりするほどの虚脱感には見舞われない。午後にハミドとの約束があって、恥ずかしい思いをさせられるのはわかっていた。

「どういうことだ？　読めないって？」ハミドがたずねる。

「そうは言ってないよ」ユスフは反論し、コーランを読み終わらないうちに、アズィズおじさんのところで働きはじめたんだと弁明した。母から文字を習ったし、冒頭の三つの簡単な章《スーラ》の読み方も教わった。七歳になると、引っ越し先の町で教義を学ぶ学校に入れられた。生徒は時間をかけて学んだ。先生は焦らずゆっくりと、子どもたちが勉強を終えるまで見守っていた。だれかがコーランを最初から最後まで読み通したら、ひとり分の月謝が減ってしまうのだ。勉強を終えるには五年間、学校に通うことが求められた。そうすると先生にとっても、生徒にとっても都合がいい。子どもたちは先生の雑用をいろいろと引き受けた。家を掃除したり、薪を取ってきたり、使い走りをしたり。男の子はあわよくばさぼろうとして、しょっちゅう鞭で打たれた。女の子は手のひらをたたかれるだけで、行儀良く振る舞いなさいと教え込まれた。**自分を尊重すると他人も尊重してくれる。わたしたち全員に言えることだが、とりわけ女性にとっては重要だ。これが名誉の意味することだ。**先生はそう説いた。だれもが知っている限り、あるいはだれもが思い出せる限り、こういう学びはずっと受け継がれてきた。先生の家の裏庭で少年少女が敷物の上にぎゅうぎゅう詰めに座り、案の定渋々ながらではあるが辛抱強く、コーランの節を復唱する。やがてユスフも卒業し、同級生や年上の子たちに交じって立派な人間になれるはずだった。けれども、その前によそへやられてしまった。

ハリルは計算を教えてくれたが、コーランを読むべきだとは一度も言わなかった。二人で町に出かけてモスクを訪れても、ユスフはうまくやりこなした。長い礼拝の最中に集中力が途切れてしまったし、コーランの馴染みのない章を口にする必要があると、信徒の声に紛れて意味のない文句をつぶやいたが、恥を晒さずに済んだ。それに、周囲の人が同じ困った状況にないかと、聞き耳をたてるような無作法な真似をすることもなかった。さて、その日の午後、ハミドと並んで座り、今回ばかりは適当にもごもご言って窮地を抜け出すのは無理だとわかっていた。ハミドは、まず「ヤー・スィーン」（コーランの第三十六章。預言者ムハンマドの別名ともコーランの別名とも言われる）からはじめて、交互に朗誦していこうと持ちかけた。ユスフはコーランを開いて、ハミドの疑いの眼差しを感じつつ、ページをぱらぱらめくった。

「『ヤー・スィーン』がどこかわからないのか？」ハミドはたずねる。

「卒業してないんだ《スィクヒティム》」とユスフは答える。「読めないと思う」

「読めないっていうことだ？」ハミドは恐れおののき、衝撃を受ける。腰をあげてユスフから遠ざかる。怯えているのではなく、悲惨で卑しいものを避けているといった感じだ。「かわいそうに《マスキニ》！ そりゃあんまりだ！ あの家でコーランを教えてもらわなかったのか？ いったいなんて人たちだ」

ユスフは無能で不名誉な自分を恥じ、深いため息をついた。床にしゃがんでいたら弱気になってきて、立ちあがった。腹が減って疲れていたし、これから確実に起こるはずの騒ぎを想像して、もう勘弁してほしいと思った。とはいえ、恥をかいても、恐れていたほど怖くはなかった。

「マイムナ！」ハミドは痛みをこらえきれないみたいに妻を大声で呼ぶ。やはり断食がこたえているんだな、とユスフは考えていた。まもなく腰をおろし、教えと義務について静かに語り出すんだろうな、と。

ところが突然、ハミドは興奮して喚いたのだ。「マイムナ！　おい、こっちに来てくれ！　早く《ヤッラー》！　ほら急いで！」

マイムナは体に布を巻きつけながら出てきた。眠気で目はしょぼしょぼしているものの、夫に呼ばれて不安そうだ。

「キムワナ（「愛しい人」「あなた」など親しい女性への呼びかけ）、この子はコーランを読めないんだ！」ハミドは取り乱した表情で妻のほうを向く。「父親も母親もいないうえに、神の言葉も知らないとは！」

夫婦は長らくこの機会を待ち構えていたかのように、ユスフをとことん問い詰めた。ユスフは隠しだてするつもりはなかった。奥さまはなんと言っていた？　どんな方だ？　わからない、会ったことがない。信心深いんじゃないのか？　聞いたことないな。大商人の旦那にモスクへ行けと言われなかったのか？　うん、なにも言われなかった。店に残って働いていたよ。礼拝をしなければ、創造主のもとに丸裸で赴くことになるんだぞ、考えたことないのか？　うん、考えたことない。そもそも創造主についてほとんど考えたことがない。神の言葉を知らないのに、どうやって祈りを捧げていたんだ？　金曜日に町に出かけたとき以外は祈ったことない。なんと忌まわしい！　二人が苦痛のあまり叫びをあげると、子どもたちもなにが起こっているのか見物しにやってきた。一番上のアシャはもうすぐ十二歳になる。ぽっちゃりしていて元気がよく、父親に似ている。真ん中の男の子はアリ。母親の巻き毛とつややかな肌を受け継いでいる。末っ子はスダ。泣いてばかりいて、姉さんから離れたがらない。家族総出で悲しみに暮れ、口を揃えてユスフの恥を嘆こうというわけだ。マイムナはずきずきする痛みを抑えようとするみたいに、こめかみに手をあてる。ハミドは気の毒そうに首を振る。「かわいそうに！　かわいそうに！　わが家になんという悲劇が起こったことか。だれがこんなことを予想できただろう」

「自分を責めないで」とマイムナは言いつつそっと呻いた。「わたしたちにわかるはずもないじゃない」

「悪く思うなよ」恐怖が頂点に達して、ハミドはユスフに語りかける。「お前のせいじゃない。アッラーは俺たちのことを罪深いとお考えになるだろう。お前が教えを受けているかどうかちゃんと確かめなかったから。何か月も一緒にいたというのに――」

「でも、どうしてあんたのおじさんはずっとそんな状態にしておいたの？」マイムナも責任を引き受けようとしてたずねる。

そもそもぼくのおじさんじゃない。ユスフは胸の内で言う。ハリルを思い浮かべて、微笑みそうになるのをこらえる。嘆き悲しむ一家を残してこの場を去りたかったが、不適切な気がしてとどまった。驚きと恐怖をあらわにする二人にほとほとうんざりした。わざとらしい馬鹿げた演技に思えたのだ。

「沿岸の人間がワウングワナと自称するのを知ってるか？」とハミドは訊く。「どういう意味かわかるか？　高潔な民という意味だ。俺たちは自らをそう呼ぶ。特にここでは残忍なやつらや野蛮人に囲まれているからな。なぜかわかるか？　神が権利を与えてくださるんだ。俺たちが高潔なのは、神に従い、神への義務を理解し、守っているからだ。神の言葉に触れず、神の法に従わなければ、石や木を崇めている連中と変わらない。獣も同然だ」

「そうだね」とユスフは答え、子どもたちの笑い声に尻込みした。

「まだ十五歳か？」ハミドは声を和らげてたずねる。

「ラジャブ月（ヒジュラ暦第七月）で十六歳になったよ。山に行く前に」

「じゃあ、ぐずぐずしている暇はない。全能の神の前ではもう一人前だし、神の法にも徹底して従うんだ」とハミドは言って、贖罪の役割を担おうとする。目をつむり、長々と祈りをつぶやく。「子どもたち、この青年をごらん。家族に見せてくれる姿からしっかり学ぶんだぞ」ハミドはようやく口を開き、腕を伸ばしてユスフを指差す。いいか、大麻はやめておけ、俺を反面教師にするんだぞ。

「子どもたちと一緒にコーラン学校へ通わせましょう」マイムナはきっぱりと言って、ハミドをまっすぐ見つめる。「人殺しをしたわけでもないのに、がみがみ言わなくてもいいじゃない」

2

こうしてユスフは屈辱を強いられたのだった。ラマダーン月の午後、ユスフは家の子どもたちとともに学校に行って授業を受けた。だれよりもはるかに年上だったせいか、幼い生徒たちに異常なまでにしつこくからかわれた。やらなければいけないからやるのだといった調子で。町で唯一のモスクのイマーム（イスラームの共同体の指導者。この場合は礼拝を指導する役割を担う人物）でもある先生は、優しく思いやりをもって接してくれた。ユスフは呑み込みが早く、毎日家でもさらに時間を費やして勉強した。そもそもは恥をかいたことがきっかけだったものの、めきめき成長することに喜びを覚えるようになった。先生はさほど期待もしていなかっただろうに、痛々しいほど大真面目に励ましてくれる。ユスフは毎日モスクへ行き、長らく顧みなかった神に従い、頭を垂れた。イマームはほかの信徒たちの前で、ユスフにちょっとした用事を言いつける。信頼して認めてくれている証拠だ。集まった人びとに読むつもりの本、数珠や香炉を取りに行ってほしいと頼まれた。それに、ちょくちょく質問を投げかけては、新しく得た知識を披露するよう促してくれ、あるときなどは、屋根にのぼって信徒に祈りを呼びかけてほしいと言われた。最初のうち、ハミドはうれしそうに眺めて、ユスフの驚くべき変化を語ってまわり、やはり神は自分たち夫婦が救済に貢献していると認めてくださったのだと感じていた。ラマダーンが終わっても、ユスフの情熱は冷めないようだった。二か月でコーランを冒頭から終わりまで読破し、もう一度繰り返そうとしていた。イマームに葬儀や誕生の儀式に付き添ってくれないかと声をかけられた。ユスフは家や店での仕事をそっちのけで学校とモスクに通い、夜遅くまでイマームにもらった本に読み耽った。しばらくすると、ハミドはこの傾倒ぶりを心配しはじめた。度を越しているし、卑屈にすら見える。そこまでやる必要はないのに。

ハミドは世間話をしにカラシンガを訪ねていき、考えを打ち明けた。カラシンガの受け止め方はちがっていた。「精いっぱい徳を積ませたらいい。人のこういう感情はそう長くは続かない。すぐにこの世の誘惑に屈して、罪と堕落に向かうことになる。とはいえ、信仰は美しい。純粋で偽りのないものだ。あんたらはこういった精神的な問題を理解できないだろうが、俺たちみたいな東方の人間はよくわかっている。あんたなんか、地面に五回口づけして、ラマダーンに飢え死にするただの馬鹿な商人だもんな。瞑想とか悟りとか、そんなものはちんぷんかんぷんだろう。いいじゃないか、米の袋や果物のかごなんかよりも、人生にはもっと悩むべきことがあると気づいたんだ。でもアッラーの教えに従うしかできないのがなんとも残念だ」

「いやいや、それにしてもやり過ぎじゃないか？」ハミドはカラシンガの挑発を無視する。

「もう子どもじゃない」とカラシンガは答える。「そろそろ一人前の若者と言っていいほどだ。あの子を甘やかしたいんだろう。あれほどきれいなんだ。とんでもない根性なしにしてしまうぞ」

「たしかに魅力はある」とハミドはしばし間を置いて同意する。「でも男らしい魅力だ。本人は自分の外見にちっとも関心がないけどな。だれかがきれいだなんて言うと、どこかに行ってしまうか話題を変える。無邪気なやつだ！　ところで、さっき信仰とか徳とか、なにを抜かしてた？　俺がそういうことを知らないというなら、お前のような脂ぎった猿にわかるはずないだろうが。ゴリラや牛を崇めて、どうやって世界が生まれたかっていう幼稚な話をしてるくせに。ここの異教徒と変わらないじゃないか。なあカラシンガ、ときどきお前のことが気の毒になるよ。最後の審判のあと、毛深いケツが地獄の炎に焼かれるのを想像するとな」

「あんたが罪の報いで砂漠の神から拷問を受けているとき、俺は天国に行って、目に入るものは手当たりしだいめちゃくちゃにしてやる、アッラー・ワッラーめが」カラシンガは陽気に応じる。「あんたらの神にとっちゃ、ほぼどんなものでも罪深いんだからな。それはともかく、あの若者は勉強がしたいだけだろう。ゴミみたいな家に閉じ込められて、うんざりしてるんだ。もし頭に脳ミソがあるのなら、いまごろどろどろに溶けているにちがいない。あんたときたら、あの子にだらだらと法螺話を聞かせたり、市場で売る無意味なパンの木の実を集めさせたりしてるだけじゃないか。そんな責め苦を受けたら、猿でも宗教に走るぞ。俺のところに寄越してくれれば、英語の読み方を教えてやる。修理の仕事もな。商店の雑用なんかよりも、役に立つ技術が身につけられるはずだ」

ハミドは仕事を与えてユスフの気を逸らそうと、できる限りのことをしたし、裏庭に庭園を造るという考えをもう一度持ち出した。カラシンガの提案のことも話した。こうしてユスフは週に何度かカラシンガの作業場で午後の時間を過ごすようになった。膝に板を置いて古タイヤに座り、ルミ文字（ラテン文字）で読み書きを学んだ。午前中は家で用を済ませ、午後になるとカラシンガを訪ね、夕方にはモスクに行って夜《イシャー》の礼拝が終わるまで過ごした。はじめは、新たな忙しい生活に喜びを覚えていたが、数週間のうちにモスクにいると嘘をついて、カラシンガの作業場に居続けた。そのころには、ゆっくりと板に文字を書いて、カラシンガがくれた本を音読できていた。といっても、どういう意味なのかはわからなかった。ほかにもたくさんのことを学んだ。タイヤの換え方、車の洗い方。充電の仕方に錆びの落とし方。エンジンの仕掛けを説明してもらっていくらか理解できたが、カラシンガが絡まったパイプやボルトを手際よくいじり、魔法のように作動させるのを見ているほうが楽しかった。インドの話を聞いた。何年も帰れていないが、帰郷を切に願っているという。それに子どものころ暮らした南アフリカの話も。南の狂人の家といったところだ。あそこではどんなおかしな幻想も現実になってしまう。アフリカンダー（南アフリカのオランダ系入植者の子孫。アフリカーナー）のろくでなしどものことを教えてやろう。あいつらは狂っている。単に荒っぽくて残酷ってことじゃない。ほんとに頭がおかしいんだ。暑い太陽に灼かれて、オランダ人の脳ミソはスープになってしまったんだな。ユスフは車を押すのを手伝い、プリムス・ストーブ（十九世紀末にスウェーデンで開発された灯油を用いる携帯用コンロ）の上に使い古した缶をのせ、茶を淹れる方法を覚えた。用具屋に交換部品を買いに行かされ、戻ったときには、カラシンガはたびたびここぞとばかり軽く一杯ひっかけていた。気分が乗っていると、聖者や戦い、恋煩いの神々、威厳に満ちた英雄や口ひげを貯えた悪漢の話を語って聞かせてくれ、ユスフは箱に腰かけて、拍手を送った。カラシンガはいろんな役柄を演じて、ときどきユスフも口をきかない王子やうずくまる罪人の役をやらされた。肝心な内容を思い出せないこともしょっちゅうあり、脚色したり曲解したりして、おもしろおかしい話に変えるのだった。

夜になれば、ユスフはハミドと、訪ねてきた友人や客とともにテラスで腰をおろした。そばにいてコーヒーを出したり、グラスの水を運んできたりする必要があり、たまにからかいの的にもなる。みなで敷物の上に座り、床に置いたランプをぐるりと取り囲む。山の夜が底冷えしたり、雨が降ったりすると、ユスフは腕いっぱいに肩掛けを抱えて、客にわたした。自分の年齢と立場をわきまえて、男たちの輪から少し離れ、ムリマ、バガモヨ、マフィア島、ラム、アジェミ、シャーム、摩訶不思議な場所の色とりどりの話に耳を傾けた。男たちは声をひそめて身を寄せ合い、ユスフが近づきすぎていると、追い払うこともあった。やがて、聞き手の目が興奮と驚きで大きく見開かれ、最後にぱっと笑顔が弾けた。

ある晩、モンバサ出身の商人が泊まりに来て、だれも聞いたことのないルスィ人とやらがいる国に十五年間も滞在し、最近帰ってきたおじの話をしてくれた。ドイツ人将校に雇われて赴いたそうだ。イギリス人がドイツ人を追い出すまで、将校はもともとウィトゥに駐在していて、その後ヨーロッパに帰り、ルスィ人の国のペテルブルクという都市にある自国の大使館で外交官になった。商人が語ったおじの話は信じがたいものだ。ペテルブルクでは真夜中まで太陽が照っていた。寒くなると水は氷になってしまい、川や湖の氷はとても分厚くなるので、重い荷物を積んだ荷馬車も走らせることができる。ひっきりなしに風が吹きつけ、いきなり氷と石の嵐を巻き起こすこともある。夜には風に乗って悪霊や精霊の叫びが聞こえてくる。女や子どもが悶え苦しむ声に似ていて、勇敢にも助けに行った人はひとりとして戻ってこない。真冬の一番寒い時期には海まで凍りつき、野犬や狼が町の通りを暴れまわり、人間でも馬でも、生き物を見つけたらなんでも貪り食う。ドイツ人とちがってルスィ人は文明化されていない、とおじは話した。ある日、この土地を旅していて、小さな町に入ると、男、女、子ども、だれもかれもが泥酔していた。からかっているんじゃない《スィクファニェニ・マスハラ》、ぐでんぐでんに酔っ払っていたんだ。野蛮な生活を目の当たりにして、おじは考えた。さてはイスラームの地との境界を定めるゴグとマゴグの国にいるのか。だがここでもなお予想外のことが待っていた。たぶんなにより驚くべきことだろう。なんと、ルスィの国には大勢のムスリムが暮らしていた！　しかもどの町にもいる！　タタール人、キルギス人、ウズベク人！　そんな名前は初耳だ。おじが驚くと相手も驚いた。アフリカの黒人にムスリムがいるなどと、いまのいままで聞いたことがなかった、と。

なんとすごい《マーシャアッラー》！　一同は驚嘆して、モンバサの商人にもっと詳しく聞かせてくれとせがんだ。さて、おじはブハラ、タシュケント、ヘラートを訪れた。いずれも古い都で、住民が造った想像を絶するほど素晴らしいモスクや地上の楽園さながらの庭園がある。おじはヘラート一美しい庭園で眠り、夜には非の打ちどころのない音楽が聞こえてきて、危うく理性を失いそうになった。季節は秋。至るところで夏白菊が咲き乱れ、葡萄の木には収穫を待つ甘い実がなっている。葡萄の実が甘いのなんのって、とても土から育ったものとは思えない。大地はまことに清らかで明るく、人びとは病気にならないし、老いもしない。

作り話じゃないのか、とみな声を張りあげる。そんな場所があるはずない。

間違いなくほんとうの話だと商人は言い返す。

一同は、ほんとうなのかとたずねながらも、実は信じたくてたまらない。また架空の話をしているだけなんだろ。次々とおとぎ話を語って、俺たちの頭を混乱させているんだ。

俺もおじに同じ反応をした、と商人は答える。もっと丁重な言い方をしたけどな。こんなこと、まさか現実の話とは思えない。

それでおじさんはなんと言ったんだ。

誓ってほんとうだって。

なら、そういう場所がたしかにあるんだな、と聞き手は胸をなでおろした。

その後、旅を続けて波の高い荒海をわたった、と商人が言葉を継ぐ。カスピ海というそうだ。対岸では、黒い油が地面から噴き出し、鋼鉄の塔が悪魔の王国の歩哨のごとく海中からそびえ立っていた。空一面に火の粉が舞う。まるで炎の門だ。さらに山と谷をいくつか越えて、これまでの旅でも見たことのないほど美しい国にたどり着いた。ヘラートですらかなわないらしい。そこかしこに果樹園や庭園が広がり、川が流れ、学問と文明を持つ民が暮らしている。人びとは根っからの戦争好きで陰謀にとりつかれているので、この一帯が平和だったためしがない。

なんという土地だ?

商人はしばらく黙り込んだ。ようやくためらいがちに口を開く。カスカス、だったかな。とにかく、おじはシャームの地（シリア地方のこと。シリア、レバノン、ヨルダン、パレスチナを含む地域の歴史的呼称）まで行って、遠路はるばるモンバサに帰還した。商人はそう言うと、地名のことをそれ以上突っ込んで訊かれる前にさっさと話を切りあげた。

3

ユスフは夜に客に交じって聞いた話を子どもたちに語った。きょうだいは遊びに飽きて、あちこちうろつき出すと、ユスフの部屋に来た。イマームの学校に一緒に行かされてからというもの、気兼ねなくユスフに接するようになった。最初のころ、ユスフは部屋にひとりきりでいる時間を楽しんでいたが、孤独感が増してくると牢屋のように感じられ、ハリルのことを考え、ともに過ごした時間を懐かしく思い返した。下の子たちは敷物の上できゃっきゃと興奮して取っ組み合いをしたり、ふざけてユスフに飛びかかってきたりした。話を聞かせてとせがむのはアシャで、ユスフが語っているあいだ、まじまじと顔を見つめていた。男の子二人はもたれかかってきたり、手を握ったりしたが、アシャは顔が見える位置に腰をおろしていた。呼ばれたときには、戻ってくるまで待っていてと念を押した。ある日の午後、前日に途中で終わっていた話の結末を聞きにやってきた。敷物の上で正面に座り、熱心に耳を傾けた。

「そんなの嘘よ」話が終わると、アシャは目に涙を浮かべて叫んだ。

ユスフが困惑して返事をせずにいると、アシャはやにわに前屈みになって肩をはたいた。下の子と同様に、突っかかってきてすぐに身をよじって逃げ出すだろうと思い、荒っぽく押しのけようとした。ところが、アシャは自ら腕のなかに倒れ込んできた。長いため息をついて、ユスフに寄りかかって体を丸める。ユスフは胸に熱い息がかかるのを感じる。動揺がおさまると、ぽっちゃりした体から力が抜けていくのがわかり、数分間、二人は重なり合うように横たわっていた。ユスフは興奮の高まりを意識し、アシャに気づかれるのではないかと恥ずかしくなった。

「だれか来る」とユスフはやっとのことで言った。

アシャはすかさず離れて笑った。なんだかんだ言ってもまだ子どもだな、とユスフは心のなかでつぶやく。こんなことになるなんて、アシャだって思ってもみなかったはずだ。だれも悪くとったりしない。ユスフは子どもたちの面倒を見ることになっていて、この子はそのひとりだ。そこで再び腕を広げると、アシャはユスフの胸に抱かれて寝そべり、小さな喜びの声を漏らした。

「町の庭の話をもう一度聞かせて」アシャがねだる。

「どの町のこと？」ユスフは動くのをためらい、訊き返した。

「夜になると音楽が流れる町」アシャはそう言って笑い、じっと目を逸らさずにいる。アシャがそばで体をくねらせると、ユスフはまた興奮を覚えた。

「ヘラートだね。夜に旅人が庭で休んでいたら、女の人の歌声が聞こえてきて心を奪われた」

「どうして？」

「さあ。声がきれいだったからじゃないかな。それとも、女の人の歌声を聞いたことがなかったのかもしれない」

「旅人の名前は？」

「商人」

「名前じゃないでしょ。ちゃんと名前を教えて」アシャがすり寄ってきて、ユスフは柔らかく丸々した肩をなでる。

「アブドゥルラザク。でも実際に言ったのはそのおじさんじゃない。何世紀も前にヘラートに暮らしていた詩人を引用したんだ。町の美しさをうたったんだよ」

「どうして知ってるの？」

「甥が言ってたから」

「どうしてそんなにたくさんおじさんがいるの？」

「ほんとうのおじさんじゃないよ」ユスフは笑って、アシャをぎゅっと抱き締めた。

「ねえ、商人になるの？」アシャは冷や冷やするほど大声をあげ、けらけら笑い出した。

アシャが部屋に来ると、決まってユスフの腕に包まれて横になった。はじめのうちは、いきなり動いたり触ったりして怖がらせるといけないので、黙って抱き締めていた。ぽっちゃりした体のバターに似た匂いに少しむかむかしたが、柔らかく温かい体をすりつけられると抗えなかった。アシャはそばに横たわって手にキスをし、ときに指先を吸った。ユスフは足をもぞもぞ動かして興奮を隠そうとしたが、この子がこういう反応に気づいているのか、それに、二人がしていることを理解しているのか、よくわからずにいた。しばらくひとりで静かに過ごしていると自己嫌悪に陥り、見つかったらどうなるだろうと恐ろしくなった。アシャにもう来ないでと告げる場面を何度も想像してみるものの、実際には切り出せなかった。

最初に疑いを抱いたのはマイムナだ。弟たちが姉さんにユスフの部屋から無理やり追い出されて、母親に文句を言いに行ったのだ。マイムナはすぐに押しかけてきて、アシャを出ていかせた。ユスフにはなにも言わず、しばらく戸口に立ったまま、怒った目で睨みつけていた。その後、マイムナは冷ややかな態度を取り、ユスフが子どもたちの近くにいると、必ず注意深く見張っていた。アシャはユスフの前では目を伏せて、二度と部屋に来なかった。ハミドは以前にも増してユスフを呼びつけ、そばにいさせたが、妻みたいに度を失っているわけではなさそうだった。ハミドはこの話をどう聞かされたのかとユスフは気を揉んだが、冗談めかして話すところを見て、婚姻のことを真剣に考えはじめたのかもしれないと不安になった。

4

そうこうするうちに、前回の旅から一年がたち、アズィズおじさんは予定どおり新しい一団をともなって到着した。昨年よりも規模が大きい。荷担ぎと護衛を合わせて四十五人にのぼる。ひと昔前の隊商は、小さな君主と一緒に村が丸ごと移動しているのかと思えるほど、巨大に膨れあがっていた。それと比べるとたいしたことはないにしても、アズィズおじさんにとってはじゅうぶん大きな負担になる。これだけの人数の荷担ぎを連れていくには、のちにあげる利益の一部を担保にして仲間の商人を頼らなければならなかった。しかも、いつものやり方に反して、やむなく沿岸のインド人の金貸しから多額の借金をして、膨大な量の商品を運んできた。インド製の鍬と斧、アメリカ製のナイフ、ドイツ製の南京錠など、鉄製の道具類。更紗、カニキ（藍染の綿布）、白の木綿、バフタ（裏地に用いる漂白された綿布）、モスリン、キコイ、さまざまな種類の布地。さらに、贈り物に用いるボタン、ビーズ、鏡、いろいろな装飾品も。ハミドは一行を迎えて金貸しの話を聞いたとき、ひどい風邪をひいていた。目が潤み、たちまち鼻が詰まった。ずきずきする痛みで頭のなかが徐々に空っぽになっていき、あとには強烈な反響が残る。この商売にはまだかかわっているので、万が一うまくいかなければ、所有物や財産がそっくりそのまま金貸しのものになってしまう。

隊商を率いるのは依然としてモハメド・アブダラだ。苦痛に耐えながら著名な呪術医《ムガンガ》に右肩をはめ直してもらったというのに、まだ完治していない。痛みのために、例のもったいぶった態度で意のままに杖を振りまわすことができない。そんなわけで、ふんぞり返って歩いていても、傲慢で恐ろしい印象が心なしか薄れている。胸を張って頭を反らす姿は大げさでしかなく、それゆえ不自然で滑稽だ。これまではだれかれ構わず悪意をぶつけていたようだったが、いまはただ見栄を張っているだけに見える。話し方も少し変わり、なにかに思い悩み、気を取られている感じがする。アズィズおじさんは隊長《ムニャパラ》に優しく語りかけた。以前なら見向きもせず、仕事に専念させていただろう。

荷担ぎを増員したことで、モハメド・アブダラは片腕となる監督役を雇わなければならなくなった。男はモロゴロ出身で、上背があっていかにも強そうだ。名前はムウェネ。隊商に加わってから数日は、ほとんど口をきかなかった。凶暴なやつと評判で、シンバ・ムウェネ——ライオンのムウェネ——の異名をとり、その名に値すると言わんばかりに、男たちのあいだを睨みながらうろついている。今回の旅はユスフも同行する。アズィズおじさん自ら、明るくにこやかな口ぶりで、信頼できる人が必要なんだと伝えた。「お前はもうじゅうぶん大きいから、ここに残る必要はない。いたずらをしたり、悪い仲間と付き合ったりするだけだろう。頭の切れる人物にわたしの仕事をしっかり見ていてもらいたいんだ」ユスフは褒め言葉に戸惑いつつも、きっとハミドに連れていってほしいと頼まれたのだと事情を察した。二人が自分のことを話しているのを小耳に挟んだのだ。アズィズおじさんはいつもの習慣で唐突にアラビア語を話し出し、ハミドもそれに合わせようとするので、会話の一部は聞き取れなかった。とはいえ、あの子は神経質で気難しいから、いくらか世間を知る必要がある、とテラスでハミドがおじさんに相談しているのが聞こえたのだ。

「神経質で気難しい子だ」とハミドは繰り返した。「旅に連れていくか、結婚させるかだな。先月で十七歳になったし、もう一人前と言っていい。ほら、ずいぶん成長しただろう。ここですることはなにもない」

出発の前日、嵐が訪れた。朝から強い風が起こり、道路や空き地に砂埃を巻きあげ、乾いた草木を吹き飛ばした。昼ごろには、あたり一面くすんでざらつき、太陽の光が霞んで、なにもかも砂まみれになった。午後遅くに風がぱたりとやんで、水を打ったように静まり返った。濃い砂塵が漂い、どんなに大きな雑音もかき消される。話そうとすると口が砂だらけになる。そのうちまた風が吹きはじめた。今度は強い雨をともなって、家や木々にたたきつけ、屋外に残っていた人に襲いかかった。

数分のうちに、雨は激しく降りしきり、たびたび木が折れる音がして、遠雷が響いた。荷担ぎと商品があちこちに散らばっている。危険を知らせる叫びや悲鳴があがったので、だれかが怪我をしたのだろう。まだ昼間だというのにどこもかしこも暗くなり、荷担ぎたちが神の名をぶつぶつ唱え、泣き叫んで慈悲を乞う。それを見たモハメド・アブダラは激怒した。

「どうして神がお前らみたいな無知な動物に情けをかけなきゃならんのだ」とがなりたてるものの、すぐそばにいる者にしか届かない。「ただの嵐じゃないか。なんでそんなふうに振る舞うんだ。ああ、ヘビが太陽を呑み込んでしまった！」モハメド・アブダラは口真似をし、腰を振って軟弱ぶりを馬鹿にする。「ああ、不吉だ！　災厄の前兆だ！　ああ、旅路には悪霊がつきまとう！　くだらないことを抜かすくらいなら、呪いを払うために歌でもうたったらどうだ。それかまじない師に調合してもらったあの反吐が出る粉を飲んだらどうだ。呪文を知らないのか？　山羊を屠って、はらわたを読み解けばいいじゃないか。お前らの頭は悪霊やら予知やらでいっぱいだ。にもかかわらず、俺たちは高潔な人間だなどとほざいて、気取ってやがる。ほらほら、呪いを吹き飛ばす歌をうたってくれよ」

「俺は神を信じるぞ」シンバ・ムウェネが喚く。「だれもが怖がっているわけじゃない」

モハメド・アブダラは雨に打たれながら、シンバの顔をしげしげと眺める。聞いたばかりのことをじっくり咀嚼して、話していたときの相手の態度を改めて考えているといった感じだ。ややあって、油断なく意地の悪い笑みを浮かべ、うなずいた。嵐が吹き荒れるあいだに、モハメド・アブダラは以前の勢いを取り戻したらしく、混乱の渦中を嬉々としてどたどたと歩きまわった。「ハヤ、ハヤ」と荷担ぎに怒鳴り散らす。「この杖でケツをぶたれたくないなら静かにしろ。ご主人《サイイド》を見るがいい。お前らなんかとは比べものにならないほど失うものがある。お前らにはだれの役にも立たない惨めな人生があるくらいだ。サイイドには財産がある。人から預かった金もある。しかも自分だけじゃなく、お前らの身も案じないといけない。神から授かった商才があるし、帰るべき立派な家もある。失うものがこんなにあるというのに、はらんだ雌鶏みたいにキーキー鳴いて庭じゅう走りまわったりしないだろ？　悪霊ってか！　百の悪霊でも千の魔人《イフリート》（コーランに出てくるジンの一種）でも放ってやる。それが嫌ならとっとと馬鹿騒ぎをやめて、荷物と食料をしっかり守れ。ハヤ！」

雨は真夜中まで容赦なく降り続けた。すでに家という家が倒壊し、ありとあらゆる動物は流され、嵐の猛威で渦を巻く水に沈んでいた。納屋の屋根が吹き飛ばされ、空き地のパンの木が一本、地面に倒れている。鳩小屋に被害がなかったのは奇跡だ、とハミドは漏らした。庭の風防つきランプが未明まで灯されて、荷担ぎと護衛はできる限り復旧作業に努めた。みな陽気にぺちゃくちゃしゃべり、突然大声で互いをからかったり、悪口を飛ばし合ったりする。荒れ果て、破壊し尽くされた状態を見て、思わず知らず叫びをあげているものの、悲嘆しているわけではないようだ。

朝が来て準備が整うと、アズィズおじさんが合図を出した。「ハヤ。向こうに連れていってくれ」ムニャパラは先頭に立ち、痛みに耐えて肩をいからせ、顔をあげる。血筋の良さからくるふてぶてしく尊大な物腰だ。かつての威厳ある身のこなしが難しくなってきたのは痛感している。しかし、ごろつきの雇われ人夫に面と向かい、土埃まみれの野蛮人とすれちがう際には、力強く堂々としていたいと祈るばかりだった。今回の遠征での大きなちがいは、二人の角笛吹きが太鼓とスィワ奏者に加わり、小さな楽団となっているところだ。最初にスィワの音が響きわたる。荘厳な音色が長く伸びて、内に秘めた郷愁が呼び覚まされる。ほかの楽士も演奏をはじめると、内陸へと歩を進める一行の心は晴れやかになった。

ハミドはおどおどした不安そうな面持ちでテラスにたたずみ、出発を見送った。ユスフはフセインの話を思い返す。ハミドのことを身の程知らずだと言っていたけれど、本人も同じように考えているのだろうかとふと気になった。山にいる世捨て人が高みから見おろして、なんと愚かなと首を振っている。そんな光景を想像した。ハミドの二人の幼い息子は傍らにいるが、アシャもマイムナも出てきていない。カラシンガは見送りに来てくれるはずだと期待していたのに、結局姿を見せなかった。ユスフはカラシンガに会いに行って、遠征に同行すると話した。カラシンガは、旅はいいものだぞと熱を込めて語り、突拍子もない忠告を次から次へと与えた。一週間に一回は耳の穴に油を垂らして、いろんな虫に卵を産みつけられないようにしろよ。ユスフは最後の最後まで、カラシンガがぬかるんだ道をトラックで仰々しくがたがた進み、ちょうど一行が通り過ぎるときに車から飛びおりて、敬礼するところを思い描いていた。カラシンガは重要な場面で必ず敬礼するのだ。たぶん、顔を出さないほうが賢明だろう。荷担ぎたちがターバンともじゃもじゃのひげを嘲笑っていたのを思い出した。

旅の一日目は遠くまで移動しないで、町を離れただけでじゅうぶんということになった。あんなひどい夜を過ごして、くたびれてしまったと荷担ぎたちは口々に文句を言うが、モハメド・アブダラは耳を貸さず、怒鳴って脅して急きたてる。午後半ば、一行は野営の支度に取りかかり、現状を把握し、この先の道程を考えて心の準備をする。豪雨のせいで地面が湿って固まっている。そのためか大地が瑞々しく肥沃に見える。澄んだ光に照らされて、茂みや木々がきらめく。藪からは生き物が草の上をこそこそ這い、急いで走りまわる音が聞こえてくる。大地が息を吹き返したかのようだ。一行は小さな湖のほとりに野営を張った。岸は動物の足跡で乱れていた。

最初、ユスフは荷担ぎに紛れて、アズィズおじさんから距離を取ろうとした。なぜなのかは考えなかった。しかし出発してまもなく、モハメド・アブダラに見つかって、隊列のうしろに追いやられた。するとおじさんが首をぽんとたたき、親しげに笑って迎えてくれた。用事を言いつけられて、ここが自分のいるべき場所なのだとすぐに理解した。初日の午後にいったん旅が中断されると、ユスフはおじさんの用をこなした。敷物を広げ、水を運び、調理場の近くで食事ができるのを待った。アズィズおじさんは浮かれ騒ぐ周囲の雰囲気に無関心なようすで、山間部を静かに眺めている。景色のなかのひとつひとつが、おじさんの注意を引いてじっくり見てもらうために、存在しているのかとさえ思える。

野営がおおむね落ち着くと、ムニャパラがやってきて、アズィズおじさんに合流し、敷物の上で向き合って腰をおろした。おじさんは渋々風景から目を逸らして口を開く。「ここの土地を見ているとどっぷり懐かしさに浸ってしまう。澄みきって晴れやかで。住民は病知らず、老い知らずなのじゃないかと思いたくなる。日々、満ち足りた生活を送り、知恵を追い求めているのだろうな」

モハメド・アブダラは含み笑いをする。「地上に楽園があるのなら、まさにここ、ここ、この場所だろう」と皮肉っぽく歌ってみせ、アズィズおじさんをにっこりさせる。

やがて二人はアラビア語で話しはじめ、腕をあげてあっちやこっちを指し示しながら、いくつかの経路の良し悪しについて意見を交わす。ユスフは野営地を歩きまわり、きちんと積まれた商品、小さな焚火と荷物を囲んで集まっている男たちを通り過ぎる。わずか数時間いるだけで、こぢんまりした村の様相を呈していた。何人かの男に呼び止められて、茶を一緒に飲まないかと声をかけられたり、礼儀を欠いたことに誘われたりした。シンバ・ムウェネのまわりに一番大きな輪ができている。シンバは山積みの袋にもたれてドイツ人の話をし、男たちは身を乗り出して耳を傾ける。ドイツ人の厳格で冷酷な性質を賞讃している。どんな違反行為も罰せられ、情けを乞い、改心を約束しても聞き入れられないとシンバ・ムウェネは語った。

「俺たちの場合は、罪人が悔い改めていれば、罰するのは難しいと考える。刑が厳しければなおさらだ。罪を犯したやつのために頭をさげ、泣きつく者もあとをたたない。だれにだって愛する人がいて、嘆き悲しんでくれる。ところが、ドイツ人ときたら正反対だ。罰が重ければ重いほど、断固として容赦ない。それにドイツ人の罰は常に厳しい。あいつらはきっと罰を与えるのが好きなんだな。いったん刑が決まったら、舌が腫れるほど懇願しても、ドイツ人は顔色ひとつ変えず、少しも恥じることなく、目の前で直立している。うんざりされたら、こっちは罰を受け入れるしかないと悟る。だから、俺たちが見ているようなことがぜんぶできるってわけだ。あいつらはなにがあっても動じない」

夕闇が深まると、動物が餌や水を求めて水辺に集まり、吠えたり鳴いたりする声が響きわたる。ユスフは怖くて不安でなかなか寝つけない。こんな夜更けに底冷えする山腹にとどまり、周囲には腹をすかせた動物が飛びかかれる距離にいて唸りをあげているなんて信じがたい。にもかかわらず、山積みの商品の陰に陣取っている護衛を除くと、みな眠っているようだ。いや、眠っていないのかもしれないな、とユスフは思う。動揺しながらも静かに横になっているだけなのかもしれない。

5

日々、高い山をおりるにつれて、土地の印象が変わっていった。干上がった地域では集落がぽつぽつとあるくらいだ。何日かのうちに台地にたどり着くと、隊列が一歩踏み出すごとに砂埃が舞いあがる。まばらに生えた低木は存在するのが苦痛だというように、ひどくごつごつして捻じれた形をしている。今後入っていく無情な場所のことを考えて、荷担ぎの歌も気力も枯渇してしまった。遠くに動物の巨大な群れを見つけて活気を取り戻し、あれはなんだと意見を出し合ううちに、激しい言い争いになった。最初の数日間、ユスフは緊張から腹をくだし、疲労と熱で全身が痛んだ。足首や腕は棘に切り裂かれ、どこもかしこも虫刺されだらけ。これほど過酷な土地で、どうやって生き延びられるのだろうと不思議でならない。夜には動物の鳴き声に驚いて目を覚まし、悪夢にうなされる。そのため朝になって、ひと晩じゅうしっかり眠れていたのか、ただ横になって恐怖に身をすくめていただけなのか、判然としないことも ままあった。平原のあちこちで住民に出くわし、集落にぶつかった。ここの人たちは低木と同様にしわくちゃで干からびていて、体のどの部分も必要最小限にまで削ぎ落されている感じがする。アズィズおじさんは、集落を通るたび、友好を深めて情報を得るためにささやかな贈り物をわたすよう指示した。

ユスフはなぜアズィズおじさんがサイイドと呼ばれているのか理解しつつあった。なにがあろうと平然とした表情を保ち、一日五回、決まった時間に礼拝をおこない、愉快そうにしていても淡々とした態度を崩さない。せいぜい、なにか遅延があると顔をしかめるか、問題解決の最中に苛々して体をこわばらせる程度だ。口数が少なく、たいていはモハメド・アブダラとしか話さない。一日の旅の終わりに二人で長々と協議するのだ。ユスフにはおじさんがその日に起こった重要な出来事をすべて把握しているように思えた。たまに荷担ぎの悪ふざけを見てはひとりでくすくす笑っていた。あるとき、夜の祈りを終えたおじさんに敷物のところに来なさいと言われて、肩に手を置かれた。「親父さんのことを考えるかね？」とアズィズおじさんはたずねた。ユスフは言葉を失った。おじさんは少し待ち、沈黙するユスフにゆっくりと微笑みかけた。

ムニャパラはユスフをかわいがった。偶然なにかを見つけて、ユスフも目にするべきだと思ったら必ず呼び寄せて、ちょうど通り抜けている土地に潜む罠や誘惑について語った。荷担ぎたちはユスフに、旅があまり進まないうちにムニャパラに襲われるぞと警告した。「ずいぶん気に入られてるもんな。でもだれがこんなきれいな子を好きにならずにいられるかよ。母親のもとに天使が訪ねてきたにちがいない」

「伴侶を見つけたんだな、かわいいやつめ！」シンバ・ムウェネは仲間を喜ばせようと、恋に破れて傷ついている顔をしてみせ、吹き出した。「俺たちはどうすればいいんだ？　お前はほんとに美しい。あの醜い怪物にはもったいない。今晩、あとで俺のところに来て、体をさすってくれ。愛がどういうものか教えてやろう」シンバ・ムウェネがそんなふうに話すのははじめてだった。ユスフは驚いて眉をひそめた。

シンバ・ムウェネは荷担ぎと護衛にたいそう受けが良く、まるで臣下に仕えられているみたいに、いつも小さな人だかりに囲まれていた。一番の忠臣は小柄で丸顔の男、名はニュンドという。真っ先に笑い、真っ先に誉め讃え、親分の行く場所には律儀にもできる限りついてまわった。モハメド・アブダラとシンバ・ムウェネが並んで立っていると、ニュンドはムニャパラの視界に入らない位置で物真似をおこない、荷担ぎたちを笑わせて、おもしろがらないやつらを睨みつける。モハメド・アブダラがシンバ・ムウェネを監視していて、アズィズおじさんに報告しているのをユスフは知っていた。いまでは夜の協議の際、一緒に敷物に座ることになっていたが、隙を見てはこっそり抜け出し、荷担ぎたちの談笑に加わって耳を傾けた。モハメド・アブダラはユスフがアラビア語を解さないことに腹をたてながらも、興味をそそる話題をかいつまんで通訳してくれた。

「あの法螺吹き野郎をよく見てみろ」ある夜、モハメド・アブダラがシンバ・ムウェネを取り囲むやかましい集団に目を光らせつつ言った。「いつでもとっておきの一撃をお見舞いできるぞ。おかしな真似をしたら懲らしめてやる。あいつは人を殺した。だから旅に出ている。被害者への償いに金がいるんだ。でないと、神がお望みなら身の破滅が待っている。俺が請け合ったからあいつは汚名をそそぐ機会を得た。さもなければ殺された男の親族が復讐を果たそうと、ドイツ人に引き渡していただろうよ。ドイツ人は唾を吐きかけるよりも早く吊るし首にしただろうな。やつらは心底そういうことが好きだ。人殺しを連れていったら、嬉々として目を輝かせ、首吊り台の準備をする。あいつは俺を訪ねてきて事情を打ち明けた。それで引き受けてやったんだ。だがな、よく見てみろ。このシンバ・ムウェネには悪い予感がする。あの獰猛な目。狂気と言っていい。わざわざ問題を起こしたがる。貪欲で熱心なようにも見えるが、思うに、進んで面倒を招いているだけだ。ともあれ、今回の旅で目が覚めるだろうよ。人間の弱さを知るには、野蛮人の土地で数か月過ごすのが一番だ」

　モハメド・アブダラは隊商の仕事についても教えてくれた。「この世で俺たちがやるべきこと、つまり交易のことだが。どんなに乾いた砂漠にも、どんなに暗い森にも出かけていく。商売の相手が王であろうが野蛮人であろうが関係ない。生きるも死ぬも構わない。いずれにしても同じことだ。これから通過する場所には、まだ取引の経験がないやつらもいて、身動きできない虫けら同然に生きている。商人ほど賢い人間はいないし、交易ほど立派な仕事はない。俺たちに命を与えてくれる」

　取引する品物の大半は布と鉄だ、とモハメド・アブダラは説明を続ける。カニキ、マレカニ（クリーム色の綿布）、バフタ、いろいろな種類の布地。野蛮人は放っておくと臭い山羊皮を身に着ける。どういう布でもあんなものよりずっといい。まあ体を覆っていればの話だがな。神は異教徒を恥知らずな人間にした。そのおかげと言ってはなんだが、俺たち信徒は野蛮人を見分けて、どう対処するか決められる。湖のこっち側の市場は布で溢れ返っている。まだ鉄の需要もそこそこあって、特に農業をやっている連中には歓迎される。真の目的地は湖の対岸、闇と緑の濃い山奥、マニエマの土地だ。向こうで交換する商品としてはいまだに布が一番。野蛮人は貨幣で取引しない。金を得ても持て余すだろうな。気難しい王への特別な贈り物も一緒に運んでいる。布、縫い針、鍬の刃、ナイフ、タバコ。弾薬もしっかり隠し持っている。「ほかがぜんぶだめでも弾薬は役に立つ」とムニャパラは言った。

　一行は湖を目指して南西に進む。商人ならよく知っている山間の地域だが、すでにヨーロッパの勢力下にある。まだほとんど連中の姿がないので、人びとは自由に生きていたものの、すぐにでも押し寄せるのは明らかだった。「あいつら、あのヨーロッパ人には驚くしかない」とモハメド・アブダラは言って、同意を得ようとアズィズおじさんのほうを向いた。

「神を信じるんだ」とおじさんはなだめるように言う。熱っぽく語るムニャパラを見て、おかしそうに生き生きとした目をする。

「やつらの噂ときたら！　南方での戦いのこと。見事な長剣、素晴らしく正確な銃を作るとも聞いた。鉄を食って土地を支配するというが、この話は疑わしい。鉄を食えるなら、俺たちゃ大地も丸ごと呑み込めるはずじゃないか？　やつらの船は知られている限りの海という海をわたり、小さな町ほど巨大なものもあるらしい。サイイド、見たことありますか？　俺は何年か前にモンバサで見ましたよ。こういうのはだれに教わったんだろう。聞くところによると、やつらの家はほんのりつややかに輝く大理石の床でできているので、服が濡れてはいけないととっさに裾を少し持ちあげたくなるんだとか。だが外見は皮の剝がれた爬虫類みたいだし、女か悪い冗談みたいな金色の髪をしている。俺がはじめて見たやつは、森の真ん中の木陰で椅子に腰かけていた。まさに悪魔の目の前にいるんだと思って、すかさず神の名をつぶやいた。しばらくして、この亡霊さながらの男が国々を破壊し尽くす悪名高い連中の仲間だとわかった」

「なにかしゃべってたの？」ユスフは訊いた。

「人間の耳で理解できる言葉じゃない」モハメド・アブダラは答える。「たぶん低く唸っていた。口から煙がたちのぼるのも見えた。ひょっとすると精霊《ジン》かもしれんな。神が炎から創ったというから」

ムニャパラにからかわれているのだとユスフは気づいた。アズィズおじさんの口もとが笑っている。

「もしジンがピラミッドを建てたのなら、町ほど大きな船だって造れるはずだな」おじさんは応じる。

「そもそも、やつらが遠路はるばるやってきたかどうかも怪しい」とモハメド・アブダラ。「大地がぱっくり割れて、連中を吐き出したということかもしれません。俺たちが用済みになれば、また大地が開いてやつらを呑み込んで、もとどおり世界の反対側の土地に帰してしまうかもしれない」

「老女のような物言いになってきたな、モハメド・アブダラ」とアズィズおじさんは言って、敷物の上に体を伸ばし、昼寝の支度をする。「ヨーロッパ人もお前やわたしと同じ理由でここにいるんだ」

6

隊商はなるべく集落の近くに野営を張って、食料と品物を交換してもらい、備蓄分を使い果たさないようにした。奥地に分け入っていくと、小麦粉や肉がいっそう高くついた。旅の八日目、小さな木立のそばにとどまることにする。出発以来はじめて、動物の襲撃に備えて柵を作る指示が出された。荷担ぎは一日の移動を終えたらどんな仕事もやりたがらず、雑木林にはヘビがうじゃうじゃいるじゃないかと不満を並べて抗議した。シンバ・ムウェネが鉈を手に、絡み合った木々を刈って道を作るのを目にすると、みな恥じ入ってあとに続いた。低木を切り倒し、枯れ枝を引きずってきて、高さ一メートル程度の垣根をこしらえた。一行はムカタの村に近づいていた。ここから川をわたる。アズィズおじさんは川のそばで村人に襲われた隊商の噂を聞いて、危険を冒したくなかった。そこで午前中、隊商に先んじて二人の男をやり、ムカタの王《スルタン》に贈り物を届けに行かせた。おじさんは取るに足らない村の長老をスルタンと呼び、敬意をもって接した。

贈り物の六束の布と鍬二本は突き返され、商人が所有する品物をすべて好きなようにさせてほしいと返答があった。そうすれば自らの地位にふさわしいものを選べる。ここの土地を通過するための貢ぎ物であるならなおさらだ、と。アズィズおじさんはスルタンの要求を一笑に付し、贈り物を二倍にした。このときすでに隊商は村からおよそ八百メートルの地点にいて、好奇心旺盛な子どもたちが遠くからじろじろ見ていた。使いの者が戻り、ムカタの王は満足していないとの伝言を持ち帰った。わたしは貧しい、のちのち後悔する行動を取らされたくはない、と伝えてくれとのことだった。おじさんはさらに贈り物を二倍に増やした。「貧しいのはわたしたちも同じだと言ってくれ。それから、天国の住人のほとんどは貧しいが、地獄に落ちる者は欲が深いと思い出させるんだ」

その日は一日、伝言のやり取りが続けられて、ようやく名誉も欲も満たされた。川にたどり着くころには夕方近くになっていた。土手の開けた場所にいて、川に入っていった女性がワニに襲われる瞬間を目撃した。村人も旅人も、女性が必死にもがいて水面が泡立っている箇所に駆けつけたが、助けられなかった。村人たちは女性の死をひたすら悲しみ、浅瀬や岸で涙を流し、怒りに震えながら、ワニが去っていった対岸を指差した。女性の親族が悲嘆のあまり川に飛び込んでしまい、引きあげなくてはならなくなった。なかには、いまにも続々とワニが現れるのではないかと警戒して水面を注視する者もいた。

川は大きいが、ムカタのあたりでは浅瀬になっている。ぬかるんだ広い土手には、動物や鳥の群れが集まってくる。ひと晩じゅう、川からも茂みからもやかましい音が聞こえてきて、荷担ぎが何人か、やられたとふざけて叫んで、脅かし合っていた。ムカタの王は山羊を二頭屠って、商人を食事に招き、仲間も連れてくればいいと言ってきた。王は食事中ずっと浮かない顔をして、手厚くもてなそうという気もなく、ひとりで好きなものを食べて、客には食べたければ食べろという態度でいた。やせた体に短く刈った白髪頭、火明かりのなかで目は血走って真っ赤だ。わかりにくい訛りのスワヒリ語をかなり苦労して話す。それでもユスフは注意深く聞いていると、ほぼ理解できた。「あんた方は災いをもたらした」とスルタンは言う。「今日、落命した女は水とワニから守られていたのだ。わたしが生まれてこの方、似たような者がこんなふうに亡くなることはなかった。ご先祖の時代にも聞いたことはない」ぱちぱちはぜる炎に照らされ、王は客人をじろじろ見まわし、女性について延々と語る。村人はだれひとりとして話しかけてこないが、焚火の端でぼそぼそしゃべったり、声をたてたりしている。アズィズおじさんは王が話しているあいだ、礼儀正しく身を乗り出して、ときどきうなずき、共感や同意を示していた。ユスフはまじまじと眺めていた。「多くの者はここを通って川をわたる」と王は言葉を継ぐ。「だがこんな災難ははじめてだ。あんた方が出ていくまでに災いを取り除かなければ、われわれの生活は混乱をきたし、意味を失ってしまう」

「神を信じるのです」アズィズおじさんは静かに言った。

「明日、なにができるか見届けようじゃないか。無残に破壊されたものをもとに戻せるのか」と王は言って退いた。

「薄汚い野蛮人め！」モハメド・アブダラは憤慨する。松明を持った二人が両脇に立ち、全員がはっとする。「気をつけないと、夜が明ける前にアレ《ズッブ》がなくなってしまう。なんと、あの心優しい主人は汚れた霊にいけにえを捧げろって言うんだ。真夜中にあそこをいくつかちょん切ってきて、ワニの大群に投げ込もうと考えているにちがいない。神が悪からお守りくださいますように」

「ひょっとすると、ほかのまじないいくらいは効くかもしれないぞ」のちに、アズィズおじさんはユスフにそう語り、思わず不敬なことを口走った自分を笑った。

同じ日の晩、ユスフはまたも、夜な夜な悪夢に出てきた巨大な犬の夢を見た。はっきりとこちらに話しかけ、長い口を開けてにやりと笑い、黄ばんだ歯をちらと見せる。ユスフのむき出しの腹に跨り、心の奥底にある秘密を探ろうとしていた。

明け方、野営地から出し抜けに甲高い悲鳴と絶望の呻きがあがった。眠っている荷担ぎのひとりにハイエナが襲いかかり、顔の大部分を食いちぎってしまったのだ。血とねばねばした液体が生々しい肉の残骸から流れ出る。男は想像を絶する痛みに見舞われ、狂ったように地面をのたうちまわる。あちこちから野次馬が駆け寄ってきて、子どもたちですら間近で見ようと必死に人混みをかき分ける。スルタンも見物に来て、数分ほど距離を保っていたが、現場に戻って満足げに告げた。これで冒瀆されたものがもとどおりに正された。ハイエナが放たれたのは、昨日、隊商が町に持ち込んだ災いを取り除くためだ。もう行ってよい。ただし、今後ここを二度と通らないでくれ。王はユスフを見て、この若者をもらえないかと考えていたと口にする。川で死んだ女の身がわりにふさわしいではないか。みなに深く慕われていたからな。

二人の男が負傷した荷担ぎのそばに腰をおろし、体を押さえつけながらおいおいと泣いている。三人を除く一行は、先に村人たちの手を借りて川の浅瀬をわたった。いよいよ怪我人を運ぶ段になり、王は首を縦に振らなかった。アズィズおじさんが次々に贈り物を差し出しても、怒りは鎮まらない。怪我人はわれわれのもの。大地から与えられたのだ。

その午後、男は絶え間ない唸りをあげるさなかに、突然息を引き取った。傷口は脳から漏れ出る物質に覆われていた。男は即座に村から少し離れた場所に埋められた。ここには望ましくない死者や不吉な死者を葬る、とスルタンは言う。休まることのない魂がわれわれにつきまとわないようにするのだ、と。夕暮れどきに隊商の残りが川をわたっていると、王と村人たちは川岸の木々の下に集まり、騒々しく出発を急きたてた。カバやワニは早くも油断なく水面にわずかに目をのぞかせ、暗がりに沈んだ向こう岸から野鳥のけたたましい鳴き声がした。

夜には配置につく護衛が増員され、男たちを励まそうと大きな火が焚かれた。アズィズおじさんはしばらく敷物に座って、死んだ男に無言で祈りを捧げる。小さなコーランを箱から引っ張り出し、木の枝にぶらさげたランプの明かりで、死者のために「ヤー・スィーン」を読む。ムニャパラとシンバ・ムウェネは男たちのあいだを行き来し、ときに荒っぽい話し方で動揺を振り払おうとした。ユスフはすぐに眠りについたが、立て続けに夢を見てうなされた。二度、わっと叫んで目を覚まし、だれかに気づかれたのではないかと暗闇のなかできょろきょろまわりを見た。夜明けまでには出発の準備が整い、ムニャパラがしゃきっとしろと全員を怒鳴りつけた。「夕べ、ヘビにでも噛まれたのか?」とユスフにひそひそとたずねる。「それとも、下品な夢でも見たのか? しゃんとしろ、青年。もう子どもじゃないんだからな」

出発にあたり、ユスフがアズィズおじさんの準備を手伝っていると、軽く咳払いをして呼び止められた。

「昨晩、またうなされていたのかね? スルタンに言われたことで不安になったのか?」

ユスフは驚いて黙り込んだ。まただ! またうなされた! どうにもならない弱さを見抜かれた気がした。犬やら獣やら、得体の知れぬ闇やらが夜に襲いかかってきて、取り乱してしまうことをみんなに知られているのだろうか? もしかしたらたびたび大声をあげて、笑われていたのかもしれない。

「神を信じなさい。神はお前に才能を与えられた」

川の向こうの土地は肥沃で住民も多い。まず緑濃い景色が目に入って一行は元気づいた。鳥たちが集って藪は小刻みに揺れ、疲れを知らない甲高い歌声が涼しい時間に響きわたる。古木が頭上で枝を広げ、穏やかな木漏れ日が下生えの茂みに降り注ぐ。つやつやした低木は棘のある蔦かずらを覆い隠し、毒のある蔓を巻きつけている。気持ち良さそうな木陰はヘビだらけ。四六時中、虫に刺される。服も皮膚も茨に裂かれ、奇妙な病に襲われる。そのうえ、通行の許可を得るには、毎日のように、スルタンへの貢ぎ物を増やさなければならない。モハメド・アブダラとシンバ・ムウェネが通行料を値切っている際、アズィズおじさんはなるべく交渉に関与せず、居心地悪そうに黙ってひとりで待っていた。王たちはムニャパラと監督役をおもしろがって挑発し、わざと結論を先延ばししているようにも見える。よそ者への嫌悪をしきりに示そうとしているとユスフには思えた。

最初の目的地、タヤリの町にはあとほんの数日でたどり着く。ここの人びとは、ちょっと困らせるだけでも隊商が大混乱に陥るのをよく知っていて、厚意と引き換えにじゅうぶんな報酬を期待していた。食べ物はたっぷりあるというのに、法外な値段をふっかける。アズィズおじさんは一日おきに鶏と果物を買った。もし手に入らなければ、荷担ぎたちが村人から盗んでくるとわかっていたのだ。そうなると必ず口論になって、争いにまで発展しかねない。

山の反対側の戦士の民がこの地を襲撃し、槍と剣《スイミ》を血で濡らして牛と女をさらっていった。川を出発してから七日目、一行は二日前に襲われたばかりの村にやってきた。到着前から騒ぎが起きている予感がして、実際に目撃もした。昼日中にもうもうと煙がたちのぼり、クロウタドリが空を旋回していたのだ。破壊された村に行き着くと、わずかな怪我人と手足をなくした生存者が木陰で身を寄せ合っていた。住居の屋根はことごとく焼き尽くされている。生き残った人は愛する者を失って嘆き悲しんでいる。大勢が侵略者にさらわれたという。攻撃の最中に、若者たちがほんの数人の子どもと一緒に逃げていった。だが、帰ってこられるかどうか知る由もない。傷は信じられないほど恐ろしく、すでに感染して腫れあがっている。ユスフはどうしても直視できないでいた。とてつもない苦痛を目の当たりにして、いっそ死んだほうがましだとさえ思う。こんなものは見たことも想像したこともなかった。焼け落ちた家、茂みのそば、木々の下、そこらじゅうに死体が転がっている。

モハメド・アブダラは一刻も早く立ち去りたがった。感染も恐ろしいが、いつなんどき戦士が戻ってくるかもわからない。シンバ・ムウェネはアズィズおじさんのもとに行って、死者を埋めたほうがいいかとたずねた。いきなり近づきすぎて、相手はあとずさりする。「生き残った連中があの状態じゃ、埋葬もできないので」とシンバ・ムウェネは言った。

「なら、獣にでも好きなようにさせておけばいい」モハメド・アブダラは怒りを抑えきれず、がなりたてる。「俺たちにはなんの関係もない。ほとんどの死体は腐っているし、半分はもう食われているじゃないか——」

「このまま放っておけない」シンバ・ムウェネは声をひそめる。

「病気がうつってしまうぞ」モハメド・アブダラはアズィズおじさんから目を離さずに答える。「こんな反吐が出そうな役目はやつらの仲間にやらせればいい。どうせ茂みに隠れているだけだ。戻ってきたら迷信を振りかざして、死者を汚したとか言うに決まってる。俺たちになんの関係があるっていうんだ」

「同じアダムの血を分けたきょうだいだろ。みんなアダムの子孫なんだ」シンバ・ムウェネは主張する。

モハメド・アブダラは驚いてにやりと笑ったが、無言のままでいる。

「なにを心配しているんだ」アズィズおじさんが訊く。

「死者の尊厳です」シンバ・ムウェネはじっと見つめる。

おじさんは笑う。「いいだろう。埋葬してやれ」

「ああ神よ、この目にハイエナの糞を吹きかけてください！」とムニャパラは叫ぶ。「これが浅はかで危険な考えではないというなら、俺をずたずたに引き裂いてください！　サイイド、あなたが望んでいるので――いやでも、なんでこんなことをすべきなのか、理解に苦しみます」

「モハメド・アブダラ、いつから迷信を恐れるようになったんだ？」アズィズおじさんはやんわりとたしなめる。

ムニャパラは傷ついたような表情でちらりとおじさんを見やる。「わかりましたよ。じゃあさっさと済ませろ」とシンバ・ムウェネに命じた。「危険を冒すな。強がる必要もない。こいつら野蛮人はひっきりなしにこういうことをやり合ってるんだ。それに俺たちは聖人を気取るためにここに来たんじゃない」

「ユスフ、一緒に行って、人間の本性がどれほど卑しく愚かであるか見てくるといい」アズィズおじさんは言った。

男たちは村の端に浅い穴を掘り、陰惨な場に居合わせるはめになった運命を呪った。住民はせっせと手を動かすよそ者から目を離さず、ときどき悪気はないという素振りで、平然と唾を吐きかけた。とうとう恐れていた瞬間が訪れて、男たちはばらばらの遺体を持ちあげ、穴に投げ込んだ。穴に土がかけられると、村人たちは慰めようもないほど泣きじゃくった。すべてが終わると、シンバ・ムウェネは墓の傍らに立ち、憎しみを込めて村人を睨みつけた。

炎の門

1

　三日後、一行はタヤリの外れを流れる川に到着した。遠くからでもユスフには大きな町だとわかった。男たちは肩から荷物をおろすと、興奮して大声をあげ、川に飛び込んでいった。水をかけ合い、子どもみたいに取っ組み合う。何人かはここで旅を終える。これで自由になれるという喜びが伝染していく。再び元気づいて、身を清めると、荷担ぎたちは笑顔のまま品物のところへ戻った。あと少しだ！　ムニャパラとシンバ・ムウェネは男たちのあいだを歩きまわり、荷物を整えつつ、しゃきっとしろと怒鳴りつける。太鼓叩きと角笛吹きが試しにいたずらっぽく楽器を鳴らすと、スィワ奏者は諫めるような低い音で応じる。秩序を取り戻し、演奏も落ち着いてきて、町に入るころには、だれもが朗々と響く行進曲に合わせて闊歩していた。怠け者や通行人が道端に立って見物している。手を振り、拍手し、両手を口にあてて聞き取りにくい文句を叫ぶ者もいる。町の周囲の干からびた大地はひたすら雨を待ち望んでいる。アズィズおじさんは見物人には目もくれず、例によって隊列のしんがりを歩く。ときおり、ハンカチで小鼻を覆って砂埃を防ぐ。息苦しいほどもうもうと砂煙があがるうしろを、ユスフがおじさんと並んで進んでいると、急に話しかけられた。

「あのうれしそうな顔を見てみろ」とアズィズおじさんは無表情で言う。「よく考えもせず水に近づく獣の群れといったところだな。わたしたちはみんなそうだ。自らの無知に惑わされる狭量な生き物。どうしてあんなにはしゃいでいる？　わかるか？」

ユスフにはわかる気がした。同じように感じていたのだ。でも答えなかった。その後、家を借りることになった。庭で男たちは眠れるし、山積みの商品にはしっかり見張りをつけられる。ふいにアズィズおじさんはユスフに語り出す。「この町に来はじめたころ、ここはザンジバルのアラブ人の支配下にあった。オマーン人だ。オマーン人でなければオマーン人の僕《しもべ》。才能豊かな人びとだ、オマーン人は。すぐれて有能だ。こんな僻地にまで足を運んで、小さな王国を築いた。わざわざザンジバルからこの場所にだぞ！　さらに進んで、マルングを越えて深い森に入り、大河に行き着いた者もいる。そしてそこでも王国を建てた。まあ、距離なんてどうということはない。この人たちが生きているうちに、高貴な王子が遠路はるばるマスカットからやってきて、ザンジバルの君主となったのだから（一八三二年、サイイド・サイードがザンジバルに本拠地を構えたことを指す）。ならば自分たちも、と思ってもおかしくない。スルタン・サイードは島々のおかげで財を成した。宮殿をいくつも建設して、馬や孔雀を飼い、インドからモロッコ、アルバニアからソファラ（現モザンビークの中部に位置する南部アフリカ最古の港湾都市。スワヒリ文化圏の最南端と言われる）まで、世界じゅうから買い集めた美術品を所蔵した。あちこちから女性を呼び寄せて、じゅうぶんな報酬を与えた。言い伝えによれば、スルタン・サイードは女たちとのあいだに百人の子をもうけたそうだ。もし当人が正確な数を知っていたなら驚きだよ。そんなに大勢の子を把握するなど面倒だと思わないか？　あまたいる幼い王子のことは気になっていたにちがいない。いつの日か、大きくなったら食らいつく肉を欲しがるかもしれない。スルタン自身もひとりやふたり、親族を手にかけているからな。そう、スルタンがこれだけのことをやってのけて、名誉以外のなにものでもないというなら、当然、自分たちも続けとなる。

「この地に来た支配者たちは小さな町をいくつかの地区に分け、それぞれだれかが治めることにした。まずカニェニェ地区はムヒナ・ビン・セレマン・エル・ウルビという名のアラブ人のものになった。二つ目はバハレニ地区、アラブ人のサイド・ビン・アリが統治する。三つ目はルフィタ地区、沿岸のムリマ出身のムウェニェ・ムレンダの土地になる。四つ目はムコワニ地区、アラブ人のサイド・ビン・ハビブ・アル・アフィフのものに、五つ目はボマニ地区、アラブ人のセティ・ビン・ジュマのものになる。六つ目はムブガニ地区、アラブ人のサリム・ビン・アリの支配下に置かれる。七つ目はチェムチェム地区、インド人のジュマ・ビン・ディナが治める。八つ目はガンボ地区、アラブ人のムハンマド・ビン・ナソルが統治して、九つ目はムビラニ地区、アラブ人のアリ・ビン・スルタンが治める。そして十番目はマロロ地区、アラブ人のラシド・ビン・サリムのものになり、十一番目はクウィハラ地区、アラブ人のアブダラ・ビン・ナスィブが支配する。十二番目はガンゲ地区、アラブ人のサニ・ビン・アブダラが統治して、十三番目はミエンバ地区、アラブ人の元奴隷、ファルハニ・ビン・オスマンが治める。最後はイトゥル地区、アラブ人のムハンマド・ビン・ジュマの土地になった。ハメド・ビン・ムハンマド、またの名をティップ・ティップの父親だ。ティップ・ティップは聞いたことがあると思うが。

「まもなくドイツ人がここまで鉄道を建設するという話だ。いままでは法律を定めて従わせるのはドイツ人というわけだが、まあ実際にはアミル・パシャ（ドイツ系ユダヤ人の探険家で医師、エドゥアルト・シュニッツァー。広くはエミン・パシャの名で知られる）やプリンズィ

（トム・フォン・プリンス。ドイツ領東アフリカの軍人）の時代から変わらない。ただドイツ人が来る前、この町を通らずに湖へ行く者はいなかった」

アズィズおじさんはユスフがなにか反応するかと思って待っていたが、口をつぐんでいたのでそのまま続けた。「そんな短期間になぜこれほど多くのアラブ人がやってきたのかと思うだろう。アラブ人が到来したころ、このあたりで奴隷を買うのは木から果実をもぐくらいたいしたことではなかった。わざわざ調達する必要すらなく、楽しみで獲物をつかまえる者すらいた。ささやかな品物と引き換えに、いとこや隣人を売りたがるやつはいくらでもいたんだ。しかも需要は至るところにあった。ヨーロッパ人がサトウキビ栽培をやっている南方の島々、アラビアやペルシアでも、ザンジバルにあるスルタンの新しいクローブ農園でも。かなりの儲けがあった。インド人商人はアラブ人に信用貸しをして、象牙と奴隷を取引していた。インド人の金貸し《ムッキ》は商売人だ。利益が出るのならどんなことにも金を貸す。ほかの外国人も同じだったが、アラブ人はムッキに仕事を任せていた。それはともかく、アラブ人は金をぶんどって、ここらへんの野蛮人の王から奴隷を買いあげ、畑で働かせたり、快適な家を作らせたりしていた。こうして町は大きくなったというわけだ」

「おじさんの話をしっかり聞け」ユスフの集中力が切れたとでも言いたげに、モハメド・アブダラが注意する。話の途中で加わり、待ちきれずに横やりを入れたせいで、おじさんの冷静な口ぶりが際立った。

ぼくのおじさんじゃないけどね、とユスフは胸の内でつぶやく。

「どうしてティップ・ティプって呼ばれているの？」ユスフはたずねる。

「さあな」アズィズおじさんは関心なさそうに肩をすくめる。「ドイツ人のアミル・パシャがこの地方を訪れ、タヤリの王《スルタン》に会いに行った。スルタンの名前は忘れてしまったが。アラブ人が意のままに操れる人物を王にしたんだ。アミル・パシャはなにもかも計算ずくで、王をはなから蔑み、戦争へと駆りたてた。これがドイツ人のやり方だ。ついで王にドイツの旗を掲げさせ、ドイツのスルタンに忠誠を誓えと命じ、武器と大砲をすべて引きわたせ、そもそもドイツ人から盗んだものなのだからとまで言い放った。タヤリの王は衝突を避けるためにできることはなんでもした。常日ごろは戦いを好み、しょっちゅう近隣の集落と戦争をしていたというのに。アラブ人の協力者は都合がよければ支援したが、なにしろ、だれもが聞いていたとおり、ヨーロッパ人が戦争をすると血も涙もない。タヤリの王は言われるがまま、ドイツの旗を掲げて、ドイツのスルタンに忠誠を誓い、アミル・パシャの野営地に贈り物と食料を届けた。ところが、銃だけはなかなか手放そうとしなかった。このときすでに、王は裏切り者とみなされて、アラブ人のうしろ盾を失っていた。譲歩しすぎてしまったのだ。それでアミル・パシャが去ると、アラブ人たちは王の追放を画策しはじめた。

「悠長に構えている暇はなかった。アミル・パシャに続いて、ドイツ人司令官プリンズィがやってきた。即座に戦争を起こして、スルタンとその子どもたちを亡き者にし、目に留まった人びとを片っ端から殺していった。まずはアラブ人を支配下に置いたが、すぐに追い出した。アラブ人はとことん虐げられて、農場で奴隷を働かせることもできなくなった。奴隷は身を隠すか逃げ出すかした。アラブ人は食料も快適な暮らしも失い、もはやここを去るしかなくなる。なかにはルエンバやウガンダに逃れた者、ザンジバルのスルタンのもとへと退いた者もいた。だが、ひとりだけどうすればいいのかわからずに残っている。いまやインド人が取ってかわり、ドイツ人を主人とみなし、野蛮人を言いなりにさせている」

「インド人はぜったいに信用ならない！」モハメド・アブダラは憤然と言った。「儲かるのなら母親だって売ってしまう。どこまでもがめつい連中だ。インド人ってやつは一見すると臆病で弱々しいが、金のためならどこにでも行くし、なんだってする」

アズィズおじさんは首を横に振り、ムニャパラの軽はずみな物言いをたしなめる。「インド人はヨーロッパ人の扱い方を心得ている。協力してやっていくほかない」

2

タヤリには長くとどまらなかった。町は戸惑うほど迷路にも似た狭い路地だらけで、突然、小さな開けた庭や広場に出る。暗い通りでは人で溢れる部屋のようなむっと澱んだ臭いがする。排水路が家の戸口のそばを流れている。夜、借りた家の庭で一行が眠っていたら、ゴキブリやネズミが這いのぼってきて、硬くなった爪先にかじりつき、食料の袋を引き裂いた。ムニャパラが契約上この先には同行しない荷担ぎのかわりに、新たに何人か雇い、数日すると一行は再び出発した。タヤリを発ってからは予定よりも順調に進んだ。男たちは小雨に降られて足を速め、体も冷えてきたので歌をうたい出す。旅で消耗しきった者たちも以前の活力が蘇ったように感じた。どんなに歌ったり冗談を言ったりしても、病が癒えず、たびたび茂みに逃げ込んで苦しむ者もいた。苦痛の悲鳴があがると、仲間たちは押し黙るのではなく、気の毒そうに笑うのだった。
二、三日して、とうとう湖のそばまで来たのがわかった。前方の光が湖面の上で揺らめき、厚く柔らかに見える。みな湖に思いを馳せて、晴れやかな気持ちになった。村や集落を通り過ぎると、野次馬は訳知り顔でにやにやして、こちらをうかがっていたが、陽気な男たちの姿を見て、思わず顔をほころばせる。村の女性を夢中になって追いかける者もいた。ひとりがこっぴどくぶちのめされ、アズィズおじさんが仲裁に入って贈り物をわたし、関係の修復にあたった。夕方、野営を張り、動物の襲撃に備えて茂みで囲いを作ったあと、男たちは三々五々集まって腰をおろし、話に花を咲かせた。ムニャパラがユスフに忠告する。あいつらと付き合うのはよせ、おじさんがいい顔をしないぞ。悪いことを吹き込まれかねないからな、とモハメド・アブダラは言ったが、ユスフは取り合わなかった。日々、歩き続けるごとに、自分が強くなっていくように思えた。男たちにはいまだにからかわれるが、親しみは増している。夜、一緒に座ろうとすると、場所を空けて雑談に加わらせてくれる。手が伸びてきて太ももをなでられることもあったが、それ以後、隣に座るのを避けるようにしている。楽士たちがあまり疲れていなければ、甲高い大音量で演奏し、男たちは音楽に合わせて歌い、手をたたいた。

ある晩、だれもが喜びに沸くなか、ムニャパラも雰囲気に誘われ、焚火を囲む輪に入って踊りはじめた。頭上で杖を振りまわし、二歩前に進んで優雅に腰を屈め、二歩さがる。角笛吹きが突如、歓声をあげるみたいに一節を高い音で奏でて華を添え、シンバ・ムウェネは夜空を仰いで笑った。ムニャパラが新たな演奏に合わせてくるくるまわり、ぴたりと止まって勇ましいポーズを決めると、拍手喝采の大騒ぎになった。

踊りが終わり、ムニャパラが眉をひそめた。そのようすに気づいたのはユスフだけではない。モハメド・アブダラは笑みを浮かべたまま、顔から汗を流している。「昔、俺がどんなふうに踊ったか見ておくべきだったな」少し息を切らし、男たちに向かって杖を振りながら叫んだ。「棒切れなんかじゃなく、抜き身の剣を手に持って踊ったもんだ。しかも四十人、五十人で一斉に」

モハメド・アブダラはさっと股間を触り、歓声と口笛を浴びて、火明かりの外に踏み出した。数歩進むか進まないうちに、今度はニュンドが杖を手に勢いよく立ちあがり、ムニャパラの踊りを真似る。楽士たちが愉快そうに演奏を再開すると、ニュンドは炎に照らされて飛び跳ね、二歩進み、二歩よろよろさがって、大げさに屈んで卑猥な感じを出そうとする。何度か大きく回転し、杖を激しく振りまわすと、足を開いて急に動きを止め、股ぐらをゆっくりとなでる。「見たいやつはいるか？　昔みたいにはいかないが、いまでもたいしたもんだ。まだじゅうぶん使いものになる」ニュンドは声を張りあげる。風刺の効いた物真似に男たちが爆笑する。ムニャパラは焚火の端にたたずみ、じっと眺めていた。

3

湖畔の町はこの世のものとは思えない柔らかな日差しに包まれている。巨大な崖と丘が水面に迫り、そこかしこが深紅がかった紫色を帯びる。小舟が波打ち際に泊めてあり、小さな茶色の家が土手に並ぶ。湖はあたり一面に広がり、男たちは目の前の光景に感じ入って声を落とした。一行はいつものとおり、入ってよいとの許可がおりるまで町の外で待機する。すぐそばに社《やしろ》があり、ニシキヘビやその他のヘビ、野生の動物がまわりに群がっている。精霊に許された人物のみがなにごともなく社に近づいて、無事に去ることができる。待っているあいだに、モハメド・アブダラはこの話をして、休憩している場所からさほど遠くない木立を指差した。「あそこにここの連中の神がいる。野蛮人はいかれたことならなんでも信じる。

あれやこれやが子どもじみている、などと言ったところでどうにもならない。連中はまったく聞く耳をもたない。のべつまくなしに迷信の話をするだけだ」この前の遠征では町を通過して、ここから対岸にわたったとムニャパラは続ける。帰りの道中、二人の怪我人を残してきたのもここだ。前回逗留したのは一番ひどい乾季の時期だったので、怪我人を担いでわざわざタヤリまでハエだらけの道を行くよりも、置いていったほうが安全だと考えたのだ。ユスフはハミドの家のテラスで同じ話を聞いたとき、なんと用心深くて賢明な判断なのだろうと思った。たしかに、アズィズおじさんは二人の男を湖畔の町に残してきたと言っていた。あそこの人たちとは取引をしたことはないが、きっと面倒を見てくれるだろう、と。けれども、湖のほとりのまばらな家を見て、町の外れまで漂う腐った魚の甘ったるい悪臭を嗅ぐと、あのときの説明がまるきりちがったように感じられる。ユスフはムニャパラを一瞥し、計算高く油断のない目を見て、二人はここに捨てられたのだと悟って恥じ入った。

ニュンドが使いとして町に送られた。この土地の人たちの言葉を話せると申し出たのだ。アズィズおじさんが言うには、王《スルタン》はスワヒリ語を話せたと記憶しているが、いかにも、最初は相手の言葉で話したほうが礼儀にかなっているだろう、とのこと。ニュンドは戻ってきて、王の歓迎の言葉を告げた。スルタンは贈り物を喜んでおり、なにより古い友人との再会が楽しみだと言っていました、と報告する。ただし町を訪れる前に、われわれを襲った大きな悲しみを知っておいてほしい、とも。四日前の夜、スルタンの奥方が亡くなったそうです。

アズィズおじさんは哀悼の意を表し、わたしと隊商の全員からスルタンに弔意を伝えてくれと頼んだ。そしてさらなる贈り物を使いに持たせ、直接お悔やみを述べられるようにと念を押した。再度待つことになり、男たちは死者を敬う慣習について意見を交わした。特に今回みたいに、故人がスルタンの妻の場合はどうなるのだろう。そこへひとりが言い出した。まず、死者が埋葬されるとは限らない。生きているうちに茂みに投げ入れて、獣に食わせてしまうこともある。茂みに連れていって放置し、ハイエナやヒョウに持っていかせるんだとか。やつらは死体に触れると不運を招くと信じている。たとえ自分の母親であってもだ。ある場所では、こういうおりによそ者をひとり残らず殺してしまうらしい。考えてもみろよ。この王が取り乱して、取引ができなかったらどうする。それに、儀礼やまじないをやったり、いけにえを捧げたりするかもしれんぞ。何週間も死者を埋めないことだってある。甕《かめ》に死体を入れたり、木の下に横たえたりするんだ。すると、みないっぺんに近くの木立に目をやった。「たぶんあそこに悪臭をぷんぷん放つ死体があるんだろうな」と男は言った。

とうとうニュンドが町に入る許可を得て戻ってきた。音楽も演奏せず、物音もたてず、静かに歩いて、スルタンの不幸に敬意を示そうとアズィズおじさんは指示した。ここは小さな町で、二十軒か三十軒ほどの家が三つか四つの集落になっているだけだ。腐った魚の臭いがあたりにたちこめている。水際には藁ぶき屋根で覆われた高床式の木の台が並んでいる。その上には帆布や筵《むしろ》が広げられ、湖から引きあげた大きな丸木舟が台の下に泊めてある。日陰で遊んでいた子どもたちが、無言で近づいてくる隊商の一団を見ようと駆けつけた。

男たちは言われた場所でひと塊になって、アズィズおじさんが交渉を終えるのを待っていた。しばらくして、何人かがふらふらと離れていき、身を潜めているらしい町の住民を探しに行った。静寂のなか、出会った人に挨拶する声がすぐにほかの者にも聞こえて、どんどん集団から抜け出していった。スルタンからは、まもなく商人と部下に会うとの伝言が新たに届いた。ところが、この言づけを携えてきた怒った顔の老人が、王に会えるのは四人だけだと告げた。王は悲嘆に暮れており、一度に大勢を目にして、ざわめきを耳にするのは耐えられない、と。ムニャパラとニュンド、そしてユスフがアズィズおじさんに同行し、スルタンの住居を訪れることになった。この学者を一緒に連れていって、土地の人びとへの挨拶を学ばせよう、とアズィズおじさんは言った。四人は湖のそばに固まって並ぶ家へと向かう。ここではほかの場所よりも建物の数が多い。庇《ひさし》のついた玄関のある大きな建物に案内される。なかに入ると、戸口の近くで火が焚かれていて、薄暗く煙っている。光は玄関からしか入ってこない。片側に通されると、室内がわずかに明るくなった。スルタンは大柄で、茶色の布を腰に巻きつけ、藁で編んだ帯を締めている。上半身の盛りあがった贅肉が薄明かりに光っている。背もたれのない椅子に座り、太ももに肘をつき、開いた足のあいだに彫刻が施された太い杖を置いて、両手で握り締めている。態度からは熱意に満ちた警戒心の強い人物だと思える。王の左右には腰まで裸の若い女性がひとりずつ、飲み物の入った瓢箪を持って控えている。背後にはやはり胸をあらわにした女性がいて、王の肩のあたりで編んだ扇を揺らしている。さらにそのうしろ、奥の暗がりには青年が立っている。両側の床の敷物には六人の長老が座り、なかには上半身が裸の者もいる。部屋に煙が充満しているせいで、ユスフは苦しそうに息をして、目に涙を浮かべた。どうしてスルタンもお付きの人たちもこんなに楽々と耐えられるのだろうと首を傾げた。

「ようこそ、と言っています」スルタンが微笑んでひと言述べると、ニュンドがすかさず通訳する。「今回は間が悪いときに来たが、この家ではいつでも友人を歓迎する、とのことです」王が合図すると、右側の女性が口もとに瓢箪を持っていく。王はごくごくと中身を飲んだ。女性がアズィズおじさんに近寄り、ユスフは胸にいくつもある小さな傷痕に気づいた。煙と汗の臭いがする。馴染みのある、心がざわつく香りだ。「さあビールを飲んでください、と言っています」ニュンドはおじさんに伝えて、笑みを隠せないでいる。

「ありがたいことだがお断りせねばなりません」とおじさんは答えた。

「どうしてだ、と訊いています」ニュンドはにやにやしながら続ける。「いい酒だぞ。毒でも入っていると思ってるのか。すでに味見はしている。信用できないのかね？」スルタンがまたなにか言うと、長老たちは歯をむき出して、内輪でけたけた陽気に笑った。アズィズおじさんにじろりと見られて、ニュンドは首を横に振る。身振りだけでは曖昧だ。おそらく理解できなかったのか、訳さないのが最善と思ったのだろう。

「わたしは商売人です」アズィズおじさんはスルタンをまっすぐ見る。「それに、この町ではよそ者です。ビールを飲んだりしたら、大声で喚いて喧嘩をはじめてしまうかもしれません。商用で来ているよそ者がそんな振る舞いをしてはいけませんからね」

「あんた方の神が許さないからだろう、と言っています。ちゃんとわかっているようですね」とニュンドが告げると、スルタンと長老たちは再び顔を見合わせて笑った。ニュンドは長い時間をかけて、続く王の言葉を訳した。顔から笑みは消え、慎重に話して、一語一語忠実に伝えようとしている。「ビールを飲むのも許さないとは、なんと残酷な神だ、とのことです」

「厳しくも公正な神だ、と言ってくれ」アズィズおじさんはただちに反応する。

「けっこう、けっこう、と言っています。さてはこっそり飲んでいるのだな。ではそちらの話を聞かせてくれないか」ニュンドが説明していると、スルタンが客に敷物を示した。「商売は順調かね？　今回はなにを持ってきたんだ？　おわかりだろうが、貢ぎ物をしろと迫っているのではない、とのことです。お偉方が貢ぎ物を求めるのは禁止だと言っているらしい。とにかく、お偉方に知られて処罰されては困るので、なにかを要求するという間違いを犯したくない。どの人物のことかわかるかと訊いています」王は問いかけると、しわがれ声ではっはと笑い、体を震わせた。「ドイツ人のことだ。人づてに聞いたところでは、新しい王というじゃないか。少し前にこの近くを通りかかり、己が何者かを住民に語った。ドイツ人は鋼鉄の頭をしているという噂だ。ほんとうなのかね。しかも一撃で町を丸ごと破壊できる武器を持っているそうだが。われわれは平和に取引をして、普通に暮らしたいだけだ。ドイツ人に手間を取らせたくない」スルタンがもうひと言添えると、お付きの者たちがまたどっと笑った。

「対岸にわたるのを手伝っていただきたいのです」ちょうどいい頃合いになり、アズィズおじさんは切り出した。

「湖の向こうでだれに会うつもりなのか、と訊いています」ニュンドが伝える。スルタンは怪訝そうに身を乗り出す。答えを聞けば、商人が愚かであるか無謀であるかはっきりするとでも言わんばかりだ。

「チャトゥ、マルングのスルタンです」アズィズおじさんは答える。

スルタンはふんぞり返り、小さく鼻を鳴らす。「チャトゥのことは知っているそうです」とニュンドは通訳する。スルタンがもっとビールを持ってこいと合図するのを一同は見ていた。「つい先日、妻が亡くなったと話したが、まだ埋葬も済ませておらず、不安でいっぱいだとのことです」

一瞬間を置いて、スルタンは続ける。死装束がないので妻を埋葬できない。妻が死んでからというもの、心の火が消えてしまった。死装束がどこで手に入れられるのかも考えられない。「布がほしい、と言っています」ニュンドはアズィズおじさんに告げる。

「まさか伴侶を埋葬しようとする者に死装束を贈れないなどと言わないだろうな」背後の暗闇にいる青年が口を挟む。前に進み出て、ニュンドの助けを借りずに、おじさんに面と向かって直接話しかける。左足が病で腫れあがり、足を引きずって歩いてくる。顔には傷ひとつなく、目は熱意と知性に輝いている。ユスフはやっと生身の肉が腐る独特の臭いと、煙の充満する家のつんとした臭いの区別をつけられるようになった。青年に続いて長老たちも話し、信じられないといったようすで顔を歪める。女性たちは唇を吸って苦々しげにつぶやく。

「もちろん、お断りすることはありません」アズィズおじさんはそう答えると、白いバフタの綿布を五束、持ってきてくれとユスフに頼んだ。

「五束だと！」交渉役の青年が声を荒らげる。長老のひとりが驚いて立ちあがり、商人に唾を吐きかける。ユスフの腕にもわずかにしぶきがかかった。「これほど偉大な王に、たった五束とは。そんなことでは湖をわたれないぞ。そっちの事情では、王が妻を埋葬する際、たった布五束しか贈らないのか。馬鹿にするのもいい加減にしろ！　王はみなから敬愛されている。それなのにあんたは怒りに触れてしまった」

このくだりが訳されると、スルタンと長老たちは大笑いした。王はおかしさのあまり体を震わせて笑った。「スルタンの息子です」とニュンドはアズィズおじさんに耳打ちする。「そう言っているのが聞こえました」

「おい、あんたは笑わないのか？」青年はたずねる。「それともあんた方の神は笑うことも許してくれないのか？　笑えるうちに笑っておいたほうがいい。チャトゥは冗談を言うような人物ではないからな」

百二十束の布を贈ることで話がついた。スルタンは銃と金も要求したが、アズィズおじさんは微笑んで、そういった取引はしていないと応じた。いまはやめたということかと青年は言った。最後に、船頭と交渉して料金を決めるがいいとスルタンは許可を与えた。「ぼったくられたな」モハメド・アブダラは腹だたしげにぼそっと言った。

「去年ここに来たとき、仲間を二人、預かってもらったのですが」とおじさんはにこやかに切り出す。「具合が悪かったので、回復するまで面倒を見てもらえるという話でした。二人はどうなったでしょう？　元気でいますか？」

「出ていった」と青年は平然と答えるも、蔑むようなふてぶてしい表情を浮かべていた。

「どこに行ったのでしょう？」アズィズおじさんはやんわりとたずねる。

「俺が二人のおじだとでも？　ただ出ていったんだ」青年は怒りをあらわにする。「勝手に探しに行けばいい。あんた方のことを知らないとでも思っているのか？」

「スルタンに二人の世話を任せたのです」ユスフはおじさんの声音から、すでに二人のことを諦めているのだとわかった。

「マルングに行きたいのか、どうなんだ？」青年はぴしゃりと言った。

こののち、カカニャガという船頭のもとに案内された。小柄で筋骨逞しい男だ。視線を逸らして湖面を眺め、要望に黙って耳を傾け、人数や重量についてたずねた。自分の目で確認してもらったほうが早いので、四人は荷物を保管し、荷担ぎの待つ場所に船頭を連れて戻った。大きな丸木舟が四艘あればだいじょうぶだろうと船頭は結論を出した。ついで、自分と仲間の分の手間代を伝え、しばらく検討してもらおうと思い、去っていった。ところが、提示された額はかなり手ごろだった。モハメド・アブダラはすぐにでも出発したかったので、船頭は数歩進むか進まないかのうちに呼び戻された。

じゃあ、明日の朝に出発しようと船頭は提案する。約束した品物は出発前にわたす段取りになった。

「どうしていますぐじゃだめなんだ」モハメド・アブダラは突っかかる。実はスルタンが大量のビールを飲んでいるのを見て不安になっていたのだ。飲んだくれの野蛮人がなにを考えつくか、わかったものじゃない。

「仲間には準備の時間がいる」と船頭は答える。「そんなに急いでチャトゥのところに行きたいのか？　いま出発したら、ひと晩かけて湖をわたることになる。時間帯によっては安全じゃない」

「夜に悪霊が出るのか？」ムニャパラはたずねる。船頭は馬鹿にされていると気づいたが、相手にしなかった。そして、朝になったら出発するぞ、とだけ言った。

「われわれの言葉が上手だな」とアズィズおじさんは愛想良く笑って言った。「スルタンのご子息も見事だった」

「多くの者がハミディ・マタンガのもとで働いていたので。以前、このあたりや対岸にもよく来ていたスワヒリ商人だ」と船頭は不承不承応じて、アズィズおじさんに促されても、それ以上口をきこうとしなかった。

「前回ここに来たとき、スルタンは少しスワヒリ語を話していたと思うが。すっかり忘れてしまったようだね」アズィズおじさんは愛想笑いを浮かべたまま続ける。「時間はそうやってわたしたちを欺くのだ。

ところで、あの二人の怪我人のことを聞かせてくれないかね。昨年、訪ねてきたおりに残していった二人だが――どうなった？　あれからよくなったのか？」おじさんは話しながら、小さなタバコの箱と釘の入った袋を船頭にわたしした。ユスフに取ってくるよう言っていたのだ。

船頭は答える前にしばらく考え込み、おじさんからムニャパラ、遅れて加わったシンバ・ムウェネ、最後にユスフへと視線を移す。なにか悪さを企んでいるみたいに、かすかに目を輝かせ、話しはじめる。「出ていったよ。回復してなかったと思う。悪臭を放って、あそこの小屋にいた。あいつらは病をもたらした。動物は死に、魚はいなくなった。そのうえ、若者が理由もなく死んだ。まだ若かった。この子と同じくらいだな」と船頭は言ってユスフに目をやる。「いくらなんでもひどすぎる。それで町の者はみな、出ていけと言ったんだ」

船頭が去ったあとに、シンバ・ムウェネはぽつりとつぶやいた。「ここではまじないをする」

「罰当たりなことを言うな」モハメド・アブダラは語気鋭く言った。「あいつらは無知な野蛮人で、幼稚な悪夢を信じているだけだ」

「二人を置き去りにするべきではなかった。わたしの責任だ。わたしが悪い」とアズィズおじさんは語る。「しかし事実を知ったところで、もはや二人にも親族にもたいした助けにはならない」

「サイイド、知る必要なんてありますか。あの獣《けだもの》どもがどんな犠牲を払っても、愚かな生活を続けようとするのはわかりきっているというのに。俺でも同じことをするでしょうな。おい、お前、まじないを使って二人を連れ戻してくれと頼んだらどうだ？」ムニャパラはシンバ・ムウェネを馬鹿にする。

シンバ・ムウェネは顔をしかめる。「この青年をしっかり見ていないといけない」ユスフを一瞥して言う。「つまりそういうことだ。この子が危ない目に遭わないようにしないと。ムカタでやつらがどういうふうに話していたか、さっき船頭がどういうふうに見ていたか覚えてるだろ」

「連中がなにをするっていうんだ？　飢えた悪魔の餌食にするってか？　真に受けすぎだな。たかだかぷんぷん臭う漁師どもじゃないか。好きにさせておけ！」モハメド・アブダラは怒りに任せて杖を振りつつ怒鳴った。「なにを考えてるんだ？　ろくでなしどもを地獄の入口にたたき込んでやる。ゲロを吐きかけてやる。臭いケツにまじないをかけてやる。薄汚い野蛮人どもめ」

「モハメド・アブダラ」アズィズおじさんは厳しい口調になる。

「ぐずぐずしていられない」とムニャパラは続ける。おじさんの呼びかけが聞こえないふりをしていたが、ともかく声を落とした。「シンバよ、男たちにまじないとか不吉な病とかのことを説明してやれ。お前にはお手のもんだろう。よくわかってるはずだ。それから、用を足すときに茂みの奥に入り込むなと言え。さもないと悪霊や魔力のあるヘビにケツを噛まれてしまうからな。女に近寄るなとも言っておけ。青年、サイイドのそばを離れるんじゃないぞ。心配するな」

「モハメド・アブダラ、そんなに喚き散らして、消化不良を起こしてしまうぞ」アズィズおじさんはたしなめた。

「サイイド、ここは邪悪な土地です。いますぐ出ていきましょう」とムニャパラは進言した。

4

翌日、出発の前に、荷担ぎの二人が喧嘩をはじめた。ひとりが商品の荷物から鍬をくすね、女を買ったのだ。もうひとりが盗難をムニャパラに報告した。ムニャパラは全員の前で、盗みを働いた男の労賃から鍬二本分を差し引くと宣告した。罰を言いわたすにあたり、立て続けに下品な言葉を浴びせた。この荷担ぎは以前にも女性を買うために盗みをしたのだった。モハメド・アブダラは杖で殴りつけるのをこらえるふりをする。だれもがからかいながら責めたてたので、男の屈辱は増すばかり。散々人前で惨めな思いを味わって、しょげ返った荷担ぎは密告した男にいきなりつかみかかった。するとまわりの男たちが場所を空け、やれやれとけしかけて、本気の殴り合いに発展した。大勢が集まってきて喧嘩を見物する。水辺の空き地にごろりと寝そべって戦いの行方を見守り、興奮して囃したて、声援を送る。結局、アズィズおじさんがシンバ・ムウェネに止めさせた。「身内の問題は片をつけないと」とおじさんは言った。

出発の準備が整ったのは昼近くだった。舟に乗り込む時間が迫り、男たちの高揚感には不安が滲んでいた。船頭のカカニャガが積み荷を配置し、アズィズおじさんとユスフには自分の舟に乗るよう指示した。「この青年は幸運をもたらしてくれる」とカカニャガは言う。船頭たちは猛暑のなか、むき出しの背中や腕を汗で光らせ、ひたすら漕ぎ続ける。舟と舟をぴったりつけたまま、歌をうたい合い、互いの反応を見て笑う。一行はおおむねおとなしく座っていたが、どこまでも広がる湖と命を預けた屈強な漕ぎ手に恐れを抱いていた。郷里は海のそばだというのにほとんどの者が泳げない。これまでずっと足を使って山や平原を越えてきたが、ざぶんと岸に打ち寄せる波の音を聞けば相も変わらず慌てて逃げ出す。

二時間ほど進むと、空がみるみるうちに暗くなり、どこからともなく強風が吹いてきた。「ああ神よ《ヤー・アッラー》！」ユスフはアズィズおじさんがぼそっと言うのを聞いた。カカニャガは風に気をつけろ、と同船の者や仲間の舟にも大声で知らせた。船頭たちが喚き合い、必死に漕いでいるようすからして、危険に晒されているのは一目瞭然だった。波がいっそう高くなって、おんぼろの舟に押し寄せ、人間も荷物もびしょ濡れになり、苛々が募って不満が飛び交う。目下、なにより重要なのは濡れないことだと言わんばかりだ。態度を改めるから時間をください、などと泣いて神に訴える者もいる。先頭を率いるカカニャガが進路を変え、残りの舟も続いた。船頭たちはうろたえたように叫んで励まし合い、一心不乱に漕ぐ。激しい波が襲いかかり、舟が水面から持ちあがってはまた落ちる。ユスフはいまごろになって気づいた。嵐に見舞われると、丸木舟はあまりに脆くて、排水路を流れる小枝みたいにすぐさまひっくり返ってしまうかもしれない。暴風の轟音に遮られつつも、祈ったり泣いたりする声が途切れ途切れに聞こえる。恐怖のせいで吐いてしまう者もいた。カカニャガは背中に汗と湖の水を滴らせながら、片膝をついて漕ぎ、歯を食いしばって低い呻きを漏らす。それ以外は無言でいる。そうしてとうとう、遠くに島が見えた。

「社《やしろ》だ。あそこで捧げ物ができる」船頭は商人に呼びかけた。

島を目にした船頭たちはさらに懸命に漕ぎ出し、乗客は無我夢中で掛け声をかける。もうだいじょうぶだとわかると、漕ぎ手は一斉に勝利の歓声をあげ、感謝の言葉を叫ぶ。舟が引きあげられて、荷物がぜんぶ積みおろされると、ようやく隊商の一行も笑顔を見せた。その後、風と水しぶきを避けて茂みや岩の陰で身を寄せ合い、大きくため息をついて、運が良かったとつぶやいた。

カカニャガはアズィズおじさんに黒い布、白い布、赤いビーズ、小さな袋入りの小麦粉をくれと頼む。

金属製のものはだめだが、供えたいものがあればなんでも歓迎する。金属は社に祀られた精霊の手を焼いてしまう、とカカニャガは説明した。「一緒に来てくれ。あんたらのため、あんたらの旅のために祈るんだからな。青年も連れてくるんだ。精霊はペンベといって若者を好む。社に入ったら、ペンベと心のなかで繰り返して、俺が口にしない限りは声に出すな」

三人は尖った葉の茂みや草むらを少し歩き、ムニャパラと船頭たちも同行した。黒っぽい低木と高木に囲まれた空き地に出ると、下に石を敷いた小舟が目に入った。なかには旅人たちの供物が入っている。カカニャガは自分のあとについて唱えろと言い、文言を訳した。「ここに捧げ物を持ってきました。どうかこの旅が穏やかでありますように。無事に行って戻ってこられますように」

それから供物を舟に入れて、周囲をひとまわりし、もう一回逆向きにまわった。おじさんが持参したタバコの袋を受け取ると、カカニャガは同じく社に供えた。舟に戻ったときには、すっかり風はやんでいた。

「まじないが効いたみたいだな」シンバ・ムウェネはムニャパラを見て笑った。

モハメド・アブダラは冷ややかな視線を投げ、信じられないという表情で首を振る。「この程度で済んでよかった。汚らわしいものを食わされたり、獣と交われと言われたりしていたかもしれない。ハヤ、積み込むぞ」。

対岸が目に入ったころには太陽が沈みかけていた。赤い崖が傾いた日差しに照らされて、炎に包まれた壁のように見える。やっとこさ上陸できたのは真夜中近くで、夜空は雲で覆われていた。舟はすべて湖から引きあげたが、カカニャガは地面で眠ることを禁じた。暗闇ではなにが忍び寄ってくるかわかったもんじゃない、とカカニャガは言った。

5

夜が明けて、舟から荷物をおろすとすぐに、カカニャガと仲間の船頭は一行と積み荷を岸に残して引き返していった。あっという間に人が集まってきて、どうしたんだとたずねる。だれに連れてきてもらったんだ？　どのくらい旅してきたのか？　どこに行くつもりだ？　目的はなんだ？　ユスフとシンバ・ムウェネは使いに出され、町の有力者を探しに行った。ここの町は湖の反対側の町よりも大きく見える。二人はマリンボという男の家に案内された。どうやら寝起きらしかった。やせた老人で、顔には深いしわが刻まれ、皮膚が垂れさがっている。家の造りは近隣の家と比べても大差ない。二人を連れてきてくれた女性はまっすぐ戸口に向かい、ためらいもなく、遠慮会釈もなしにノックした。マリンボは喜んで客を迎え入れ、興味津々に温かくもてなした。上機嫌ではあるものの、警戒を怠っていないことにユスフは気づき、これまでいろんな出来事がこの手を経てきたのだろうと想像した。ニュンドが通訳のために付き添っていたが、その必要はなかった。

「チャトゥだと！」マリンボは驚きの声をあげ、したり顔でかすかににやりとしつつも、油断せずに笑いをこらえた。「チャトゥは気難しい。あんたらが真剣ならいいのだが。侮れない相手だぞ。町は歩いて二、三日で行けるが、わたしらは呼ばれなければ出向かない。チャトゥは不当な扱いを受けたと思えば、いくらでも残忍になれる。とはいえ、町の人びとをしっかり見守る指導者だ。ああ、あそこでは暮らしたくないな。言っておくが、チャトゥの町でよそ者は嫌がられるぞ」

「なんだか下品なやつのようですね」とシンバ・ムウェネ。

マリンボは用心深く冗談に反応して笑う。

「取引はするのですか?」シンバ・ムウェネは訊いた。

マリンボは肩をすくめる。「象牙を持っている。そうだな、あっちがしたければするだろうな」

マリンボは案内役をつけて、戻ってきたら品物を保管しようと承諾した。「いままでたびたび商人と付き合ってきた。綿布はいらない。綿布がなければ商売は成り立たないだろうから。ここではそうやってきたんだろ。銃を二挺くれ。そしたら息子たちを象牙狩りにやれる。絹はあるか? あるなら絹も欲しい。案内役は土地を熟知している。雨季がはじまったからもういい時期ではないが、手間賃さえしっかり払えば、なにがあってもこの男を信頼できる」

こちら側の湖畔は木が生い茂り、急斜面になっている。向こうよりもマリンボの町のほうが住民は多いが、健康状態は悪そうだ。夜になると蚊の大群が一行に襲いかかり、猛烈な攻撃に遭ってあちこち刺され、痛みと怒りで喚きたてる者もいた。マリンボとの話がつけば、この町にとどまる理由はなにもない。マリンボは品物の管理と引き換えに、ナイフと鍬を何本か、白い綿布ひと束を受け取った。あとは帰り道できちんと清算することになる。蚊が狂ったように飛びかかってくるのでみながみな出発を喜んだ。アズィズおじさんも早く発ちたがっている。旅の途中で何度も貢ぎ物をしなければならず、商品が著しく減ってしまった。しかも取引はほとんどできていない。それでもまだ採算が取れるくらいはじゅうぶんに残っている、とおじさんは言った。まさにこのために、赤い崖を越え、マルングの土地を目指して、はるばる旅してきたのだ。

翌日早くに、チャトゥの領地へと旅立った。マリンボが見つけてきた案内役はすらりと背の高い寡黙な男だ。話もしなければ笑いもせず、一行が荷造りをしているときも片側でじっと待っていた。青々と生い茂る草木を押し分けて、狭い田舎道をのぼっていく。見慣れない植物にたたきつけられて、顔や足が引っかき傷だらけになった。虫の群れが頭上を飛びまわり、足を止めて休んでいると、体に舞いおり、穴という穴、柔らかい肉を探し求める。マルングでの一日目が終わるころには、すでに何人かが病に倒れていた。大量の蚊に悩まされ、午前のうちに顔が血だらけになり、刺された跡が無数に残っていた。翌日も道を急ぎ、この森にはもはや耐えられないので、すぐにでも抜け出したかった。夜通し、茂みのなかからぶつかる音や唸り声が聞こえ、男たちは水牛やヘビを恐れて身を寄せ合った。小便しに遠くへ行くなよ、とシンバ・ムウェネはからかう。ムニャパラはちゃんとついてこいと怒鳴りつけ、遅れをとっている者に杖を振り、罵声をあげて森のざわめきを破る。のぼり道のせいでなかなか進まない。シンバ・ムウェネとニュンドは案内役と歩調を合わせ、新たな危険が近づくたびに気をつけろと大声で警告を発する。ニュンドだけが案内役の言葉を理解できるので、この立場を利用して思いきり悪ふざけをした。ムニャパラは苛々を募らせ、男たちは大笑いする。案内役はめったに口をきかず、一日の旅の終わりにはニュンドと並んで腰をおろした。

三日目、病人はすでに手の施しようがないほど悪くなっていて、さらに何人かに衰弱の徴候が見えた。最悪の状態では、食べることもできず、排泄も止められない。仲間が悪臭のする重病人をかわるがわる運んだが、うわ言を言っていても目を背け、黒い血が流れてもなるべく避けようとした。急勾配では一度に数歩しか進めず、両手と両膝をついて病人を引きずった。四日目、二人の命が尽きた。一行は素早く埋葬を済ませて、アズィズおじさんがゴーランの一節を黙読するあいだ、一時間ほど待っていた。だれもが化膿した傷に苦しめられていた。虫が傷口の奥深くに卵を産みつけ、新鮮な血を吸いあげるのだ。男たちは恐怖に怯え、案内役に死の道へと追いやられていると確信し、惨めな思いをしながらもできる限り警戒していた。ムニャパラは案内役を幾度も激しく非難し、嫌悪をあらわにして、通訳するニュンドを睨みつけた。去年通った道とはちがうぞ。どこに連れていくつもりなんだ。ふざけるのはやめて、ちゃんとこういう質問をしろ。

もうひとつの道は雨のあとでは危険だ、とニュンドは伝える。

五日目の朝、さらに二人が死んだとわかり、ニュンドとともにこの日の出発を待っている案内役を全員がじろりと見た。モハメド・アブダラは勢いよく歩いていき、男をひっつかんで立たせると、荷担ぎと護衛の声援に背中を押されて、杖でなんべんも打ちつけた。男は殴られてうずくまり、情けを乞う。ニュンドは割って入ろうとしたが、いきなり杖で顔面を二回ぶたれ、仰天して金切り声をあげ、引きさがった。ああ、目が。ムニャパラは案内役のほうに戻った。男はとうとう地面に転がって、むき出しの肌に杖が振りおろされるたびに、呻いて泣き叫んだ。にもかかわらず、ムニャパラは男を殴り続け、野次馬たちは棒切れや紐を手に近づいていった。

そこへシンバ・ムウェネが急いで駆け寄り、ムニャパラの腕をつかみ、悲鳴をあげる案内役の前に立ってかばおうとした。「もういい！　もうじゅうぶんだ」と訴える。モハメド・アブダラはぜいぜい喘ぎ、顔と腕を汗で濡らし、シンバ・ムウェネを避けてしつこく杖で打ち据えようとする。

「裏切り者を殴らせろ！」とムニャパラは怒鳴る。「こいつは森で俺たちを殺そうとしてるんだぞ」

「あと一日だそうだ。明日には地獄から抜け出せる――」シンバ・ムウェネはムニャパラを追いたてる。

「この男は嘘つきの野蛮人だ。それに役立たずのニュンドときたら、ちゃんと監視もせずに――。とにかく、こいつはずっと嘘をついている。去年、こんな道は来なかった」モハメド・アブダラは言い放つ。そして唐突にシンバ・ムウェネを振り切って、再び倒れた男のもとに行き、逆上したように繰り返し殴りつける。シンバ・ムウェネがまた駆け寄ると、モハメド・アブダラは怒りで目をぎらぎらさせて向き直った。

「あんたのやってることは間違ってる」とシンバ・ムウェネは言って退く。

ムニャパラは顔から汗を滴らせ、無言で睨みつける。アズィズおじさんは人だかりから離れ、モハメド・アブダラの腕をつかんで、ひと言、静かに声をかける。それからユスフを呼んで、朝に死んだ二人を埋葬する準備をしてくれと頼む。「ヤー・スィーン」を死者のために読みあげてくれないかとも。その日は一日じゅう、前方から案内役の呻きが聞こえてきた。さらに進むと木がまばらになっていった。ニュンドは殴られて顔を真っ赤に腫らし、男のうしろで黙ったまま懸命に足を動かしている。男たちは笑って首を横に振る。自分たちの軽率さにばつの悪い思いをしつつも、案内役の痛がるさまを見てついおかしくなったのだ。ムニャパラのあの暴れようったら！　そら、あいつ、モハメド・アブダラは獣だ、人殺しだ！　ニュンドはいつかムニャパラにやられると知っておくべきだったな。

六日目の午前中、開けた場所にたどり着いた。午後まで休んでから、チャトゥの町に向けて出発した。田畑や小さな納屋を通り過ぎ、町に近づいていくと、住人がそそくさと逃げていくのが目に入った。みな一様に疲れ果ててはいたものの、楽士たちは演奏して隊商の到来を知らせ、めいめいが精いっぱい背筋を伸ばして歩を進める。モハメド・アブダラは相変わらず芝居気たっぷりに肩をいからせて、楽士のうしろを歩く。ろくでなしどもが茂みに隠れてこちらのようすをうかがっているかもしれないからだ。

一行はスルタンの代理を務める長老たちに出迎えられる。傍らでは住民が群れをなして、くすくす笑っている。長老たちに案内されて、藁ぶき屋根の細長い平屋に囲まれた広々とした場所に出た。厚い土壁の背後の巨大な建物がチャトゥの屋敷だ、と長老たちは言った。ここで休むといい。町の者が食べ物を売りに来るだろう。

「スルタンに挨拶できるか訊いてくれ」とアズィズおじさんがニュンドに言う。

「用件はなんだと言っています」ニュンドは長老の代表にたずねて、そう返答する。白髪交じりの小柄な男が話しながらニュンドの顔の傷をじろじろ見ている。怒気を込めて、迫力のある威厳をもって語り、はっきりと不快感を示す。ニュンドによれば、長老はムフィポというらしい。

「先般このあたりに来た際に、町の近くを通りかかったのですが、スルタンのお話をいろいろとうかがいました。今回、贈り物をお持ちし、スルタンをはじめ住民のみなさんと取引がしたいと思い、戻ってきました」とアズィズおじさんは述べる。

ニュンドはこの部分の通訳に手こずり、案内役に助けを求めた。群集はやり取りを聞こうとして、前へ前へと押し寄せてきたが、ムフィポに睨まれてあとずさる。「なにを持ってきたのか、とムフィポは訊いています」二言三言交わしてからニュンドが言った。「チャトゥは立派な支配者なのだから、価値ある品でないといけない。がらくたは受け取らない、とのことです」ニュンドはそう伝えてにやりとし、ムフィポが言ったのはこれだけではないとほのめかす。

「ぜひともスルタンに贈り物をわたしたい」しばらく黙って見つめたのちに、アズィズおじさんは続けた。「許可をいただければたいへん光栄です」

ムフィポは軽蔑の目で商人を眺め、ふんと笑った。ゆっくり話してニュンドに時間を与える。「あんた方には休息と薬がいる。商売をやっているどころじゃない、と言っています。治療師を寄越そう。青年にチャトゥへの贈り物を届けさせてくれ。あ、つまりユスフのことです。ユスフをチャトゥのところにやりたいそうです。チャトゥが気に入れば、あんた方も呼ばれるだろう。とそんなことを言っていたはずです」

「ユスフはどこでも引っ張りだこだな」と言ってアズィズおじさんは微笑む。

さらに話そうとしてもムフィポは取り合わず、大股で去っていった。数歩進んで振り返り、案内役を手招きした。おじさんとムニャパラはさっと顔を見合わせた。すぐに町の人たちが商売をしようと食料を運んできて、一行に気兼ねなく交じってあれこれ質問したり、冗談を言ったりした。ニュンドがそばにいて助けてくれなければ、住民の言葉はちんぷんかんぷんだったが、どうにか意思の疎通はできた。人びとは町の規模と支配者の力について語った。悪さをしようものなら必ず後悔するぞ。悪さとはなんだ、と男たちは言い返す。俺たちは商売人だぞ。平和そのものだ。一生懸命商売をやっているだけ。面倒を起こすのは頭のおかしいやつと怠け者、俺たちの知ったこっちゃない。モハメド・アブダラは病人を寝かせ、商品を保管する仮の小屋を建てるために木材と藁を買った。薄れゆく光のなかで現場を監督し、大声をあげたり、おどけたりして見物人を笑わせた。その後、小屋の真ん中に荷物をすべてきちんと積みあげさせ、常に見張っているよう言いつけた。

アズィズおじさんは体を清めて祈りを済ませると、ユスフを呼び、チャトゥに持っていく贈り物に関して指示をした。ここでの取引がうまくいけば、今回の旅は大いに意義あるものになる、とおじさんは言った。モハメド・アブダラの考えでは、翌朝まで待ち、夜にはしっかり護衛をつけ、じっとしているほうがいいとのこと。弾の入った銃は二挺のみ。たぶん、あと何挺かしまってある銃を取り出して弾を込めたほうがいい。おじさんはかぶりを振る。無礼を働いたとスルタンが立腹したら元も子もないので、なんとしても日が暮れる前に贈り物を届けたい。アズィズおじさんは不安なのだとユスフは気づいた。あるいは少し興奮しているのかもしれない。あのムフィポとやらが自分のために吠えていたのか、主人にかわって吠えていたのか見てみようじゃないか、とおじさんは言った。シンバ・ムウェネがユスフに付き添うことになり、大慌てで品物をまとめ、五人の荷担ぎを選び、空き地の向こうのチャトゥの屋敷まで荷物を運ばせる。ニュンドも代弁者として同行しなければならない。ここへ来て新たに重要な役割を担い、機嫌を直しつつあったのだが、男たちに訳の内容をでっちあげているんだろうとからかわれた。しょっちゅう顔のみみず腫れに手を伸ばし、無意識のうちに傷口を触っていた。

ユスフたちは途中で呼び止められることもなく、チャトゥの屋敷の壁に囲われた中庭に入っていった。だれかが案内してくれるのを待っていると、すぐに二人の青年が近づいてきてチャトゥの息子だと名乗った。家の外で座っている人たちがさして関心もなさそうにこちらを一瞥する。子どもたちが遊びに没頭して走りまわっている。

「スルタンに贈り物をお持ちしました」とユスフが切り出す。

「サイドからよろしくお伝えするように言われています。そう続けろ」シンバ・ムウェネはユスフに文句をつけるみたいに、断固とした口調で言い足した。

二人の青年が建物のひとつまで連れていってくれた。この家だけがほかとはちがって正面に広いテラスを持つ。男性が数人、テラスの低い長椅子に腰かけている。ムフィポや長老たちの姿も見える。ユスフたちが歩いていくと、ほっそりした男が立ちあがり、微笑みをたたえて客を迎える。そばに近づいたら、男はテラスからおりてきて手を差し伸べ、歓迎の言葉を口にした。会えたことを喜んでいるという印象だ。ユスフがこれまでチャトゥについて聞いた話からすると、親しみやすさや気さくな人柄など、まるで予想もつかなかった。スルタンはテラスまで付き添い、シンバ・ムウェネがニュンドを介して伝える商人の長たらしい挨拶をいかにも不快そうに聞いていた。ときおり、通訳の言うことにぎょっとして、怪訝な表情すら浮かべた。

「褒めすぎじゃないかと言っている」ニュンドが伝える。「贈り物については、俺の気前の良さに感謝すると。座って静かにしていてくれ、とのことだ。俺の話が聞きたいらしい」

「馬鹿なこと言うな」シンバ・ムウェネが怒鳴りつける。「ふざけるために来たんじゃないぞ。あっちがなにを言ったかちゃんと教えろ。冗談はどうでもいい」

「座れと言ってるんだ」ニュンドはふてくされる。「それに俺に向かって怒鳴るな。嫌なら自分で話をしろよ。とにかく、ここに来た理由を知りたいそうだ」

「商売だ」とシンバ・ムウェネは答えて、ユスフにちらりと目をやり、詳しく説明しろと促す。

チャトゥは満面の笑みをユスフに向け、全身を見ようとして背を反らせる。じろじろ眺めまわされても嫌な気はしないものの、ユスフはつかのま口がきけずにいた。微笑み返そうとしたが顔がこわばってしまう。間抜けでびくびくしていると思われたにちがいない。チャトゥが含み笑いをすると、沈む夕日の光を受けて歯がきらりと輝いた。「取引については主人から直接説明します」ユスフはやっとのことでそう言うと、不安で頭がくらくらした。「ぼくたちが遣わされたのは、主人があなたに敬意を表するため、そして明日、ここを訪問する許可をいただくためです」

ユスフの言葉が通訳されると、チャトゥはうれしそうに笑った。「なんとも上手に話すな、と言っている」ニュンドは王の陽気な雰囲気を真似る。「実際よりも賢く聞こえるように、ことごとく言葉を換えたんだけどな。まあ礼には及ばないよ。商人のことだが、だれでも好きなときに訪ねてくるといい、わたしは人びとの僕《しもべ》にすぎない、と言っていた。お前が商人の使用人か、息子なのか知りたいそうだ」

「使用人です」ユスフはそう答えて屈辱を味わった。

チャトゥはユスフから目を離し、しばらくシンバ・ムウェネに語りかける。ニュンドは苦労して訳そうとするが、チャトゥの数分に及ぶ話をごくわずかな時間におさめた。「なにごともなければ、商人には明日会おう。森を抜けてきたと案内役から聞いた。仲間が一日も早く回復するように、とのことだ。ああそうだ、こうも言ってたな。この美しい青年を大事にするようにって。美しい青年を大事にしろ、だと。結婚させたい娘がいるのかって、訊いてやろうか？　いや、ひょっとしたら自分のものにしたいのかもな。シンバ、こいつをだれからも奪われずに沿岸に連れて帰れたら、かなりツイてるぞ」

シンバ・ムウェネが夢中になって一部始終を報告すると、アズィズおじさんもムニャパラも熱心な話しぶりに影響を受けた。なんと親切で、なんと分別のある人だろう。**ここでの商売はきっとうまくいく。聞いた話では、取引できる象牙が大量にあるそうだ。**おじさんはそう語った。男たちの大半は疲労困憊のあまり、手足を伸ばして地面に横たわっている。まもなく隊商の野営地は静まり返り、護衛たちは目についたものにもたれかかって楽な姿勢を取った。ユスフはすぐに眠りに落ちたが、どよめきが起こって閃光が走り、はっと目を覚ました。突き出た岩や徘徊する獣に怯えながら、険しい山を必死になってのぼっていた。崖の縁を無事に抜けると、目の前で滝が轟音をたてて流れ、その背後に炎の門のある高い壁がそびえ立っている。光は災厄の色を帯び、鳥のさえずりは疫病の先触れとなる。謎めいた人物が傍らに現れてそっとささやいた。**お前はほんとうによくやってくれている。**ともかく、涎を垂らした犬が脳裏に踏み込んでくることはないと内心苦笑いし、恐怖の震えがおさまるのを感じた。ユスフは旅の途中のひっそりした時間に湧き起こる不安を恥じた。周囲で眠っている男たちの顔を見つめて、見知った世界の果てまであと一歩のところに来ている現実を思い出さないようにした。

チャトゥの手下が四方から襲いかかってきたとき、ユスフは再び眠りについていた。相手は真っ先に護衛を殺して武器を手に入れ、寝ている男たちを次々に殴って起こした。抵抗もできず、呆気にとられるばかりだった。野次を飛ばして小躍りする連中に、広い空き地の中央へと追いたてられた。松明が灯されて、ひしめき合う捕虜の頭上に掲げられ、全員、地面にしゃがんで両手を頭に置けと命じられる。肩に担いで運んできた大量の商品は、高笑いする男女とともに闇のなかへと消えていった。夜が明けるまで、罠にかけた連中は嬉々として周囲をぐるぐるまわり、おどけた態度で嘲笑い、気紛れに殴りつけた。

一行は互いに叫んで励まし合った。モハメド・アブダラは呻いたり嘆いたりする声をかき消すほどがなりたて、しっかりしろと呼びかける。泣いている者もいる。四人が殺され、数人が負傷した。明かりのもとで、ユスフはムニャパラも殴られたのだと気づく。顔の片側と服に湿った血がべっとりついている。

「死者に覆いをかけろ。きちんとしてやるんだ。神のご慈悲があらんことを」モハメド・アブダラは言った。ユスフを見て微笑む。「なにはともあれ、青年はまだ俺たちといる。こいつを失ったら悪運を招くだけだからな」

「むしろ悪運が強いんじゃないか」とだれかが吠える。「こいつのせいでどんな目に遭ってるんだ。どうなったか考えてみろよ。なにもかも失ったんだぞ」

「皆殺しにされる」もうひとりの男が喚く。

「神を信じよう」とアズィズおじさん。ユスフがしゃがんだまま近寄ると、おじさんは笑って肩をぽんとたたいた。「心配するな」

明るくなると、町の住民が捕虜を見に来て、笑って石を投げた。午前中ずっと、己の用事はそっちのけで、寄り固まった男たちがおかしなことや思いがけないことをしかねないとでもいうように監視していた。囚われた男たちはその場で用を足さざるをえず、子どもと犬が大はしゃぎした。昼近くになり、チャトゥに会いに来い、とムフィポが商人を呼び出した。長老はせせら笑って大声で言う。「この男も一緒に、とのことです」ニュンドはムニャパラを指差して伝えた。「それから昨晩の二人も」

チャトゥはやはり長老に囲まれてテラスに座っている。中庭は笑みを浮かべて歓喜に沸く人でごった返している。チャトゥは腰をあげるが捕虜には近づかない。しかつめらしい顔をしている。ニュンドは手招きされて、渋々ながら歩み寄った。「一語一句理解できるようにゆっくり話そうと言ってる」とニュンドは仲間に説明する。「力を尽くしますが、もし意味を取り違えたりしたら許してください」

「神を信じよう」おじさんは穏やかに言った。

チャトゥは嫌悪を込めて商人に目をやり、話し出す。「こういうことを言っています」ニュンドはチャトゥに合わせて、二言三言、言い終わるたびに間を置く。「この町に来てくれと頼んだ覚えはないし、歓迎するわけがない。そもそもお前らは気前よく振る舞うつもりはないのだ。われわれのなかに入り込んで、不幸と災いをもたらすだけ。もちろん悪事を働きに来たに決まっている。これまでも似たようなやつらに苦しめられたが、もう二度と同じ目に遭うつもりはない。知らない連中が訪ねてきたと思ったら、隣人を捕まえてさらっていった。この土地にはじめてよそ者が来てからというもの、災難ばかり起きている。そこへまたお前らが現れて、災いを増やす。作物は育たないし、子どもは生まれつき足が悪く、病んでいる。家畜は聞いたこともない病にかかって死ぬ。よそ者が姿を見せて以来、忌まわしい出来事が続いているのだ。お前らはわれわれの生活に害悪をもたらした。とそんなふうに話しています」

「わたしたちは商売をしに来ただけだ」と商人は告げるが、チャトゥは通訳を待たなかった。

「こちらの言い分を聞く気はないようですよ、金持ちの旦那《ブワナ・タジリ》」とニュンドは慌てて説明し、懸命にチャトゥの話についていこうとする。「お前らに奴隷にされて、町が奪い尽くされてしまうのをおとなしく待っているつもりはない。ここに最初に来た連中は、腹をすかせて裸だった。それで食べ物を与えてやった。具合が悪い者がいれば治るまで世話をした。にもかかわらず嘘をついて騙したのだ、とそう言っています。ちゃんと聞け！　嘘をついているのはどいつだ？　われわれが獣かなにかだと、だからこんな仕打ちを受けてもいいと思っているのか？　お前らが運んできた品物はぜんぶわれわれのものだ。なぜなら、この土地のものはわれわれのものだからだ。根拠があって取りあげるのだ、とのことです」

「では盗むつもりなのだな」とアズィズおじさんは切り返す。「向こうが口を開く前に伝えてくれ。ここに持ってきたものは当然、わたしたちのもの。わたしたちはただ取引がしたいだけだ。あの品物と交換に象牙や金、そのほか価値のあるものを――」

チャトゥは途中で遮り、通訳してくれと求めた。ニュンドが伝えると、人だかりから大きな嘲笑が巻き起こった。ついでチャトゥは怒りと侮蔑に顔を歪めて再び話す。「いまやお前たちには命しかない、とのことです」とニュンドが言った。

「それはそれはありがたい」おじさんは微笑んで答える。ニュンドはこれを伝えなかった。チャトゥは商人の金入れのベルトを指差して、手下のひとりに引きちぎれと命じる。

チャトゥが商人を睨みつけると、集まった群衆はため息を漏らす。ほどなく、憤りと憎しみで口をいっぱいにし、ゆっくりと凄みをきかせて話しはじめる。「われわれはもう散々不幸な目に遭った。この土地で血を流したくない。仮に流血を望んでいたら、お前らがだれにも迷惑をかけないように始末をつけていたはずだ。ただし、ここを出ていかせてやる前に、使用人に礼儀を教えてやろう。そう話していました」

チャトゥの合図を受けて、一緒に旅をした案内役が群集のなかから現れ、モハメド・アブダラの胸に触れた。ムニャパラは思わず苦々しげに顔をしかめる。チャトゥがやれと身振りで示すと、二人がモハメド・アブダラを押さえつけ、ほかの男たちが棒を手に殴りかかる。ぶたれるたびに体がびくっと動き、鼻から血が噴き出す。ムニャパラがどんな音をたてても、野次馬の喝采にかき消され、無言で演技をしているみたいに激しく体が震える。地面に倒れて動かなくなってもなお殴られ続け、ようやくおさまると、全身に痙攣が走った。

ユスフは見逃さなかった。アズィズおじさんの頬を涙が伝っている。

チャトゥは再度口を開く。人びとはがっかりして不満を垂れ、数人の長老も異議を唱えて首を振る。チャトゥは言葉を継いで、反論のつぶやきを打ち消す。話しながら、ニュンドから目を離さずに商人を指差した。「邪悪な隊商を連れて、すぐに出ていけ、と言っています」とニュンドは伝える。「みな反対しているが、これ以上、土地に災いが降りかかるのはごめんだ。この子のような若者を見ると、お前らが必ずしも卑劣な人さらいや人狩りではないと思いたくなる――それに情けも感じる。さあ、わたしの気が変わって親切心を引っ込める前に、ここを出ていくんだ、とのことです。やっとこいつがツキをもたらしてくれましたね」

「情けは神のものだ」とアズィズおじさんは口を挟む。「そう言ってくれ。慎重に伝えてほしい。情けは神のものだ。人間が与えたり、取りさげたりするものではないと。慎重に言ってくれ」

チャトゥが驚いて商人を見据え、ニュンドのか細い声を聞いた長老や見物人は大笑いして冷やかした。

「その口には勇敢な舌があるのだな。意に反して舌が動いている場合を考えてもう一度言おう。男たちを連れて出ていけ。旦那《ブワナ》、相手はそう言っています。また怒っているようですよ」

「品物を返してもらえないならここを離れない」とおじさんはきっぱり告げる。「命を奪いたいのなら、そうすればいい、と言ってくれ。命など取るに足らないものだ。しかしわたしたちに命がある限り、品物は返してもらおう。いずれにしても、商売ができないのなら、どこまで旅ができるというのか。品物を取り返すまで去らない、と伝えてほしい」

6

アズィズおじさんはスルタンの宮殿での出来事を一同に詳しく説明した。チャトゥに悪しざまに罵られたこと、モハメド・アブダラが殴られたこと、商品をひとつ残らず奪われたこと、そして、町から出ていけと言われ、拒否したこと。いますぐ去りたければそうしてもらっても構わない、と呼びかけた。ところが、男たちは雄叫びをあげて、商人への忠誠を誓い、神が定めた運命を受け入れると断言した。シンバ・ムウェネがユスフの若さのおかげで最悪の事態を免れたと語ると、歓声と下品な言葉が飛び交った。その後、チャトゥの手下に命じられて、みな静かに腰をおろし、自らのすきっ腹と病に苦しむ仲間のことを考えざるをえなくなる。日陰はなく、太陽が照りつけ、時間がたつにつれて不平不満も大きくなる。着ていた服を棒と紐で持ちあげて、怪我人のために即席の日除けをこしらえた。

ムニャパラは意識を取り戻した。とはいえ衰弱しており、熱が出てがたがた震えている。地面に横たわって唸り、だれもわざわざ理解しようとしない言葉をぶつぶつ発している。数分おきに目をかすかに開き、どこにいるのかわからないといったようすであたりを見まわす。男たちはなにが最善なのか話し合い、商人の判断を待つ。まだ命の危険がないうちに去るべきじゃないのか。チャトゥが次にどう出るか予想もつかない。これからどうすべきなのか。町に居続けたら飢え死にしてしまうし、商品を持たずに出発しても飢え死にしてしまう。そうでなくても、道中で必ず捕まってしまう。

「なんと人間の体は愚かなことか」とアズィズおじさんはユスフに語った。口もとにはいつもと変わらないよそよそしい笑みが戻りつつある。「勇敢なビン・アブダラをごらん。結局のところ、肉体は呆れるほど脆く、当てにならないものなのだ。弱い人間だったら、あれだけ殴られると回復できないが、ビン・アブダラはだいじょうぶだろう。しかし問題はそれよりも深刻だ。つまり人間の性質もまた卑しく、信用ならないということだ。わたしがよくわかっていなければ、あの怒り狂ったスルタンの言い分を鵜呑みにしていただろうな。スルタンはわれわれのなかに、なんとしても破壊したいものを見つけ、自分の言いなりにさせようとしていろいろと話を聞かせる。肉体を放り出しても、健やかで満ち足りた状態を自然に保てるのであれば、と思うよ。ユスフ、あいつらが文句を言っているのが聞こえるだろう。どうすればいいと思うか？　ひょっとすると夜に見た夢を解釈して、救いの道を見出せるかもしれないな。もうひとりのユスフのように（コーラン第十二章「ユースフ」。預言者ユースフには夢解釈の才能があることが語られている）」そう言ってアズィズおじさんは頬を緩めた。

明るい望みがないとは口にできず、ユスフはかぶりを振る。

「それならば、ここに残って飢え死にするのが一番ましだ。スルタンは自らの残酷さを目の当たりにして、恥じ入るだろうか」そう問われて、ユスフは気持ちを汲んで顔を曇らせた。

「シンバ」とアズィズおじさんは声をかけて、シンバ・ムウェネを招き寄せる。「お前の意見はどうだ。このまま商品を諦めて去るべきか、それとも取り返すまでとどまるべきか」

「ここを出て、また戻ってきて、戦争をしてはどうです」シンバ・ムウェネは間髪を容れずに反応する。

「武器もなければ、武器を買う資金もないというのに？　そんな戦争はどう終わる？」とおじさんは訊いた。

午後になり、チャトゥが熟れたバナナと茹でたヤム芋、干し肉を寄越した。町の住民が水を運んできた。やっと喉の渇きを癒し、体も洗える。その後、チャトゥの使いがアズィズおじさんを呼びに来て、ニュンド、シンバ・ムウェネ、ユスフが同行した。今回、中庭に野次馬はいなかったが、長老たちは相変わらずテラスに座っていて、格式張ったところもなく、のんびりとくつろいでいた。店に来ていたお年寄りみたいに、いつもここにいるのだろうな、とユスフは思った。チャトゥはというと、ひとしきり考え込んだのちにようやく言葉が浮かんだという感じで、静かに話しはじめた。「二年前、お前らみたいな集団がここに立ち寄った」とニュンドは通訳する。スルタンがやんわりと語る言葉を聞き逃すまいと、身を乗り出す。「なかには、お前に似た青白い肌の者もいれば、浅黒い肌の者もいた。同じように、商売をしに来たと言った。こちらは金と象牙、上等な革をわたした。ところが、連中を引き連れた商人が言うには、手もとに品物がじゅうぶんになくて支払えない、いったん帰ってから残りを持ってくる、とのことだった。それ以来訪ねてこない。この商人はお前らの仲間だ。だからお前らの品物が仲間の借りを返すことになる。こんなふうに話していました」

アズィズおじさんは口を開こうとしたが、チャトゥが再び話し出したので、ニュンドはやむをえず注意を傾ける。「そっちがこのことをどう考えるかなど、知りたくもない。すでにずいぶん時間を無駄にしてしまったからな。わたしをコイコイ人とでも思っているのか？　コイコイ人なら、月明かりのもとで踊っているあいだに、よそ者に盗ませておくだろうな。なんにしても、悪いことが起きないうちに、さっさと出ていってほしいだけだ。だれもがわたしの案に賛成しているわけではないが、とっととこの件にけりをつけたい。じっくり考えて決めたことだ。少しばかり品物をやろう。そしたら取引をして、わたしの領地から出ていけるはずだ。さて、言いたいことがあれば聞かせてほしい、とのことです」

アズィズおじさんはしばし沈黙したあとに話した。「こう伝えてくれ。賢明な支配者の決断だとお見受けするが、公正な判断とは言えない」

この言葉が訳されて伝えられると、チャトゥはにやりとした。「なんのために遠路はるばる郷里からここを訪ねてきたのかね。まさか正義を求めてやってきたのか、と訊いています。それなら、すでに見つけたな。お前の仲間に奪われたもののかわりに、わたしがお前の商品をいただく。それが町の住民にとって正義になる。そっちは盗みを働いた仲間を探し出して、正義を取り戻せばいい。こういうことを言っていたと思います」

翌日、話し合いが再開された。商人が持っていける品物の量、没収されたものの価値、チャトゥへの借りについて交渉がおこなわれる。長老たちがまわりに座ってあれこれ知恵を出すが、チャトゥは愛想良く笑って取り合わない。青年たちは、護衛から奪った銃三挺がいますぐほしい、そうすれば狩りに行けると訴えるが、チャトゥはこの要求も聞き流した。女性は近づいてこない。けれどもユスフには、用事を済ませて庭をぶらぶら歩いている姿が見えていた。ニュンドは必死になって全員の話を代弁しているというのに、どちらの側にも不審の目を向けられる。アズィズおじさんは提案した。病人と怪我人が回復して旅ができるようになるまで、町で足止めを食うことになるが、そのかん自由に動きまわるのを許してもらえないだろうか。それから、食べ物のお礼に町の人びとの仕事を手伝わせてもらえないだろうか。チャトゥはユスフが人質として残るという条件つきで同意する。その夜、ユスフがチャトゥの中庭の家のテラスで眠っているときに、仲間の二人が助けを求めてこっそり逃げ出した。

ユスフはチャトゥの屋敷で丁重にもてなされた。スルタンからは直接話しかけられたものの、言っていることがごくわずかしか理解できなかった。いや、むしろ、馴染みのある言葉が多いと感じられたので、少しは理解できたと思ったのだ。チャトゥの表情と聞き取れた単語から、質問の内容を予測し、それに沿って答えていく。どのくらいの距離を旅してきたのか。故郷にはどのくらいの人が暮らしているのか。どうしてこんなに遠くまで来たのか。こういうことをユスフは神妙な顔つきで話したが、スルタンも長老たちもさっぱり理解していないようだった。翌日、アズィズおじさんが再度の交渉にやってきて、もの問いたげにユスフを見て微笑んだ。

「ぼくはだいじょうぶ」とユスフは言った。

「お前はほんとうによくやってくれている」アズィズおじさんは微笑みをたたえて言った。「さあ一緒に座って、スルタンの言うことを聞こうじゃないか。どんなふうにお前の話をするかな」

ユスフには壁に囲われた中庭を離れる自由がなかった。呼ばれない限りは、チャトゥと長老が一日の大半を過ごすテラスに近づくことも認められていない。長老たちにはやりたい仕事がないのだろうか。畑仕事をすることも、惚れ惚れと満足そうに農地を眺めることもないのだろうか。町に隊商がいるせいで、なにもかも放り出さないといけないのかもしれないな。ユスフも日がな一日、日陰に腰をおろし、働く女たちを眺めて時が過ぎるのを待っていた。よそから来た人には、ここではだれもが、くる日もくる日も日陰に座って前方をぼんやり見ているだけだと思えるかもしれない。

女たちはユスフをからかった。こぼれんばかりの笑みを浮かべて、大声で話しかけてくるが、言葉も笑顔もそう温かいものには思えない。少女たちがちょっとした贈り物と誘い文句を持って遣わされてきた。とりあえず、口説かれているのだと受け止め、暇つぶしに翻訳してみる。今日の午後、夫が昼寝をしているうちに来てくれない？　手浴をしてあげましょうか？　掻いてほしいところはない？　たまに笑って野次を浴びせてくることもあるし、老女のひとりは通り過ぎるたびにキスを投げて尻を振ってみせる。食事を運んできた少女はユスフが食べているあいだ、やや離れたところに座り、臆することなくまじまじと見つめてくる。ときどき眉根を寄せて真剣に話しかける。ユスフはほぼあらわになった胸から目を背けた。少女は褒めてもらおうと、ビーズの首飾りを少し持ちあげてユスフの目を引きつける。

「ビーズだね。知ってるよ。どうしてビーズがそんなにいいのかわからないけど。ぼくたちが通ってきた場所では、羊一頭とひと握りのビーズを交換する人たちもいた。単なるがらくたなのに。ビーズでなにができる？」

「名前は？」と別の機会に訊いてみたが伝わらなかった。細く尖った顔ににこやかな目をしたこの子をかわいいなと思った。少女はたいてい黙ってそばに腰をおろしている。もっと男らしくしなければという気になるが、失礼な態度は取りたくない。なにかが必要だという素振りをすると、決まって同じ少女が呼ばれた。アズィズおじさんが交渉に来ると、チャトゥでさえもからかった。「この青年がすでに町の娘と結婚したと聞いている。これも借りに加えないといけないな、と言っています」ニュンドは訳しながらユスフににやりと笑いかけた。「なんともやることが早いな、薄汚い小僧め。青年をここに残して、バティに息子を産ませたらどうだ、と言ってるぞ。健康な若者が商売となんの関係があるのかね。ここに残していけばいい。バティが人生について教えてくれる、だと」

あの子はバティというんだな。少女が近づいてくると、周囲の人がこちらをじろじろ眺め、顔を見合わせて笑っているのにユスフは気づいた。チャトゥの中庭での四日目の夜、バティは暗くなってから会いに来た。敷物のそばに座り、小さく鼻歌をうたって、ユスフの顔や髪をなでる。ユスフは無言で少女の体をそっとなでる。こうして二人で触れ合っていると、えも言われぬ心地良さと幸福を感じて胸がいっぱいになった。バティは長居をせず、なにかを思い出したように突然去っていった。翌日は朝から晩まで、少女のことを考えていた。ちらりと見かけるたびに笑みを隠せなかった。女たちは二人を目にすると、手をたたいて囃したて、心温まる一幕に笑い声をあげた。

その日、アズィズおじさんは再びチャトゥのもとを訪れて、忘れずにユスフと話をした。「しっかり準備しておきなさい。まもなく夜に出発する。なんとか商品を取り返して、ここを抜け出す。危険が迫っているんだ」

夜にまたバティがやってきて、この前と同じようにそばに腰をおろした。二人は互いの体に触れ合い、やがて地面に横たわる。ユスフは喜びのため息をついたが、相手はすぐに起きあがって立ち去ろうとする。

「行かないで」とユスフは引き止める。

少女はなにかささやき、ユスフの口に手のひらをあてる。気持ちが昂って、声をたててしまったのだ。暗がりでも微笑んでいるのがわかる。近くの家でだれかがこほんと咳をして、バティは闇のなかに駆けていった。ユスフはしばらく眠れずにいた。つかのまの幸せな時間を思い返し、朝になって彼女に会えるのを心待ちにした。自分の体がこんなにも彼女を求めているなんて、彼女が急に去ってしまったことがこんなにもつらいなんて、思ってもみなかった。チャトゥとアズィズおじさんの姿が頭を過り、このことを知ったら怒るだろうなと心のなかでつぶやく。そう考えると不安でたまらなくなったが、バティに呼び覚まされた溢れんばかりの情熱が解消されると、いくぶん気持ちも和らいだ。それから眠りにつこうとして、自分自身から目を背けた。

朝が来て、バティが女性たちと一緒に中庭を離れ、畑に出かけるのを見かけた。少女は肩越しに振り返る。二人の関係をほのめかす仕草に女たちはにっこりする。きっと恋よ、とはしゃいだ。婚礼はいつになるのかしら。少なくとも、ユスフはそう言っていると受け取った。

7

その日の午前中、隊列が町に入ってきた。ヨーロッパ人が指揮を執り、配下の者たちをチャトゥの屋敷前の空き地にまっすぐ向かわせる。大きなテントが素早く設置され、旗竿が立てられた。ヨーロッパ人は背の高い頭の禿げかかった男で、立派な顎ひげを貯え、シャツとズボンを身に着け、つばの広い帽子で体を扇いでいる。部下が置いた机につき、さっそく帳面にペンを走らせる。部隊は何十人ものアスカリ（東アフリカの植民地軍現地人兵士）と荷担ぎから成り、全員揃いの半ズボンとぶかぶかのシャツを着ている。町の住民はテントのまわりに集まってきたが、重装備のアスカリに遠ざけられた。アズィズおじさんは部隊が到着したとの知らせを聞くと、慌ててヨーロッパ人に会いに行った。最初は護衛に止められたものの、必ず会って話をさせてくれと念を押した。ヨーロッパ人は書きものを終えると、ゆったりした白いカンズをまとった男のほうを見て、近くに招き寄せる。アスカリの隊長はスワヒリ語を流暢に話し、前に進み出て通訳を引き受ける。アズィズおじさんは急いで経緯を説明し、盗まれた品物を返してもらいたいと訴えた。最後まで話を聞くと、ヨーロッパ人はあくびをして、少し休みたいと言った。目を覚ましたらチャトゥに会おう。

アズィズおじさんとチャトゥはヨーロッパ人が起きるまで空き地で待っていた。ついにお偉いさんが来たぞ。隊商の男たちがチャトゥを挑発する。糞を食らわされるだろうな、盗っ人め。チャトゥはニュンドにヨーロッパ人を見たことがあるかとたずねる。鉄を食うと聞いた。ほんとうなのか？　それはさておき、出頭しろと言われて、これ以上災難が降りかかるのはごめんだと思い、姿を見せることにした。「やつらがどういう人間か知っているか、と訊いています」ニュンドはおじさんに伝える。

「いまにわかると言ってくれ」とおじさんは答える。「とにかく、今日じゅうに、品物を返すことになるだろうな」

ユスフが仲間と並んで立っていると、スルタンの屋敷で楽しんでいるらしいな、と弾んだ調子でからかわれた。ついにヨーロッパ人がテントから出てきた。真っ赤な顔には寝起きの跡がついている。周囲の大勢の人だかりを気にも留めず、たったひとりでいるかのように隅々まで体を洗っている。ついで机につき、使用人が運んできた食べ物を口にする。食べ終わると、商人とチャトゥを呼び寄せる。

「お前がチャトゥか？」

アスカリの隊長がヨーロッパ人の言葉をチャトゥに通訳し、ニュンドがそれをさらに訳して商人に伝える。スルタンは通訳にうなずくと、さっと向きを変えてもう一度ヨーロッパ人を眺める。チャトゥはのちに語るだろう。耳から毛を生やし、赤くぎらついたこの男ほど奇妙な容姿の人間を見たことがない、と。

「チャトゥよ。いつからそんなに偉くなった？　自分がひとかどの人物とでも思っているのか？」ヨーロッパ人がまた口を開くと、アスカリの通訳はあとに続いた。「どうして他人のものを奪うのだ。政府の法が怖くないのか」

「どの政府のことだ？　なんの話だ？」チャトゥは通訳に怒鳴りつける。

「どの政府だと？　どの政府か知りたいってか？　それに言っておくが、俺に向かって大声をあげないほうが身のためだ。お前みたいな口の減らないやつらがどうなったか知らないのか？　政府に黙らせられて、鎖で縛りつけられたんだぞ」アスカリがきっぱりと言い放つ。ニュンドがこれを一同に聞こえるように通訳すると、隊商の男たちは歓声をあげた。

「奴隷をさらいに来たのか？」とチャトゥはいきりたつ。「お前の主人は奴隷欲しさにここへ来たのか？」

ヨーロッパ人は苛立ちのあまり顔を真っ赤にして、我慢できずに言葉を発した。「無駄な話はやめろ」と通訳は警告する。「政府は奴隷の取引をしない。奴隷を買うのはこういうやつらだ。ご主人はそれを止めに来たのだ。面倒が起こる前に、こいつらの商品を持ってこい」

「品物を没収したのには相応の理由がある。この連中の仲間に象牙と金を盗まれたのだ」チャトゥは再び不満そうに声を荒らげて、恨み言を述べる。

「すでに一部始終をお聞きになっている」通訳は自力で対処する。「それで、これ以上、耳を貸さないおつもりだ。この連中の品物をぜんぶ運んでこい。いいか、ご主人はそうはっきり言っている――従わないと、じきに政府の力を思い知ることになる」

チャトゥはどうすべきか決めかねて野営地を見まわした。ヨーロッパ人は出し抜けに立ちあがって伸びをした。「鉄を食えるのか？」とチャトゥはたずねる。

「やろうと思えばなんだってできる」と通訳は答える。「いますぐこの方の言うとおりにしないと、糞を食らうことになるぞ」

隊商の男たちは一斉に快哉を叫び、チャトゥを馬鹿にして口汚く罵り、神がこいつと町に罰を与えますようにと祈った。残っていた商品はすべて運び出された。ヨーロッパ人は命じた。商人と手下の者たちは即刻出ていき、銃を三挺置いて、どこであろうともといた場所に戻れ。政府が秩序をもたらしたので、銃はもう必要ない。銃があれば戦争と人狩りが起こるだけだ。さっさと行け、ご主人は首長に用がある、と通訳は告げる。アズィズおじさんはそこらじゅうの家に入って、なくなった品物を探したかったのだが、反論しなかった。男たちはやっと自由になり、喜び勇んで意気揚々と、あたふた荷造りに取りかかる。ユスフは仲間とともに出発の準備を急ぎながらも、せめて最後にひと目バティを見たいと願い、周囲の人だかりを眺めた。夜になる前に一行は山道に出た。つらく苦しい旅路を引き返して、湖畔のマリンボの町に向かう。シンバ・ムウェネの記憶を頼りに、大慌てに慌てて険しい道を駆けおりていく。だれにとっても往路の森は強烈な悪夢と化していたが、ただひとりシンバ・ムウェネだけはちがっていた。

男たちはニシキヘビのチャトゥという歌を作り、耳から毛の生えたヨーロッパの魔人に呑み込まれたと口ずさむ。しかし森は歌声をかき消し、なんの反響も返ってこない。アズィズおじさんはチャトゥとの問題を自分たちで解決できなかったことを嘆く。「ヨーロッパ人がやってきた以上、あそこの土地は根こそぎ奪われてしまうな」

一行はマリンボの町に数週間とどまった。休息をとり、どんな商売でもやって、チャトゥの町から脱走した二人がひょっこり現れないかと望みをかけた。さしてすることがなく、手持ち無沙汰だった。最初のうちは逃げ延びたことを喜び、踊って祝って、食べたいだけ食べて散財し、機嫌良く遊んで暮らした。夜になるとトランプや世間話に興じ、ぶんぶん飛びまわって人間を責め苛む蚊の大群をぴしゃりとたたきつぶす。町の女の尻を追いかけまわすやつもいた。住民からビールを買って、こっそり飲んだあげくに酔っ払い、夜の通りで泣いて喚いて、惨めな状態に突き落とされた運命を呪った。あれほどひどく殴られたムニャパラも、ふくらはぎの傷を除いて回復した。痛みと屈辱ですっかり弱って黙りこくり、男たちを統率しようともせずに、ただ手をこまねいている。シンバ・ムウェネはだれからも距離を置き、日雇いで漁船に乗って働いた。しばらくすると小競り合いが起こった。脅し文句が飛び交い、ナイフがきらりと光る。マリンボは商人に男たちの行き過ぎた振る舞いのことで苦情を言ったが、引き続き目をつぶるかわりに、また贈り物を受け取った。アズィズおじさんが疲労に襲われていることにユスフも気づいた。肩を落としてうなだれ、ひと言も口をきかずに何時間も座っている。ふと夕闇に包まれるおじさんを眺めていたら、殻を失ってむき出しの姿で途方に暮れ、一歩踏み出すのを恐れている小さな軟体動物のように見えてきた。ユスフに語りかける声は相変わらず穏やかで愉快そうなのに、言葉には鋭い切れ味も機転の良さもない。こんな辺境の地に打ち捨てられてしまうのだろうか、とユスフは不安を募らせた。夕方、沈む太陽に照らされると、体が燃えているような感覚に陥ることもあった。

「そろそろ出発しないの?」ある日、ユスフはムニャパラに訊いた。二人は敷物に並んで座っていたが、ユスフはムニャパラのぬらぬらした足の傷を見ないようにしていた。空を振り仰ぐと、夥しい数の星が輝いていてめまいを覚える。まばゆい岩壁がいまにもすごい勢いで落下してきそうだ。

「サイイドに訊いてみろ」とモハメド・アブダラは答える。「サイイドはもはや俺の話を聞こうとしない。こんな地獄でひとり残らず腐ってしまう前に出ていきましょうと提案したが、とてつもない重荷になるのもたしかだ。俺の意見は聞かないだろうな」

「なんて言えばいい？　怖くて訊けないよ」とユスフは言ったものの、結局おじさんと話をすることになるのはわかっていた。

「サイドはお前をかわいがっている。話してみて、なんと答えるか耳を傾けろ。でもぜったいに言うんだぞ、出発しないといけないって。お前はもう子どもじゃないんだ」モハメド・アブダラは荒っぽく言う。「なんで自分が気に入られているか、わかるか？　おとなしくて毅然としていて、夜にだれも見ない夢を見て泣きべそをかくからだ。たぶん神に祝福されていると思っているんだろうな」ユスフはムニャパラの言った洒落に微笑む。神に祝福されたとは、狂人を指す遠まわしな表現なのだ。モハメド・アブダラは冗談が通じてうれしくなり、にやりと笑い返す。一瞬ののち、ユスフの太ももに手を伸ばし、優しくつかむ。

「今回の旅でずいぶん成長したな」と言って横を向く。ユスフはモハメド・アブダラの股間が服の下で硬くなっていることに気づいて、ただちに去ろうとして腰をあげた。ムニャパラがくすくす笑い、えへんと咳払いをするのが聞こえた。ユスフは湖岸に赴き、漁師たちが最後に獲れた魚を運んでいるのを眺めた。

風が暖かくなり、まだ一日の負担が重くのしかかっていない午前の半ばまで待った。「ねえ、アズィズおじさん、そろそろ出発してもいいんじゃないかな」ユスフは少し離れて座り、敬意を示すために前屈みの姿勢を取る。そもそもお前のおじさんじゃない！　借金の形にされて以来、はじめて「おじさん」と呼びかけた。でもいまのこの状況は通常とはちがう。

「そうだな、何日も前に発つべきだった」とアズィズおじさんは言って笑った。「心配していたのか？　わたしのことをじっと見ていただろ。ちょっと気分が沈んで動けないでいた。怠け癖がついたのか、あるいは疲労がたまっているのか――。あの馬鹿な連中が悪さをしているのは聞いている。このあたりで連れ出したほうがいいな。すぐにムニャパラとシンバを呼ぼう。だがまずはここに一緒に座って、お前の考えを教えてくれ」

二人は数分、黙ったままでいた。ユスフは人生が手のひらで転がっていくように思えたが、逆らわずに転がるがままにしておいた。ほどなくして立ちあがり、その場を離れる。それから長いあいだ、ひとりで静かに座って物思いに耽っていると、両親の記憶が薄れていることに罪悪感を覚え、呆然とした。両親はまだぼくのことを考えているだろうか、まだ生きているだろうか。ふとそんな疑問を抱いたが、ほんとうは知らないほうがいいとわかっていた。こういう状態では、ほかの記憶にも抗えなくなり、見捨てられたときの光景が次々と脳裏に蘇る。ひとつひとつの場面を思い起こすと、無気力な生き方を責められている気になる。くる日もくる日もその日の出来事に流されていき、瓦礫から頭を出して近くばかりを見つめ、先に待ち受けているものを無駄に知ろうとするよりも無知でいることを選んだ。どうすればこんな人生に縛られている状態から自由になれるのか、なにも考えつかない。

そもそもお前のおじさんじゃない。憂鬱な気持ちと突然の自己憐憫に襲われながらも、ハリルのことを思い出して微笑んだ。理性を保っていれば、あんなふうになれるのだろう。そう、ハリルのように。落ち着きがなく喧嘩腰で、四方を囲まれて隷従する。どことも知れぬ土地に囚われて。ハリルが客とひっきりなしにふざけ合い、信じられないほど陽気だった姿を想像する。あの態度は心の奥底にある傷を覆い隠すためのものなのだ。カラシンガも同じ。故郷から遠く遠く離れて生きる。だれもかれも、悪臭漂う場所にはまり込み、郷愁にとりつかれ、失われないままの過去の幻影を浮かべて慰められる。

8

この旅でもとを取ろうとするなら、ましてや利益を得ようとするなら、別の経路をたどって人口の多い地域を行くよりほかない。アズィズおじさんはそう断言する。病人が多いのでゆっくりとしか進めないだろうが、どのみち速さなど些細な問題でしかない。出発時の人数のほぼ四分の一を失い、貢ぎ物をしたり、チャトゥに強奪されたりして、商品は半分近くに減っていた。

隊商は南へ向かい、湖の南端をぐるりとまわった。ムニャパラが再び指揮を執るも、かつての力強さはなくなっていた。アズィズおじさんもムニャパラも、いままで以上にシンバ・ムウェネを頼りにする。一行が通っている地域では交易が盛んにおこなわれているが、自分たちの運ぶ品物はここではたいして価値がないし、この土地で得られるものには象牙ほどの値打ちはない。サイの角を買えたこともあったが、往々にして皮革とゴムで満足しなければならなかった。数日後には、集落や町をわざわざ探し出し、隅々を巡って取引をするという流れができつつあった。ユスフが往路で目をみはり、不安を覚えた景色はいまや埃と疲労で霞み、悪夢と化している。男たちは虫に刺され、棘や藪で切ったり擦りむいたりした。ある晩、ヒヒの群れに襲われて、持っていけるものはひとつ残らず持っていかれた。その後は、足を止めるたびに防御柵を築いた。というのも、銃がないので、夜に周囲をうろつく動物にもっとひどい攻撃を受けかねないからだ。行く先々で、ドイツ人が貢ぎ物の要求を禁じて、皆目理解できない理由で何人かを吊るし首にすらしたという噂を聞いた。シンバ・ムウェネは周到に、伝え聞いたドイツ人の駐屯地をことごとく避けて進んだ。

帰路の旅には五か月かかった。長い時間をかけて移動し、食料を得るために農場で働かなくてはならないこともあった。大河の北に位置するムカリカリの町では、スルタンの家畜用の柵を作り終えるまで、八日間も滞在するはめになった。旅に必要な食料を売ってやってもいいが、先に柵を建ててくれとしつこく要求されたのだ。

「隊商の交易はおしまいだな」とムカリカリのスルタンが語る。「あのドイツ人《ムダチ》ときたら！　なんと情け知らずなことか。あんた方みたいな商人はもうここに来てはいけないと言うんだ。わたしらを奴隷にするからという理由で。だれもわたしらを奴隷になんかしない、だれもだ！　と言い返してやった。たしかに以前は沿岸の連中に奴隷を売っていた。あいつらのことはよく知っている。怖がることはない」

「ヨーロッパ人とインド人には、いずれなにもかも奪われるでしょうね」とアズィズおじさんが言うと、スルタンはにやりと笑った。

キゴンゴでは、鍬を売るために長老たちの畑で働くことが求められた。滞在中にアズィズおじさんが病に倒れた。担いで運ばれるのを頑として受け入れず、キゴンゴで三日間過ごしてから出発すると言い張った。日々、わずかな見返りしかないのに、あまりに多くのものをぶんどられる。これ以上泥棒に囲まれたままでいるのはごめんだとおじさんはぼやいた。主人が病気で弱っていたので、一行は頻繁に休憩をとった。おじさんがへとへとでどうしようもないときは、ユスフがそばに付き添って手助けした。ムプウェリにたどり着き、とうとう沿岸に近づいていると実感できた。ここで何日か休む。アズィズおじさんは町で商店をやっている旧友の歓迎を受けた。友人は目に涙を浮かべて、試練と不運続きの旅の話に耳を傾けた。

インド人に返済できるくらいは稼げたかと訊かれて、アズィズおじさんはただ肩をすくめた。

ムプウェリを出ると沿岸を目指して急ぎ、六日かかって出発地の町の外れに到着した。男たちの昂る気持ちは疲労と挫折感で半減した。着ている服はぼろぼろ、飢えのせいでやつれて悲愴な顔つきをしている。池のそばに野営を張り、できるだけ念入りに体を洗った。それからアズィズおじさんが礼拝を導いて、もし過ちを犯してしまったのならどうかお許しくださいと神に祈った。翌朝、一行は町に入っていった。角笛吹きのひとりが、なにはともあれ演奏すると言ってきかず、先頭に立った。みなが明るく振る舞おうとするなかで、甲高い笛の音が耳障りで物憂げに響いた。

欲望の森

1

しばらくたつと、ユスフは到着したときのことをちっとも思い出せなくなった。戻ってから数日は邸宅や空き地のまわりが大勢の人でごった返し、騒々しい音がしていた。荷担ぎや護衛も残って、労賃の支払いを待つあいだに、どうやって勇敢に生き延びたか語って聞かせ、どれほどひどい目に遭ったか愚痴をこぼした。アズィズおじさんの家のそばの広い空き地にはテントが張られ、焚火がたかれ、ひとつの集落の様相を呈していた。昼も夜も、好奇心旺盛な野次馬が詰めかけ、食べ物やコーヒーを売る物売りが押し寄せる。道の脇にはぐらぐらしていまにも倒れそうな屋台が立ち並び、肉を焼き、魚を揚げるいい匂いに誘われて、多くの人たちが集まってくる。屑拾いに来たカラスの大群が当初の目的を放り出して、近くの木々に身を潜め、鋭く光る目をせわしなく動かし、ぞんざいに放置された食べ残しに狙いをつける。野営地の端ではあちこちにゴミの山ができて、日々が過ぎるうちに、どろどろの液体がうっすらと流れ出ていた。

店先のテラスでは、アズィズおじさんがひっきりなしに訪ねてくる客を迎えていた。ずっとテラスを占拠している三人の老人は快く場所を空けたが、無言のうちに立ち退くことを拒んでいた。老人たちもそばにいて、感動の帰還を果たした商人の物語を分かち合いたかったのだ。訪問客は細やかな気遣いに溢れ、旅の土産話を聞きながら、やにわに感嘆の叫びをあげたり、同情の言葉を漏らしたりして、アズィズおじさんとともに何時間もぶらぶらと過ごした。コーヒーを飲んで談笑していると、興奮した人びとが大挙してやってきて、まわりを取り囲んだ。来客のなかには、帳面を取り出して手早くなにか書き込む人、邸宅の脇に並ぶ倉庫までのんびり歩いていく人もいた。モハメド・アブダラは倉庫のひとつに落ち着き、まだ疲労と熱から回復途上にあり、チャトゥの町で殴打されて以来、奇妙な痛みに悩まされている。開け放したままの戸口には布が掛けられていて、少しでも風が吹くと弱々しく膨らむ。客は足を止めてモハメド・アブダラに挨拶し、見舞いの言葉をかけてから、ほかの倉庫をのぞきに行った。

「あいつら、サイイドの骨をしゃぶりに来たんだ」ハリルはユスフに言った。

ハリルの髪には白髪が交じり、やせた顔はユスフの記憶にあるよりも尖って見える。喜びに浮かれ、大はしゃぎで隊商の帰りを出迎えた。まわりを飛び跳ね、きつく抱き締め、背中をぽんぽんとたたく感激ぶりにユスフは面食らった。「ついに帰ってきた」とハリルは店の客に告げた。「弟が帰ってきた。ちょっと見てやってください、すごく大きくなったんで!」帰還直後の混乱がおさまってくると、ハリルは店にユスフを連れ戻し、気分転換にもとの仕事をちょっとやったらどうだとしきりに勧めた。アズィズおじさんは優しく微笑む。つまりおじさんも望んでいるのだ。声の届くところにいてほしいらしく、しょっちゅう呼び出された。ユスフが客に少し気配りをすると、おじさんはさりげなくうなずいてねぎらってくれた。ハリルは一方的にまくしたて、話を中断して客の相手をしていても、旅から戻った弟分を褒めてやってくだささいよと誘いかけた。「見てください、この筋肉。ひ弱なキファ・ウロンゴがこんなふうになるなんて、だれが予想できたでしょう。丘の向こうでなにを食べさせられていたのか知りませんけど、こんなにでかくなったんで、お宅のお嬢さんにぴったりですね」夜になって野営地にささやきが広がり、笑い声や歌声が響くと、二人はテラスの隅に寝具を敷いた。ハリルは毎晩せっついた。「ほらほら、土産話を聞かせてくれよ。最初から最後まで知りたいんだ」

ユスフは悪夢から覚めつつあるような気がした。ハリルにはこういうことを語った。旅の途中で、自分は殻を置いて外に這い出し、身動きが取れなくなった軟体動物なのだとたびたび感じた。卑しく奇怪な獣になって、訳もわからず瓦礫や茨を踏みつけ、通ってきた道に染みをつける。ぼくたちはみんなそうなんだと思った。なにもない場所をやみくもによろよろ歩いているんだって。あのとき感じたのは恐怖、不安とはまるでちがう。自分が実在しないで、夢のなかで生きていて、いまにも消え失せてしまいそうだという感覚に陥った。あんな恐怖を乗り越えてまで商売をしようとするなんて、なにをそこまで強く求めているのだろうって不思議だ。もちろん、ずっと怖かったわけじゃないよ、まったくそんなことはない。だけど、恐怖をとおしてすべてがはっきり形をとったんだ。それから、想像もしなかった景色をたくさん見たよ。

「山では光が緑色をしている。日の光があんな色になるなんて、考えたこともなかった。空気は洗い清めたみたいに澄んでいる。朝、雪を被った山頂に太陽が差すと、不滅の時間のように、永遠に変わらない瞬間のように感じる。午後遅くに水辺にいたら、空に向かって声が低く響きわたるんだ。ある日、夕暮れどきに山をのぼっていて、滝のそばで足を止めた。なにもかもが完璧というほど美しかったよ。あれほど美しいものは見たことがない。神の息吹が聞こえてきそうだ。でも、男がやってきて、ぼくたちを追い払おうとした。昼も夜も、どこもかしこも、音をたてて脈打ち、ざわめき、揺れている。午後、湖のほとりで、二羽の海ワシが悠々とゴムの木の枝にとまっているのが見えた。そしていきなり二羽とも勢いよく鳴いたんだ。頭を反らし、くちばしを開いて空を仰ぎ、翼を膨らませ、体をぴんと張り、二度三度、獰猛な叫びをあげた。一瞬遅れて湖の反対側からかすかな返事があった。数分後、雄鳥の白い羽が抜けて、あたりがしんと静まり返るなか、はらはらと地面に落ちていった」

ハリルは黙って耳を傾け、ときおりふんふんと相槌を打った。もう寝てしまったのだろうと思って、ユスフは口をつぐむ。すると、暗闇から質問が飛んできて話の続きを促した。人間と動物がひしめく広大な赤い大地、炎をあげる壁さながら湖に迫り出す崖。こうした光景を思い浮かべて、ユスフ自身もついつい言葉を失ってしまう。

「天国の門みたいだ」とユスフは言った。

ハリルは怪訝そうに小さくつぶやく。「じゃあその天国で暮らしているのはだれだ？　なんの罪もない商人から身ぐるみ剝いで、がらくたと交換に仲間を売りわたす野蛮人の泥棒じゃないか。やつらには神も信仰もない。ごく普通の日々の情けすらない。あそこで一緒に生きている野獣と同じだ」男たちがこんなふうに互いを煽って、チャトゥの話を繰り返すのはわかっていたが、ユスフはなにも言わずにいた。あの町で過ごした日々を振り返るたび、バティのこと、熱い吐息を首筋に感じたことを思い起こす。ハリルが知ったら笑うだろうなと考え、恥ずかしくなった。

「なあ、悪魔のモハメド・アブダラはどうだった？　野蛮人のスルタンにはほんと痛い目に遭わされたよな。お前も見てたんだもんな！　でもその前に――その前になにがあった？」ハリルはたずねる。「毎回旅が終わると、みんな恐ろしい話をしてるぞ。男たちとの噂は知ってるよな？」

「ぼくにはよくしてくれたよ」ユスフはひと呼吸置いて答える。静寂に包まれて、ユスフはムニャパラが踊る姿をじっと見ていた。焚火に照らされ、自惚れと驕《おご》りに満ち満ちて、肩の痛みを隠して踊っていた。

「そんなに簡単に人を信用するなよ」ハリルは苛々して言った。「あいつは危険なやつだ。ところで狼人間を見たか？　ぜったい見たはずだよな？　あの怪物は森の奥深くで待ち構えてるんだろう。向こうではお馴染みだそうじゃないか。風変わりな動物はどうだ？」

「狼人間は見なかった。たぶん、土地を踏み荒らす得体の知れない野獣から隠れていたんじゃないかな」

ハリルは笑った。「へえ、もう狼人間は怖くないんだな。ずいぶん成長したじゃないか！　早いとこ結《ズ》婚《ッ》相《ブ》手を見つけないと。マ・アジュザはまだお前のことを待っている。今度見つかったら、またあそこをくんくん嗅がれるぞ、成長していようがいまいが。ずっとお前に恋焦がれてるんだ」

マ・アジュザは店でユスフを見ると、口をあんぐり開けて大げさに驚いてみせた。しばし言葉も意思も奪われて、ぼんやり突っ立っている。そしてうれしそうにゆっくりと微笑む。足取りは重いし、疲れた顔をしているな、とユスフは思った。「ああ、うちの人が帰ってきてくれた」とマ・アジュザは言った。「神よ、感謝いたします！　なんてきれいなのでしょう。若い娘に用心しないと」けれども、からかいの文句には熱意がこもらず、ユスフが気を悪くするのを恐れているみたいに、申し訳なさそうで遠慮がちな声だった。

「きれいなのはあなたのほうですよ、マ・アジュザ」とハリル。「このひ弱な青年じゃなくて。なにしろ、真の愛を目の当たりにしても気づかないのですから。どうしてぼくを選ばなかったんです、ズワルデ（スワヒリ語で「文鳥」の意。女性への褒め言葉）？　山ほど嗅ぎタバコをあげたでしょうに。今日の気分はどうです？　ご家族はお元気ですか？」

「わたしたちはみなありのままでいいの。これがアッラーの選んでくださったものだと感謝しましょう」

マ・アジュザは自分を不憫に思うあまり声がうわずる。「神がわたしたちを貧しくなさっても、豊かになさっても、弱くなさっても、強くなさっても、言えることはただひとつ、神に讃えあれ《アルハムドゥリッラー》。なにが最善なのか神にもおわかりでないのなら、ほかのだれがわかるというの。ともかく、あんたはちょっと黙ってなさい。うちの人と話をさせて。あっちに行っているあいだ、ほかの女と遊びまわらなかったでしょうね。いつになったら一緒に暮らしてくれるのかしら。ごちそうを用意して待っているのに」

「マ・アジュザ、こいつを怒らせないでください。この野郎は狼人間になってしまったんです。家に入れたら食われてしまいますよ」

マ・アジュザはかろうじて小さな歓喜の声をあげ、それに応えてハリルは腰を振り、淫らな喜びを示してみせる。ハリルはマ・アジュザが買いたいものをなんでも気前良くわたし、小さな砂糖の袋まで足してやった。ユスフは横目で見ていた。「今晩、いつもの時間でいいですか？」とハリルは訊いた。「体をさすってもらわないと」

「あんたって人は、盗んだうえに邪魔しようとする」マ・アジュザは叫ぶ。「近寄らないで、ムトト・ワ・シェタニ（スワヒリ語で「悪魔の子」の意）」

「ほらな、この人が愛してるのはお前だけだろ」とハリルはユスフに言い、景気づけに肩をたたいた。

2

見ず知らずの人間が大勢うろうろしているので、庭の壁の扉は閉じてあった。ハリルとアズィズおじさん、そして庭師のムゼー・ハムダニだけがそこを通り抜ける。ユスフは壁越しに高木の梢を見て、夜明けに鳥のさえずりを聞き、再びあの欲望をかきたてる木立に入り込んで、さまよい歩きたいと願った。午前中、ムゼー・ハムダニが注意深く空き地を進んでいくのを見かけた。テントやごみの山を気にするようすもなく、まわりをぐるりとまわり、右も左も見ないで、まっすぐ庭の壁の戸口に向かう。午後には同じく静かに立ち去る。ユスフは数日かかってやっと勇気を出し、ムゼー・ハムダニの目に留まる場所にいることにした。ところが老人には見えていないようだった。最初はがっかりしたものの、苦笑いして引き返した。

空き地で待機していた男たちは、ひとりまたひとりと去っていった。アズィズおじさんは金貸しや商人たちと交渉中だったが、みな退屈しはじめ、厄介な存在になっていた。当初の契約の条件が書いてある覚書を手に話をつけに来る。モハメド・アブダラとシンバ・ムウェネが証人として立ち会い、おじさんが自ら台帳に記入する。雇われ人は与えられた額のみを受け取り、貸しの分は別の覚書に書いてわたされた。約束していた利益の分け前は一切ない、とおじさんはそれぞれに説明した。実際このままでは、どこかから金を調達して貸し主に返済する必要がありそうだ。男たちは弁明を信用していなかったが、仲間内でしかそういう話はしない。大商人というのは悪評が高い。遠征に随行する者からなんとかして騙し取ろうとするものだ。当のアズィズおじさんに対しては、ぼやいたりおだてたりして、もうちょっと上乗せしてくださいよとせがむ。ニュンドは通訳を立派に務めたのできちんと考慮してほしいと訴え、アズィズおじさんはうなずいて覚書を修正した。男たちが台帳に支払い済みの署名をすると、モハメド・アブダラとシンバ・ムウェネが覚書に印をつける。二人とも字が書けないのだ。なかには覚書を受け取ろうとせず、のちのちまで問題を引き延ばそうとする者もいたが、結局は商人の申し出に応じるか、手ぶらで帰るか、どちらかに心を決めざるをえなくなった。旅の途中で死んだ男の親族には、死者が受け取るはずだった労賃をわたす。すでにはるか彼方で埋葬は済んでいるというのに、アズィズおじさんは遺体をくるむ白い綿布を贈り、ポケットからなにかを取り出して添えた。「葬儀の礼拝に」とある男に言って金を託した。

アズィズおじさんは、チャトゥの町から逃げ出したきり姿を見せていない二人の支払いをひとまず差し控えた。もし親族に金を送ったあとで二人が戻ってきたりしたら、一生揉めごとが続くかもしれない。金を送らなければ送らないで、遅かれ早かれ親族がやってきて支払いを要求し、裏切り者だと罵られるだろう。とはいえ、そのほうがまだましだ、とおじさんは言った。

雇い人が去ると、露天商や食べ物屋もいなくなり、ゴミを漁るカラスだけがあとに残された。「次の旅でも俺たちのことを忘れないでくれよ」と男たちは去り際にモハメド・アブダラに声をかけた。思いやりからそう言ったのだが、明らかに隊長《ムニャパラ》は具合が悪く、疲れきって、衰弱のために気分も落ち込んでいた。「俺たち、よく働いたよな。この旅が神の祝福を受けられなかっただけだ。な、俺たちのこと、覚えていてくれよ、ムニャパラ」

「次にどんな旅に出かけるっていうんだ？　次はない」と述べるムニャパラの傲慢な顔は悪意と嘲りに

満ちて非情な感じがする。「ヨーロッパ人がなにもかも奪ってしまった」

モハメド・アブダラとシンバ・ムウェネが最後に報酬を受け取る。二人は手わたされたものをほとんど見もせずに、感謝の言葉をもごもご口にした。その後、テラスでアズィズおじさんのそばに礼儀正しく座る。これ以上ここに残ってなんになるのかわからなかったが、相手の気分を害するかもしれないので、急いで立ち去りたくはなかったのだ。二人が暇乞いをしようと腰をあげると、商人は手を伸ばしてシンバ・ムウェネを引き止めた。つかのま、モハメド・アブダラは地面に目をやり、身じろぎもせずにいた。そして平然と歩き去った。

モハメド・アブダラがお払い箱になるところを見ながら、ハリルはユスフを肘でつついた。ハリルの顔が勝ち誇ったように輝く。自力で政変を企てたとでも言わんばかりだ。「これで下劣な野郎を追い払える」とハリルはつぶやく。「あとは荒れ地に戻って、動物を痛めつけるしかなくなるな。とっとと出て行け、こん畜生め！」

ユスフはハリルの激しい憎悪に驚き、しばし反応をうかがって、なにか言い分があるのかと待ってみた。ハリルは背を向けて、店のカウンターに置かれた米と豆の箱を整理し直している。必死に感情を抑えようとするみたいに目をぱちぱちさせ、口角を歪める。こわばった顔には血管が浮き出て、弱々しく見える。恐る恐るユスフのほうに視線をあげて、にやりとしてみせる。ユスフはもう一度、訝しげな顔をするが、ハリルは気づかないふりをした。やがてハリルは軽く手をたたいて歌いはじめ、客が来ないかとなに食わぬ顔で道路を眺めた。

同じ日の午後、モハメド・アブダラは出発に備え、荷物をそばに置いてテラスに腰かけていた。アズィズおじさんが昼寝から覚めるのを待っていたのだ。ユスフはひとりで店のカウンターに立っていた。客はいない。ハリルは奥で横になっている。モハメド・アブダラはユスフを手招きして、長椅子の隣に座るよう促した。「お前はこれからどうなるんだ?」とぶっきらぼうに訊く。ユスフは相手の語りたいことに耳を傾けるつもりで、無言のままでいた。ややあって、モハメド・アブダラは皮肉たっぷりに鼻を鳴らし、首を横に振った。「あの悪夢ときたら！　病気の子ども同然に、暗がりでめそめそ泣くんだもんな！　夜な夜な夢でなにを見てたんだ。俺たちがくぐり抜けてきた災難よりもひどいっていうのか？　それ以外はよくやった。こんなきれいな顔をしてるのにな。どんなことにも耐えて、目を見開いて、言われたことはぜんぶやり遂げた。あと一回、遠征に出かけてたら鋼のように強くなってただろうな。だがこの先、内陸には行けない。ヨーロッパ人どもがそこらじゅうにいる。俺たちが用済みになるころには、体の穴という穴をめちゃくちゃにされているぞ。訳がわからないほどめちゃくちゃだ。あいつらに食わされる糞どころじゃない。ありとあらゆる悪行が俺たちのせいにされて、血を分けた同胞がみな非難される。裸の野蛮人にまで見下されるようになる。いまにわかるさ」

ユスフはモハメド・アブダラに目を注いでいたが、ハリルが店の奥から出てきたことに気づいた。「サイイドは——最高の商人だ。今回の旅がどうであっても変わらない」モハメド・アブダラは続けた。「前の旅の途中、サイイドがマニエマでどういうふうに振る舞ったか、見るべきだったたな。危険を顧みず、なにも恐れない。なにひとつもだ！　世界をあるがままに眺めているから、愚かなところがまったくないんだ。残酷でろくでもない土地だっていうのに。な、そうだろ。サイイドから学べ！　しっかりしろ、うまくやれ——商店主になんかさせられるなよ。お前が一緒に暮らしてたあのデブの馬鹿みたいに。でかいケツして店は空っぽの、例のハミドだ！　名誉ある人間《ムウングワナ》と自称していても、ただの真ん丸のちっこいまんじゅう野郎じゃないか。あいつの肥えた白い鳩と同じ、もったいぶって歩いているだけだ。今度こそサイイドに縁を切られたら、名誉なんてたいして残らないだろうな。それに、あそこにいるちびの女も。あいつだ。ああいうのにさせられるんじゃないぞ」モハメド・アブダラは杖を持ちあげて、カウンターのほうを指す。ハリルがじっとこちらをうかがっている。モハメド・アブダラは文句があるなら言ってみろとでもいうようにハリルを睨みつける。話が終わったので、ユスフは去ろうとして腰をあげる。「うまくやれよ」モハメド・アブダラはにやりと笑って言った。

3

シンバ・ムウェネはアズィズおじさんに付き添って町へ行った。貸し手と話をつけて、返済の段取りを決めるためだ。交渉に立ち会ったわけではないが、なんとなく状況が理解できた、とシンバは言った。戻ってきて、ハリルとユスフに商売に関してわかったことを伝えた。莫大な損失を被った。だから貸し手も全員、ある程度の負担はやむをえなくなったが、やはり商人には重い責任がのしかかる。「でもサイイドはものすごく頭が切れるから、ひとりで問題を背負ったりはしない。インド人も大損をした。だからさらに援助するほかないんだ。俺たちは鉄道に乗ってもう一度旅に出る。旦那《ブワナ》が貴重品を保管している場所に行くんだ。今回はブワナと俺だけだ」シンバ・ムウェネは得意げに言って、ユスフに笑いかけた。

「どこに行くの？　貴重品ってなに？　ハミドの店にあるの？」ユスフはたずねる。

「知ってるわけないだろ」ハリルが口を挟む。男たちが去ってから、シンバ・ムウェネは居丈高な態度をいくぶん和らげていたが、威勢のいいハリルを扱いにくいと感じていた。「こいつは大口をたたくだけ。無知な荷担ぎとかあっちの野蛮人の前で、偉そうにしてばっかりいる。だから俺たちを騙せるとでも思ってるんだ。サイイドがこんなやつに貴重品を託すと思うか？」

「ユスフ、あの場所を知ってるはずだろ。ハミドの店の倉庫にある貴重品のこと、ほんとに知らないのか？　まあ、知らないなら訊かないほうがいい」シンバ・ムウェネはハリルに目もくれず、にやりと笑う。

「どんな品物なの？」ユスフは、よくわからないなと困惑した顔でたずね、シンバ・ムウェネに続きを話してもらおうとする。「乾燥させたトウモロコシの袋が積まれていたけど」

「たぶん秘密の地下室があって、精霊《ジン》がサイイドのために金や宝石をしまっているんだ」とハリルが言う。「で、この法螺吹きのシンバが財宝を取りに行って、サイイドの商売を救う。こいつだけが魔法の指輪を持っていて、分厚い真鍮の扉を開ける魔法の呪文を知ってるんだ」

シンバ・ムウェネは笑った。「旅先でニュンドが語ってたこと、覚えてるか？　精霊が婚約の夜に若く美しい王女を連れ去った――この話、覚えてるだろ？　王女をさらって森の地下室に閉じ込め、金や宝石、ありとあらゆる豪勢な食事や快適なもので満たした。精霊は十日ごとに王女を訪れて一夜を過ごし、また本来の務めに戻っていく。王女はそこで何年も暮らしていた。ある日、木こりが地下室に続く落とし戸の取っ手に爪先をぶつけてしまう。戸を開いて階段をおり、地下室に入る。なんとそこには王女がいた。木こりはひと目で恋に落ち、王女も木こりに心を惹かれて、長年の幽閉生活のことを打ち明ける。木こりは贅の限りを尽くした生活を目の当たりにする。急いで精霊を呼び出したければ、これをこすればいいの、と王女は美しい壺を見せる。四日四晩、王女とともに過ごした木こりは一緒に出ていこうと説得を試みる。しかし王女は笑って答える。精霊から逃れることなんてできない。十歳のときに家からさらわれた。どこへ逃げても必ず見つかってしまう。木こりは愛と嫉妬にわれを忘れ、怒りに任せて壺をつかむと壁に投げつけた。

「すると瞬く間に精霊が現れた。手には抜き身の剣を持っている。木こりはどさくさに紛れて階段をのぼり、逃げようとするが、サンダルと斧を置いてきてしまった。精霊は王女がほかの男にうつつを抜かしていたと知り、一撃で首をはねた」

「それで木こりは？」ハリルははやる気持ちを抑えきれずにたずねる。「木こりはどうなった？　さっさと続きを教えてくれよ」

「サンダルと斧があったので、精霊は難なく木こりを見つけた。近くの町の人たちにサンダルと斧を見せ、友だちだと言うと、木こりの家に案内された。それから精霊がなにをしたかわかるか？　木こりを荒涼とした巨大な山のてっぺんに連れていって、猿に変えてしまったんだ」シンバ・ムウェネは楽しそうに話す。「なんで木こりは精霊のいない九日間に王女を訪ねていけなかったんだ？　答えられるか？」

「なぜってそういう運命だからだよ」ハリルはためらわずに答える。

「じゃあ、アズィズおじさんは秘密の地下室を持ってるんだね、ハミドの——」とユスフはハミドの倉庫の密売品の話に戻そうとして切り出した。みるみるうちにハリルの顔に驚きが広がるのがわかった。**そもそもお前のおじさんじゃない。**ユスフは無理にでもサイイドと言おうとしたができなかった。「ねえ、とにかく、ハミドの倉庫にある貴重な品物ってなんなの？」

「サイの角《ヴィプサ》（スワヒリ語。キプサの複数形）だ」シンバ・ムウェネは声をひそめる。「いいか、だれかにちょっとでも話したら、たいへんなことになる。ドイツ人《ムダチ》の政府はヴィプサの取引を禁止して利益を独占している。だから値段が吊りあがっているし、ブワナはゆったり腰かけて、インド人に売るのを待っていられるってわけだ。ここにヴィプサを持って戻ることはない。俺の仕事は、丘を越えて国境まで行って、どんどん進んで《ジュー・クワ・ジュー》、モンバサ近くのインド人にヴィプサを届けることだ。ブワナには別の用事があるんで、俺がこの役目を任されている」

秘密を握るシンバ・ムウェネはずいぶんもったいぶってこの話を語った。二人をちらちら交互に眺め、話の効果がどれほどのものか確かめる。ユスフはハリルの恐れ入ったという表情を見て、シンバ・ムウェネを馬鹿にしているのだと思った。

「サイドはこの任務に間違いなく勇敢な男を選んだな。正真正銘のライオンだ」とハリルは言う。

「危険な道のりだ」シンバ・ムウェネは笑ってハリルの嘲りを受け流す。「特に国境のあたりは危ない。イギリスとドイツが戦争するって話だからなおさらだ」

「どうしてヴィプサはそんなに価値があるの？　なんに使うの？」とユスフはたずねる。

シンバ・ムウェネはしばし考えて、答えを出すことを諦めた。「さあな。たぶん薬じゃないか。世の習わしなんてわかりゃしない。俺が知ってるのはインド人が買うってことだけ。インド人が手に入れてから、どこにやろうがどうだっていい。まさか食べるわけじゃないだろう。薬だと思うけどな」

シンバ・ムウェネは腰をあげ、モハメド・アブダラが去ったあとで使っている倉庫に戻っていった。するとハリルは言った。「サイドは金を貸している人のところへ取り立てに行くだろうな。常になにかを握っておく。それがサイイドのやり方だ。商売がうまくいっていないようでも、あちこちに出向いていって、すぐにまたもとどおりになる。ひょっとするとお前の親父さんを訪ねていくかもしれないぞ。二人のあいだですべて解決し、お前はもう質草《レハニ》じゃなくなる。親父さんは借金を返して、サイイドも返す。これでお前は自由だ。そしたらどうする？　例のザンジバル出身の世捨て人みたいに山に戻って暮らすか？　まあそんなことにはならないか。親父さんはいまごろ極貧に喘いでいるかもしれない、俺の死んだ親父《マレヘム》と同じで。この世でもあの世でも借金を返せない。だからお前も山にこもれない。でもサイイドは親父さんに訊きもしないだろうな。お前を気に入ってるから。あのうるさいシンバを見てみろよ、お高くとまりやがって！　あいつは危ない仕事をさせられる。サイイドにとって、あいつがどうなろうと構わないんだ。でなけりゃ、お前を行かせていたはずだ」

「それかきみを」ユスフは友情と義理からそう言った。

ハリルは笑って首を横に振る。ユスフの無知を嘆く悲しそうな仕草だ。「奥さまだよ。お前、アラビア語が話せないのに、どうやって奥さまと会話するんだ？　言っとくが、お前に店をつぶされるのを俺が黙って見ているとでも思うなら——サイイドが借金を返しきれなかったら、この店だけで暮らしを立てていかなくちゃならない。お前には別の仕事を見つけてくれるだろうな。なにせお気に入りだから」

ユスフは身震いする。「だからって、お前のおじさんじゃないけどな」と言って、ハリルはユスフの頭のうしろをたたこうとする。ユスフは軽々とかわした。

アズィズおじさんは内陸に戻る前夜、三人を食事に誘った。日没の礼拝が終わり、約束の時間になると、ハリルはシンバ・ムウェネとユスフを庭園に案内した。穏やかな薄闇と静けさが広がり、かすかに水のせせらぎが響く。あたりに芳香がたちこめ、心地良い音にうっとりする。庭の突き当たりでは、柱に吊るしたランプの明かりがテラスを彩り、深まる闇に金色の天蓋が浮かんでいる。光が反射した水路は艶のない金属の小道に変わる。テラスに絨毯が敷かれ、白檀《びゃくだん》と竜涎香《りゅうぜんこう》の匂いが漂っている。

腰をおろしたとたん、アズィズおじさんが中庭から現れた。こちらに向かって足早に歩いてくると、身にまとった繊細な綿布の服がふわりと膨らみ、波を打つ。金の絹糸の刺繡が入った帽子をかぶっている。三人は立ちあがって迎えようとしたが、おじさんは微笑んで手を振って制止し、輪のなかに加わった。もとどおりのサイドに戻ったのだとユスフは感じた。こともなげにぼくを両親と家から引き離し、にこやかに平静を保ちながら過酷な土地を闊歩して湖まで旅したあの商人に。チャトゥの町で最悪のときにあっても、慎み深くも揺るぎない自信をみなぎらせ、一行を包み込んだ。たしかに、ここに帰る途中や帰ってからは、不安のせいでいつもの雰囲気を失い、旅に同行した男たちの言い争いや要求に直面していた。それでも、物柔らかで落ち着いていて、温厚で愉快そうな笑みをちらりとのぞかせる、以前のサイドの姿が蘇ったのだ。

アズィズおじさんは旅の思い出を語りはじめたが、まるで自分の経験ではなく、他人の話を思い起こすような気軽な口調だった。身振りや表情でシンバ・ムウェネに問いかけて細かい部分を確認し、記憶をすっかり取り戻すと、そうだそうだと満足げにうなずく。シンバ・ムウェネもどういうことなのかわかっているはずだとユスフは思った。でも大喜びで笑い、重々しい口調で話したり、声を張りあげたりするようすからして、お世辞を言われるとうれしくてたまらないのだろう。ほどなく、シンバ・ムウェネはすらすらと饒舌に語り出し、いくらか先を促すだけで、物語から物語へとどんどんわたり歩いていく。再び荒野の真ん中で焚火を囲んでいるみたいな気分になった。

　中庭の扉がわずかに開き、ハリルは合図に反応するかのようにすかさず立ちあがる。邸宅のなかに入り、少しすると炊いた米の大皿を持って現れた。何往復かして、魚や肉や野菜の料理、パンの皿、巨大な果物のかごを運んでくる。料理が出されると会話を中断し、ハリルが忙しくしているあいだは礼儀正しく静かに待つ。ユスフは皿を見ないでおこうと思っていたが、ギーでつやつやして、レーズンとナッツを散らした米から視線を逸らせなかった。押し黙ったまま座っていると声が聞こえてきた。かつてユスフはこの声を聞くたびに庭園から逃げ出したものだった。声に気づくと記憶も呼び覚まされた。しばらくしてハリルが真鍮の水差しと器を手に持ち、手拭いを前腕に掛けて出てきた。手洗いのためにひとりずつ水を注ぐ。シンバ・ムウェネは口をゆすぎ、音をたてて地面に吐き出した。アズィズおじさんはビスミッラーとつぶやき、さあ食べようと勧めた。

　食事の最中、シンバ・ムウェネは調子に乗ってしゃべり続け、アズィズおじさんにも気兼ねなく語りかけた。今回の旅の失敗はムニャパラのせいだと思えてならない、とシンバは言った。「もしあいつが森であの案内役を殴っていなければ、チャトゥだってあそこまで敵意を持たなかったはずですよ」と非難がましく言う。「あいつは相手がどういう人間であっても使用人か奴隷みたいに扱う。ああいったやり方は昔ならうまくいってたかもしれませんが、もうだれも我慢しないでしょうね。チャトゥはどう思っただろう。俺たちのことを人狩りや人買いだと勘違いしてもおかしくないですよ。旦那《ブワナ》、あの野郎に好き放題やらせてはいけなかった。ああ、あいつは手に負えないやつだ。情けのかけらもない。もちろん、チャトゥのほうが断然ひどいですけど」

アズィズおじさんは黙ってうなずき、反論しなかった。シンバ・ムウェネの話は止まらない。やかましい声が茂みや木々のさらさらと鳴る音をかき消し、庭じゅうに反響した。シンバ・ムウェネは自分の声が聞こえないのだろうか、とユスフは首を傾げた。酔っ払いのようにまくしたてている。おじさんの目が容赦なくシンバ・ムウェネに注がれ、ユスフにはぴんときた。シンバ・ムウェネとハミドの倉庫に隠してあるヴィプサを天秤にかけているのだな。アズィズおじさんは頃合いを見てハリルにアラビア語で話しかけた。ハリルは食い散らかした大皿を客に傾けて見せてから片づけ、家に持って入った。

「うるさい野郎が庭に水をぺっと吐いただろ。あのときのサイイドの顔、見たか？　旅でなにがまずかったのかって話をしてたときの顔も」のちにハリルは嬉々として笑いながらささやいた。二人は店の前のテラスで寝具を広げ、頭を近づけて寝転んでいる。「サイイドはあいつが信用ならないとわかっているけど、どうしようもない。おじさんには問題が山積みだ！　そのうえ、シンバ・ムウェネは盲目のハイエナみたいに吠えまくっている」

「あの人、馬鹿じゃないよ」とユスフ。「旅の途中、ひとりだけ冷静な判断ができていたことがよくあった」

「冷静な判断か」ハリルは笑う。「なんだその言い草。どこでそんな話し方を覚えたんだ？　旅先でお歴々に囲まれていたんだろうな。年とって賢者《ハキーム》になれそうだ。あいつが馬鹿じゃないってか。じゃあなんであんな振る舞いをする？　なにか企んでいるなら、それか、はなから悪さをするつもりでサイイドにあえて知ってもらいたいというなら別だけど。昔だったら、サイイドとモハメド・アブダラはシンバをほうれん草の葉っぱにくるんで昼飯にしていたかもな。でももうモハメド・アブダラはおしまいだし、サイイドにはお前がいる。お前のおかげでサイイドは自分のおこないが悪いと思っているようだし。感じ方も変わってきてるんじゃないか。お前、いっつもサイイドをじっと見てるよな。いずれにせよ、臭いサイの角が無事だとわかるまで、おじさんは幾晩か安心して眠れないぞ」ハリルはうまく要点をまとめて満足していた。

「なんだよ――ぼくがじっと見てるって」ユスフは怒りで顔をしかめた。「どうして見ちゃいけないんだよ。きみのことも見てるだろ」

「お前はだれでも、なんでもじっと見る癖がある」ハリルは詰問口調をやめる。「だれにだって一目瞭然だ。それに、憐れな目を大きく見開いて、なにひとつ見逃すものかと思ってることも。俺にもわかるんだから、サイイドみたいな切れ者はどう受け取るだろうな？　そう、お前の視線に脅かされている気になるんだよ。わからないか？　なんだよ、ぼくがじっと見てるって、だと！　ハエすら怖がるみすぼらしい犬に怯えてたくせに。俺がすぐそばにいたこと、忘れるなよ。犬のなかになにかを見てたんだな。たぶん狼人間じゃないか。ところで、あの野獣が悪魔のモハメド・アブダラの話をしていたのを聞いただろ。もう不吉な日々は終わったんだ！　やかましい大法螺吹きめ！　しかもさっき、どれだけ料理をがつがつ食ったか知ってるか？」

朝が来て、ハリルはアズィズおじさんの手に恭しくキスをして別れを告げた。隣に立ち、いま一度指示を聞いて小刻みにうなずく。おじさんはユスフを手招きして、駅までの道をちょっと付き添ってくれないかと頼んだ。そしてシンバ・ムウェネに行こうと合図をして、少しうしろを歩いていった。

「帰ったら話をしよう」とアズィズおじさんはユスフに言う。「お前はずいぶん成長した。今後なにかやりがいのあることを見つけないといけない。お前にはこの家がある。わかっているだろうが。ここを自分の家にしてくれ。帰ったらしっかり話そう」

「ありがとう」ユスフはこみあげる震えを必死に抑えた。

「ハミドの言うとおりだな。そろそろ結婚相手を探す時期かもしれない」アズィズおじさんは満面に笑みをたたえ、ユスフの顔をまじまじと見つめる。一瞬、微笑みが大きく快活な笑いに変わった。「道中、注意しておくよ。美しい女性の話があれば持って帰ってくるからな。そんなに怖がらなくていい」

そして手を差し出し、ユスフにキスを促した。

4

二人はさっそく町を訪れた。ハリルはこれまでに行ったことのある場所をぜんぶまわりたがった。この数年、お前がいなかったから町には出かけなかった、とハリルは言った。毎週金曜日になると、二人で外出したことを思い出していたけどな。「ひとりでどこへ行けばいいんだ。町に知り合いはいないし」ユスフはモスクでコーランの知識をひけらかさずにはいられなかった。その後、どんなふうに目を開かされ、恥じたかという話をハリルに語った。「コーランを学べば必ず役に立つからな。たとえ深い洞窟や暗い森に迷い込んだとしても。言葉の意味がわからなくても」とハリルは考えを述べた。ユスフはカラシンガの話もした。スワヒリ人がいかに残酷な神を崇拝しているか、コーランを翻訳して教えてやると息巻いているんだ、と。なんでそんな不信心者の冒瀆を黙って聞いていられたんだ、とハリルは腹をたてた。じゃあどうすればよかったんだ？　石を投げつけて殺すの？　ユスフは言い返した。二人はかつてインド人の婚礼の行列があり、男が参列者に歌をうたっていた地区を訪ねた。ときに、子どもみたいに通りで戯れて、腐った果物を投げ合ったり、見知らぬ人たちのあいだを走り抜けたりした。浜辺に着くとどっぷり日が暮れていたが、海は銀色に輝いて、泡をたててうねり、足もとまで迫ってきた。帰りにカフェに寄って、羊肉と豆、山盛りのパン、甘い紅茶をポットで注文し、きれいに平らげた。あのカフェで分け合ったものほどおいしい豆料理を食べたことがない、と二人は口を揃えた。

ユスフはムゼー・ハムダニと話す機会をうかがっていた。老庭師はそれほど老け込んでいなかったにせよ、以前よりも慎重に歩き、徹底して人を避けるようになっていた。ある暑い日、老人を待っていて、バケツの水を苦労して運んでいる姿が目に入った。そこでようやく手助けしようと進み出る。ムゼー・ハムダニはふいを突かれて抗うこともできない。ひょっとすると、こんな炎天下で水道から庭園までの道のりを何往復もしたのだから、ひと休みできて少しはほっとしたのかもしれない。ささやかな作戦が成功して、ユスフがおずおずと得意げな笑みを向けると、老庭師は嫌な顔はしなかった。毎朝、ユスフはバケツ二つに水を汲んで、ハムダニのために壁の内側に並べた。昼間の光のもとで庭園の成長ぶりを観察する。奥の壁に沿って並ぶオレンジの苗木は大きく力強く育っている。ザクロと椰子の木は永遠に同じ場所に立っているみたいに、どっしりと逞しい。スミノミザクラは丸くほどよい形になって、白い花に覆われている。ところが、クローバーや雑草のなかから丈の高いイラクサや野生のほうれん草が生え、しおれたユリとアヤメの隙間からラベンダーの花が姿を見せようとしている。水が流れ込む池の縁は藻で汚れ、水路には泥がたまっている。木々に吊るされていた鏡はひとつ残らず取り外されている。

ユスフは早朝に庭へ行き、たいていムゼー・ハムダニよりも早く着いた。草をむしり、ユリを間引き、水路の掃除に取りかかる。老庭師は黙ってユスフを受け入れ、手順が間違っている場合にだけ近寄っていって苛々しながら正した。ムゼー・ハムダニは前よりも礼拝に長い時間をかけているようだ。厳かな喜びに満ちたカスィーダに抑揚をつけるかわりに、陰気で物悲しい歌を口ずさみ、切ない声を延々と響かせていた。

ハリルは手伝いが必要なときか、マ・アジュザが来店したときにユスフを呼んだ。そうでなければ、庭に傾ける情熱を温かくおもしろがって見守っていてくれた。ハリルにがっかりさせられることがあるとすれば、自分をだしにして客に冗談を言うことくらいだ。日が傾きかけるころにまだ庭に残っていると、そわそわして呼びに来る。「無知なスワヒリ野郎め、俺があくせく働いて食わせてやってるというのに、お前ときたら日がな一日庭で遊び呆けてやがる。さっさと敷地を掃いて、袋を運ぶのを手伝ってくれ。ここに来る人はみんなお前のことを訊いてくる。ご老人は旅の話を最初から最後まで知りたいらしい。お客は挨拶したがっている。弟はどこにいるのとたずねられる。弟ですか！　あの図体ばかりでかい役立たずは庭でぶらぶらしているんですって俺は答える。金持ちの商人の甥っ子だと思い込んで、オレンジの木の下で寝そべって楽園の夢を見ていたいんですよ」実際にはそうではないとユスフには察しがついた。夜が近づくと、奥さまはぼくに庭から出ていってほしいのだ。たぶんその時間帯に庭にいたいので、ぼくが邪魔なのだろう。

ある日の午後遅く、ユスフは池に注ぐ四つの水路のひとつを拡張しようとしていて、ふと手を止めた。掘っていた低い土手から黒い小石が突き出ている。手に取ろうとなにげなく屈むと、石ではなく小さな革袋だった。土に埋もれて擦り切れ、ざらざらになり、水で黒ずんではいるが、まだきれいな状態だったので、腕につけるお守り《ヒリズィ》だとわかった。持ち主のご利益を願う言葉が刻まれているのだろう。袋の縫い目の角がほつれていて、隙間から金属の小箱がのぞいている。振ってみるとからからと音がする。なかになにが入っていようと、まだしっかりしていて、地中で朽ちてはいない。細い小枝を穴に差し込んで泥をかき出したら、箱の模様がかすかに見えた。ユフスはお守りの魔力の話を思い出す。お守りをこすれば、空の上の隠れ家から精霊《ジン》を呼び寄せられると聞いた。ぷっくりした小指の先を穴に突っ込んで、小箱に届くかどうか試してみる。そのとき、甲高い声がしてユスフは顔をあげた。中庭に続く扉が少し開いている。アズィズおじさんと夕食をともにした夜、ハリルがそこから出入りしていた。薄明かりのなかでも、だれかが立っているのがわかる。再度声があがる。今度は奥さまだと気づいた。人影が遠ざかると、戸口から一条の光が漏れて、すぐに扉が閉まった。

夜になり、ハリルが食事を取りに家に入って、出てくるまでずいぶん時間がかかった。ぼくが庭で長居をしたせいで、きっと奥さまが怒って苦情を言っているのだとユスフは思った。特定の時間に庭にいてほしくないというなら、はっきり言ってくれればいいのに。これこれの時間に庭にいないでほしい、と。簡単なことだ。そしたら必ず言いつけは守る。こんなふうにこそこそ隠れて内緒話をされたら、子ども扱いされているように感じる。罪深い眼差しで奥さまの名誉を汚し、無礼を働こうとしているなどと思われているにちがいない。そう考えるとむしゃくしゃした。ハリルからどんな厳しい戒めを聞かされるのだろう。庭園から追放されるのだろうか。ほかになにを命じられるだろう。お守りの袋の隙間を指でつついていたら、銀の小箱がもう少し見えた。触るとひんやり冷たい。いますぐ精霊を呼んで助けに来てもらうべきか、あるいは前途に待ち受ける災難に備えてとっておくべきだろうか。どういうわけか、チャトゥが唸りをあげる精霊だと想像して勇気づけられた。中庭で囚われの身として過ごした日々の記憶が蘇り、首筋をなでる少女の熱い吐息をまたも思い出した。

家から出てきたハリルは怖い顔をしていた。冷めた米とほうれん草の皿を前に並べ、無言で食べはじめる。二人はまだ開けている店の明かりのもとで食事をとった。しかるのち、ハリルは皿を洗って店に入り、一日の売上を計算して棚の補充に取りかかった。ユスフも食べ終わると皿を洗って、手を貸そうと店に行った。ハリルは食事が済むのを待っていただけで、ただちに皿を持って家に戻っていった。重苦しく、途方に暮れた顔を見て、荒々しい言葉が出かかったがぐっとこらえた。いったいなんの騒ぎだよ。

ハリルがテラスに出てきて、いつもの寝どこでやや離れて横になったとき、ユスフは暗闇でひと足先に寝転がっていた。ハリルはひとしきり黙ってからぽつりと言った。「奥さまは狂ってしまった」

「ぼくが庭に長くいすぎたから?」ユスフは信じられないという思いを声に込め、少しばかり不快感を示した。

真っ暗ななか、ハリルは出し抜けに笑った。「また庭か！　お前は庭のことしか頭にないんだな！　お前までおかしくなりかけてる」と笑いながら言った。「なにか別のことに精力を傾けろよ。女遊びをするとか、聖職者になるとか。でもそんなことより、ムゼー・ハムダニみたいになりたいんだろ。女の尻を追いかけたらどうなんだ。いい気晴らしになるぞ。そのきれいな容姿で全世界を制覇できる。うまくいかなければ、いつでもマ・アジュザが待っててくれるしな――」

「もうその話はやめてよ」ユスフはぴしゃりと言った。「マ・アジュザは年寄りなんだから、敬意を払わなくちゃ――」

「年寄りだって！　ありえない！　俺はあの人を使わせてもらってるけど年寄りなんかじゃないぞ。ほんとうだ、ずっと世話になってる」とハリルは言った。沈黙が落ち、静かな息づかいが聞こえた。するとハリルが蔑むようにいきなり鼻を鳴らした。「胸くそ悪いと思ってるんだろ？　でも俺は胸くそ悪いとも恥ずかしいとも思わない。あの人のところに行くのは必要だったからだ。支払いのかわりに体を利用させてもらう。あの人もあの人で必要がある。残酷だと思うかもしれない。だけど俺もあの人もこうするしかない。俺にどうしろっていうんだ？　どっかのお姫さまが石鹸を買いに店に来て、俺に恋してくれるのを待てってか？　それとも、婚約の夜、美しい精霊《ジンニーヤ》にさらわれて、地下室で性の奴隷にされるのを待てとでも？」

ユスフは返事をしなかった。ハリルはいったん言葉を切って吐息を漏らした。「気にするな。お前はお姫さまが現れるまで純潔でいろ。それはともかく、いいか、奥さまがお前に会いたいそうだ」

「まさか！」ユスフはげんなりしてため息をつく。「いくらなんでもひどいよ。なんのために？　ぼくが邪魔なら、ぜったいに庭には近づきませんって伝えて」

「ほらまた庭だ」ハリルは苛々して言った。話を続ける前に、二度あくびをする。「庭とはなんの関係もない！　お前の思ってるようなことじゃない」

「言葉が理解できないよ」ややあってユスフは言った。

ハリルは吹き出した。「そりゃそうだ。奥さまはお前と話したいわけじゃない。お前の姿を見たいんだ。言っただろ、庭にいるお前を眺めてたって。前に話したよな。今度はもっと近くで見たいらしい。目の前で見たいって。明日」

「どういうこと？　なんのために？」ユスフはハリルの話した内容、それに口ぶりに戸惑った。声には不安と無力感、恐ろしく逃れようのない困難への諦めが滲んでいた。ねえ、ちゃんと説明して、とユスフは叫びそうになった。いったいなんなんだよ。ぼくは子どもじゃない。なにを企んでいるんだよ。

ハリルはあくびをして、ユスフに優しく語ろうとするようにゆっくり近寄る。再びあくびをして、さらにまたあくびをすると、離れていった。「長い話になる。ほんとに長い長い話。いまはもうくただ。明日、金曜日に。明日、町に行ったら話すよ」

5

「いいか」とハリルは話しはじめる。二人は金曜日《ジュムア》の礼拝に行き、黙ったまま市場をぶらぶらしたあとで、港近くの防波堤に座っていた。「これまでよく辛抱してきたよな。お前がこの話を知っているのか、どの程度聞いて、どの程度理解しているのかもわからないので、とりあえず最初から話すことにするよ。お前はもう子どもじゃないし、こういうことを知らないでいるのはよくない。ありのままの俺たちの話だ、秘密だらけの。十二年ほど前、サイイドは奥さまと結婚した。当時、サイイドはことザンジバルを往復するつましい商人で、布や道具類、タバコや干し魚を持ってきて、家畜や木材を島に運んでいった。奥さまは夫を亡くしたばかりで裕福だった。この夫というのがダウ船を何艘も所有していたんだ。船は海岸沿いを端から端まで航行し、いろんな種類の貨物を輸送していた。ペンバ島からは穀物や米、南からは奴隷、ザンジバル島からは香辛料や胡麻。奥さまは若くなかったけど、莫大な財産を目当てに家柄のいい男や野心家が次々と言い寄ってきた。一年近く、ずっと男たちを拒んでいて、ちょっとした評判になっていた。女性が結婚の申し出を断るとどうなるかわかるよな。なにか問題があるにちがいないって話になる。病気だとか、夫と死別して気が狂ったとか言う人もいた。子どもが産めないとか、男よりも女を好むとかいう噂もあった。縁談を持ってきて、相手の家族に返事を持ち帰った仲介の女性たちは、あんなに醜いくせにお高くとまりすぎだと口々に言った。

「奥さまはずいぶん年下のサイイドのことを商売上の世間話で耳にするようになった。当時、みんながサイイドのことを褒めていた。そんなわけで、いい縁故のある求婚者が大勢いたというのに、奥さまはサイイドを選んだんだ。思わせぶりな言伝がサイイドにこっそり送られ、贈り物が交換され、数週間のうちに結婚した。どういう取り決めがあったか知らないけど、サイイドが商売を引き継いで成功させた。ダウ船交易から手を引いて、船は全部売り払った。このとき、いまだれもが知っているサイイドになった。取引のために内陸の奥地に出かけていく商人になったんだ。

「俺の親父はバガモヨの南、海沿いのムリマの村で小さな店をやっていた。話したことあるよな。母さん、兄が二人、妹がいた。生活は苦しくて、兄さんたちはときどき船上の仕事を探しに行った。それより前にサイイドが訪ねてきたかどうかは覚えてないけど、俺がまだ小さかっただけなのかもしれない。いずれにせよ、ある日、サイイドを目にしたんだ。親父は見たこともないような態度でサイイドと話していた。俺はなにも教えてもらえなかった。まだほんの子どもだったからな。でも、サイイドが出ていったあとに、家族がどんなふうに話していたかは聞こえた。あいつは悪魔の息子、いまでは悪魔《イブリース》の王か魔人《イフリート》、それかもっと悪いものの娘にとりつかれているのよって母さんは毒づいていた。あいつは犬、犬の息子よ――まじないやらなにやら、悪いことばかりしてってな。まあそんなくだらない話だ。数か月後、サイイドが戻ってきて、二日間、俺たち家族と過ごした。俺には贈り物をくれた。ジャスミンの茂みと三日月の刺繡が入ったかぎ針編みの帽子だ。まだ持ってるぞ。そのころには、たまたま漏れ聞いた会話から、親父がサイイドに借金していると知っていた。一番上の兄さんが共同で商売をしようとしていて、そのために金を借りたらしい。ところが商売はうまくいかなかった。兄さんは友だち何人かと金を出し合って、ミコニで漁船を買ったんだが、この船が座礁してしまったんだ。とにかく、うちの店は儲けがなくて借金を返せなかった。二日後、サイイドは帰っていった。別れ際、親父はサイイドの手に何度もキスしていたな。サイイドは俺のところに来て硬貨をくれた。親父が感謝していたのは、サイイドが返済の猶予を認めてくれたことだったんだろうけど、当時の俺には理解できなかったと思う。なにも聞かせてもらえなかったし。惨めで不機嫌な親父の姿は嫌でも目に入る。家族を怒鳴りつけ、何時間も礼拝用の敷物の上で過ごすようになった。あるとき、一番上の兄さんを薪で殴り、だれも止められなかった。母さんと二番目の兄さんが近づくと、苦しみのあまり泣き喚いたんだ。親父は恥ずかしさに涙を流し、息子を殴った。

「そして後日、悪魔のモハメド・アブダラが現れて、俺と妹をここに連れてきた。親父が借金を返すまで俺たちはレハニのままだ。だが気の毒な親父はすぐに死んでしまった。母さんと兄さんたちはアラビアに帰って、俺たちを置き去りにした。みんないなくなって、俺たちはここに残されたんだ」

ハリルは黙って海を眺めている。海をわたる潮風がユスフの目にしみる。ややあって、ハリルは二度三度うなずき、話を続けた。

「サイイドの家に来てかれこれ九年になる。当初、店にはもうひとりいた。いまの俺と同じ年ごろで、仕事のやり方を教えてくれた。名前はモハメド。夜に店を閉めると、大麻を何本か吸って、欲求を満たしに出かけた。妹は奥さまの世話をすることになっていた。まだ七歳で、奥さまを怖がっていたな」ハリルはどういうわけか笑って、太ももをたたいた。「ああなんと《マーシャアッラー》。妹が泣いてばかりいたから、俺はしょっちゅう呼び出され、慰めて落ち着かせるよう言われた。それであそこの家の庭で寝ていたんだ。雨が降れば食料庫で横になった。店を閉めて、モハメドが下品な用事で出かけると、家に行って眠った。奥さまは狂っていた、あのころでさえも。病気なんだ。左の頬から首にかけてでかいあざがある。俺が近寄ると、奥さまはショールで顔を覆う。でもあいつが言ってた。妹が言ってたんだ——奥さまはよく鏡で自分の顔を見て泣いてるって。庭で横になっていたら、やたらとそばに来てじろじろ見るので、俺は寝たふりをしてた。そしたら、まわりをぐるぐる歩いて祈りを唱え、神よ、苦痛を和らげたまえってつぶやいてた。サイイドが家にいるときはおとなしくしてるけど、アミナと俺に惨めな思いをぶつけてくる。なんでもかんでも俺たちのせいにして、汚い言葉を浴びせてきた。サイイドの留守中、またおかしくなって暗闇をさまようんだ。

「そんなとき、お前が来た」ハリルはユスフの顎をつかんで、首を左右に動かし、にやりとした。

「モハメドはどうなったの?」とユスフはたずねる。

「いつだったか、帳簿の数字が合わなくて、サイイドが手をあげようとした。そしたら出ていったんだ。立ちあがって、出ていって、それきりだ。まあ、帳簿の問題はあいつのせいかどうかはわからない——店のこと以外、なにもしゃべらなかったから。サイイドは数日外出していて、お前を連れて帰ってきた。未開の地からやってきた憐れなスワヒリ少年、俺の親父と似たり寄ったりの愚かな親父がいる。たぶん、俺が働きたくなくなったときのために、だれかに店の仕事を覚えてもらいたかったんだな。そこでお前が現れて、俺の弟になったってわけだ」ハリルはまた顎に手を伸ばしたが、ユスフは払い除けた。

「続けて」とユスフ。

「奥さまは人前に出てこない。ぜったいに外出しない。女性がちらほら訪ねてくるけど、縁者かむげに追い返せない人だけだ。奥さまに言われて俺が鏡を木に取りつけた。そうすれば出ていかなくても庭園を鑑賞できる。で、お前を見かけたんだ。毎日、お前が庭に行って働く姿を鏡越しに見ていた。奥さまはただでさえおかしかったのに、お前のせいでひどくなってしまった。神があの子を遣わしてくださった、病を癒すために、なんて言ってる」

ユスフはいま聞いたばかりのことをじっくり考えた。恐ろしいと思うが、投げやりに笑いたくもなる。

「でもどうやって?」ほどなくしてユスフは訊いた。

「最初のうち、あの子に祈ってもらえれば治ると話していた。すぐに、唾を吐きかけてもらわなくては、と言い出した。神の恵みを受けた者の唾には強力な効き目があるんだと。ある日、お前がバラの花を手のひらにのせているのを見て、手で触れてもらえたら癒されるはずと確信したんだとか。バラのように顔を包み込んでもらえたら病気が消えてなくなる、と言ってきかない。あそこに行くなって止めようとしたけど、お前は庭に執着してたからな。サイイドが帰ってきて、奥さまは狂気を隠しておけなくなった。それで打ち明けたんだ。あの美しい少年に触れてもらえたら、心の傷はきっと癒えるって。そのときだ、サイイドがお前を連れていって、山に残してきたのは。なんにも気づかなかったのか? アミナが話してたぞ。

お前が庭にいると、奥さまは壁のそばに立って、どうか憐れみをって呼びかけてたって。聞こえなかったのか？」

ユスフはうなずいた。「声は聞こえていたけど、出ていけって文句を言われてるのかと思った。歌っていたこともあるよ」

「歌うなんてありえない」と言ってハリルは眉をひそめる。「歌っているのを聞いたことないんじゃないか」

「じゃあ思いちがいだ。ときどき、夜になると庭から音楽が聞こえてくる気がするんだけど、そんなわけない。ハミドのところに来ていた旅人がヘラートの庭園の話をしていた。すごく美しくて、訪れる人には音楽が聞こえて、心を奪われるそうだよ。ある詩人がそう表現したんだって。その話が頭にあったからかもしれない」

「山の空気でお前もいかれてしまったんだ」とハリルは憤慨した。「あの騒々しい夢だけじゃ足りなくて、今度は音楽まで聞こえるってか。狂人を二人も世話するとは、なんともツイてるな。サイイドはお前を奥さまのもとに残していくのを心配してたけど、旅には同行させたくなかったみたいだ。たぶん親父さんを訪ねていくつもりで、いろいろ汚い部分を見せたくなかったんだろう。というか、自分がいかに残酷な人間か知られたくなかったのかもな。とにかく、いまはまだ。で、今度は奥さまがお前にご執心ときた。運のいいやつめ。奥さまはまだお前の姿を見れずにいる。出発したら鏡をぜんぶ取り外すようにって、サイイドに言われたんだ。でも声は聞いているらしい」

「昨日、戸口からのぞいていたよ」

ハリルは顔をしかめる。「それはないだろう。そんなこと言ってなかった。でも俺たちがサイイドと食事をしたときには見ていたな。近ごろはまた別の狂気にとりつかれている。すごく危ない。お前が心配だ。いいか、よく聞けよ。あの子はもう一人前の男性なのだから、この傷を癒すには心を丸ごと委ねないといけないって話してたんだ。わかるか？　奥さまがなにを考えているのか、俺にははっきりと説明することができないけど、どこへ向かおうとしているかは理解できるよな。わかるだろ？　それとも、まだまだガキで、無邪気に受け止めるのか？」

ユスフはうなずいた。ハリルは返答に納得したわけではなかったが、ややあってうなずき返す。「奥さまはすぐに会いたいと言っている。お前を連れてこいと命令して、泣きついて喚き散らしている。連れてきてくれなかったら、出ていって自分で連れてくるとまで言っている。サイイドが戻るまで、やれることをやって奥さまを落ち着かせるんだ。サイイドは扱い方を心得ている。今日、お前と会わせるって約束したんだ。なるべく離れていろ。なにを言われても、なにをされても、あの人に触れるな。俺のそばにいろ。もしあっちから近づいてきたら、俺をあいだに挟め。サイイドが帰ってきてどうするかはわからないが、万が一、奥さまに触れたり、名誉を汚したりしたことがばれたら、この先、お前は苦労を背負い込むことになる。サイイドにはどうしようもない」

「なんで断るだけじゃだめなの——」ユスフが疑問をぶつける。

「あの人がなにをしでかすかわからないからだ」ハリルは訴えかけるように少し声を大きくする。「もっとひどいことをやりかねない。妹があそこにいるんだ。な、ずっとそばを離れないでいるから」

「なんでもっと早く言ってくれなかったんだよ」

「知らないほうがよかったんだ」とハリルは言葉を継ぐ。「そしたらお前が潔白なのは明らかだろ」

しばらくしてユスフは口を開いた。「昨日、戸口で見ていたのはきみの妹だったんだね。なにか変だなと思ったんだ。声はどこか別の場所から聞こえてきたんだろうね。きみが妹の話をしていたときに、若い女の子を思い浮かべていたんだけど、見かけたのは妹だったんだ――」

「妹は結婚している」とハリルはそっけなく言った。

ユスフは信じられない思いで、心臓が飛び出るほど驚いた。「アズィズおじさんなの？」と一瞬間を置いて訊く。

ハリルは含み笑いをする。「そのおじさんってのをぜったいにやめないよな。そうだ、お前のアズィズおじさんは去年、妹と結婚した。だからお前のおじさんでもあるけど俺の兄さんでもある。俺たちはみんな、天国の庭で幸せに暮らす家族ってわけさ。妹は借金の返済のかわりだ。サイイドは妹を自分のものにして、借金をちゃらにした」

「じゃあきみは自由に出ていけるんだ」とユスフ。

「どこに行くっていうんだ？　行く当てなんかどこにもない」ハリルは無表情で言った。「それに、どっちみち妹はここにいる」

6

だらしない身なりの女性が大声で喚いて意味不明な要求をぶつけてくるにちがいない、とユスフは覚悟していた。二人は広い部屋に迎えられた。窓は中庭に面している。床は模様のある分厚い絨毯で覆われ、壁に沿って刺繍入りの大きなクッションが間隔をあけて並べてある。コーランの句が刻まれた額縁入りの銘板、カアバ神殿（サウジアラビアのメッカにあるモスク、マスジド・ハラームの中央に位置する建造物）の写真が漆喰の壁に掛かっている。奥さまは戸口の正面の一番長い壁を背に、姿勢を正して座っていた。そばの漆塗りの盆には、バラ水を噴き出す壺と香炉がのっている。あたりには乳香の香りが漂う。ハリルは奥さまに挨拶して、少し離れた場所に腰をおろす。ユスフはその隣に座った。

奥さまの顔の一部は黒いショールで覆われていたが、ユスフはくすんだ赤銅色の肌、こちらを見つめるぎらぎらした目に気づいた。まずハリルが話し、ややあって奥さまが答える。部屋のなかで奥さまの声は豊かに響き、めりはりの効いた穏やかな口調は威厳と自信をうかがわせる。話しながらわずかにショールの位置を直す。顔の細かいしわにはユスフが予想もしなかった警戒心と固い意志が表れている。ハリルが再び口を開くと、奥さまはそっと遮り、ユスフに目をやる。ユスフは視線を合わせないように顔を背けた。

「ごきげんいかがと訊いている。よくぞ無事に戻ってくれた、とのことだ」ハリルはユスフのほうに体を半分向けて話す。

奥さまは続ける。「両親が元気でいるよう、神がずっと両親をお守りくださるよう祈っているそうだ」とハリルが伝える。「次に両親に会ったらくれぐれもよろしく伝えてほしい。あなたの目標が祝福され、望みがかなえられるように、とかそんなことをもっと言ってた。それから、神があなたにたくさんの子を授けてくださいますように、だってさ」

ユスフはうなずく。今度は素早く反応できず、目と目がまともに合ってしまう。奥さまは用心深く熱のこもった目で見極めようとしており、ユスフが顔を背けずにいると瞳がかすかに輝いた。また話がはじまったので、ユスフはすぐに目を伏せる。奥さまは愛嬌を見せようと、声に抑揚をつけてひとしきり話していた。

「さあ弟よ、やるぞ」ハリルは小さくため息をついて身構える。「あなたが庭仕事をしているのを見ていて、あなたが――神の恵みを、賜物を受けていると悟った。手に触れたものがことごとく花開くんだとよ。神はあなたに天使の姿を与え、立派な仕事ができるようにこの地へ遣わした。これは冒瀆などではない。神がわざわざ遣わしたのだから、仕事をおろそかにするとかえってよくないことが起こるだろう、とこんなふうにくどくど話している。俺が伝えたよりももっといろんなことを言ってるけど」

奥さまがまた口を開いたので、ユスフはうつむいたまま耳を傾ける。だんだんと懇願するような調子になり、神の名が二、三度持ち出された。話し続けるうちに徐々に冷静さを取り戻し、最後には二人を迎えたときと同じ、めりはりの効いた穏やかな口調で話を終えた。

「ひどい病に苦しんでいる。そう繰り返して、でも不平は口にしたくないとも言っている。このことも何度か繰り返していたな。病に苦しんでいるけど、不平は口にしたくないって。どんな薬も祈りも効果がなかったのは、相談した人たちが祝福を受けていなかったから、とのこと。そこでずばり訊いている。わたしを治せますかって。もし治してくれたら、この世で報いるのはもちろん、来世でも最高に素晴らしい見返りがあるように祈るつもりなんだと。いいか、なにも言うなよ！」

奥さまはやにわにショールを取った。髪をうしろにひっつめて、目鼻立ちのくっきりとした顔は凜としている。左の頬に紫のまだらの染みがあって、いびつで恐ろしく見える。奥さまは落ち着いてユスフを眺め、目に恐怖が浮かぶのを待っている。ユスフは怖くはなかったが、奥さまがあまりに大きな期待をかけていて、悲しみでいっぱいになった。少しして奥さまは顔を覆い、声をひそめて手短に話した。

「これがわたしの――」適切な言葉が見つからず、ハリルはいったん黙り、苛立って舌打ちをする。

「苦しみ」背後で別の声がした。ユスフは横目で部屋にいる人影を見る。もうひとりだれかがいるのは気づいていたものの、確かめてはいなかった。振り向くと、銀の刺繡が入った茶色の長いドレスを着た若い女性がいる。彼女もショールをまとっているが、うしろにずれているので顔と髪の一部が見えている。アミナだ、とユスフは胸の内で言って、つい微笑んでしまう。目を逸らすよりも先に、ハリルとまるで似ていないなと思った。もっと丸顔で肌の色も濃い。部屋のランプの明かりに照らされ、肌は輝いて見える。無意識だったのだが、笑みを浮かべたまま奥さまのほうに向き直った。すると奥さまはショールのなかに隠れてしまい、顔の形と油断のない目しか見えなくなった。ハリルは奥さまと話し、ユスフに通訳する。

「奥さまが言いたかったことを聞いて、見せたかったものも見ました、と伝えた。奥さまの苦痛を気の毒に思いますが、病についてなにも知りませんし、ぼくに手助けできることはありません。そう言っておいた。ほかに付け加えることはあるか？　ちゃんと突き放すんだぞ」

ユスフはかぶりを振る。

ハリルが言葉を切ると、奥さまは興奮してまくしたてた。数分のあいだ、激しい言葉の応酬があり、ハリルはあえて通訳しようともしなかった。「奥さまが言うには、知識ではなく、神の恵みが癒してくれるんだそうだ。祈りを唱えてほしいって、それに――それに――ここを触ってほしいって。だめだ、ぜったいにやめとけ！　なにを言われても従っちゃだめだ！　祈りの文句を知っているなら唱えてやればいい。

でもぜったいにそばに寄るな。心に触れて、傷を治してほしいと言ってるが、祈るだけにしろ。そしたら帰るぞ。知らないなら、祈るふりをしろ」

つかのま、ユスフはうつむいて、モスクのイマームに教わった祈禱で思い出せた箇所をぼそぼそとつぶやいた。自分が滑稽に思える。アーミーン（アラビア語で「そうでありますように」の意）と締めくくると、ハリルが大声でアーミーンと応じ、奥さまとアミナも続いた。ハリルは腰をあげ、ユスフを引っ張って立たせた。出ていこうとすると、奥さまがアミナに、二人の手にバラ水をかけ、顔の前で香炉を揺らすようにと指示する。アミナが近づいてくるのに、ユスフはうっかり視線を落とすのを忘れていた。アミナの目に潜む好奇心を見て取り、それから下を向いた。

7

「だれにも言うなよ」とハリルは警告する。翌日、再度呼び出されたが、ハリルはひとりで入っていった。**いやいや、もうやめましょう**と言う声がした。話し合いはしばらく、少なくとも一時間は続いた。ハリルはどんよりと意気消沈した面持ちで出てきた。「明日、祈禱をすると約束した。サイイドに殺されてしまう」

「だいじょうぶ。短い祈りを捧げるよ。そしたらすぐに帰ろう」とユスフは言った。「治る可能性があるのに、病に苦しむかわいそうな女性を放っておけない。明日の祈禱には力を込める。とにかく、イマームの一番強力な——」

「ふざけるな」ハリルは憤る。「冗談言ってる場合かよ。気をつけないと、いずれなんでもかんでも馬鹿笑いするようになるぞ」

「どうしたんだよ。祈ってくれというなら祈ってあげてもいいじゃないか」とユスフは愉快に話す。「神から贈られた恵みを取りあげてしまうの?」

「このことでお前が愚かな真似をするのが気に入らない。一大事なんだぞ。いまはそうじゃなくてもあとでそうなる。特にお前にとって。奥さまの考えていることが恐ろしい」

「どういうこと?」ユスフはなおも微笑んでいたが、ハリルの心配そうな顔を見て心が乱れた。

「あの狂った心の内になにを秘めているかはよくわからないが、俺は最悪の事態を想定している。奥さまは自分のやってることを気にしてもいないし、恐れてもいないみたいだからな。神が遣わした天使とかなんとか——夢中で褒めちぎったり。単なる戯言じゃすまないぞ。お前は天使じゃない。神の恵みもない。いつなんどきでも恐れているほうが身のためだ」

翌日、二人が部屋に入ると、奥さまは顔をほころばせた。夕方が近づき、中庭が熱気で静かに揺らめいている。迎え入れられた部屋では、薄手のカーテンが引いてあり、陽光が漏れていた。香炉のウディのかけらがくすぶって煙をあげる。最初に来たときよりも、奥さまの不安は和らいでいるようだ。相変わらず用心深く目を光らせながらも、クッションに軽くもたれている。アミナは前と同じ場所に座った。ユスフが目をやるとアミナは微笑んだ。上向きにした手のひらに視線を落として祈禱をはじめ、部屋に深い静寂が広がるのを感じる。くぐもった鳥の鳴き声、流水のかすかな音が庭園から聞こえてくる。頰が緩むのをこらえてできる限り沈黙を長引かせ、最後に締めくくるつもりでもう一度低くつぶやく。アーミーンと唱える声が朗々と響き、奥さまはすぐに話しはじめた。ちらりと表情を眺めると、喜びに目を輝かせていた。

「初日の祈禱でご利益を実感したらしい」と言ってハリルは眉根を寄せる。奥さまはもっと言葉を費やしていた。ハリルが訳を端折っているのは明らかで、奥さまは訝しげな顔でアミナのほうを向く。「またここに来て、祈りを唱えてほしいそうだ」ハリルは仕方なしに続ける。「それから、家で食事をするようにって――俺たち二人とも。外で食べるなど宿なしの物乞いとか犬みたいだ、毎日ここで食べればいい、なんて言ってるが、かなりまずいぞ。お前から言ってくれ。できません、そんなことをしたら――そんなことをしたら――神から授けられた力が失われてしまいますって」

「きみが伝えてよ」とユスフ。

「もちろん言った。だけど、あの人はお前の口から聞きたいんだ。通訳するから。なんでもいい、なにか言え。でもだめだとわからせるために、何度か首を横に振るんだぞ。一度や二度、しっかり首を振るだけでいい」

「じゃあこう伝えて。家で食事するとかいう無茶な話をしているのが馬鹿らしく思えます」ユスフはそう言うと、アミナが背後で微笑んでいるような気がした。あるいはそう思いたかったのだろうか。ハリルが睨みつけていた。

二人は次の日も、そのまた次の日も邸宅を訪れた。店で仕事をしていると、奥さまの話はほとんどしなかったのに、病の治癒を祈りに行ってからというもの、ハリルはほかのことはほぼ話題にしなくなった。ユスフはからかって不安を鎮めようとしたが、ハリルはいつまでたってもおろおろしたり、喚き散らしたりしている。それにユスフをなじった。あんな狂った女にちやほやされて気をよくするなんてどうかしている、危険に晒されているのになんで理解しようともしないんだ。サイイドは悪いのは俺だと言うだろうな。必ず俺が責められる。サイイドがどう出るか、ほんとにわからないのか？

ユスフが庭仕事を再開したのは数日後だった。頼むからもう行くなとハリルに言われていたにもかかわらず、少ししたら忠告を受け流して庭に入っていった。ハリルは大きく顔をしかめた。どうしてあそこに行く必要があるんだ。ここで庭を作ったらいいじゃないか。最初は、こそこそささやかれていた秘密を明かされて、自分にも関係があると知り、ユスフはばつの悪い思いをした。庭仕事をしているあいだに奥さまがこちらをじっと見つめて、あれこれ妄想を抱いていたと考えたら胸がむかむかした。ムゼー・ハムダニはユスフが姿を見せなくても気に留めないどころか、気づいたようすもなかった。なつめ椰子の木陰から、ひときわ物悲しい祈りの歌が聞こえてくるだけだ。ある日の午後、店でやることがたいしてなく、ハリルがそわそわしていたので、ユスフは肩をすくめて庭に向かった。ムゼー・ハムダニは無言でユスフを迎え、いつもより長く残っていた。ユスフは旅で覚えた歌を小さく口ずさみながら、池の掃除と草むしりをする。中庭の戸口に人影が立っていないか見たくても、我慢しようとした。でもこらえきれずに目をやり、淡い期待を抱いて邸宅を訪れるときを待った。

「今日、庭仕事をしている音が聞こえた、と言ってる」ハリルは伝える。「もっと庭で働けばいい、いつでもいらっしゃい、だってさ」

奥さまはかなり時間をかけて話した。「あなたには神の恵みがある。そう何度も何度も言ってる。同じ文句の繰り返しだ。あなたには恵みがある、あなたには恵みがある」とハリルは言ってから、しっくりくる表現を見つけようとして口ごもる。「あなたが庭園を気に入っているなら――ええと――それは――」

「わたしの喜びです」とアミナが続けた。兄が言葉に詰まったとき以外、ほとんど口を開かないが、ユスフは右肩越しにずっと彼女を意識していた。

「それから、歌ってほしいんだと」ハリルは呆れて首を振る。「自分がここに座ってこんなことにかかずらってるなんて信じられない。笑うな。笑いごとだと思ってるのか？　あなたの声は心を慰めてくれる。きっと神が歌い方を教えて、癒しの天使として遣わされたのでしょう、だってさ」

ユスフはハリルの苦々しい顔を見てにやりとする。ちらと視線を向けると、奥さまもうれしそうに目を細めて笑っている。そしてふいに手招きした。疑いようのない、はっきりした仕草だったので、ユスフには断るすべがない。腰をあげて近づいた。そばに寄ると、奥さまはショールを肘までさげた。光沢のある青のブラウスが見える。首もとが四角に開いていて、繊細な銀の刺繍で縁取られている。奥さまは頬のあざに触れて指を差し、ここに手をあててほしいと促した。満面の笑みが穏やかな微笑みに変わる。ユスフは思わず無謀なことをしそうになる。手がそろそろとあがる。ハリルはやめろ、やめろってば、と小声で呼びかける。奥さまはゆっくりとショールを顔にかけて、神に讃えあれ《アルハムドゥッリッラー》とつぶやく。ユスフはうしろにさがり、ハリルが背後で小さくため息をつくのを聞いた。

「二度と奥さまに近寄るんじゃない」とハリルはのちにたしなめた。「怖くないのか？　この先起こるかもしれないことがわからないのかよ？　庭に近づくな。歌もうたうな」

ところが、ユスフは庭園から離れようとしなかった。ハリルはいっそう疑わしげにユスフを見て、あそこに行くなと言って激しい口論になった。それなのにユスフはこれまで以上に庭で過ごし、家で物音がしないか、動きがないかと目を注ぎ、耳をそばだてた。ムゼー・ハムダニは仕事をユスフに任せるようになり、日陰に座って喜び溢れるカスィーダを口ずさみ、神を讃える時間が長くなった。ときおり、ユスフはアミナの歌声を聞き、奮いたたせてもいないが抗ってもいない情熱に心を焦がす。わずかに開いた扉の向こうに影が落ち、秘密の恋の喜びを知った気がした。夕方になると、早く家に呼ばれないかとそわそわする。ハリルはというと、訪ねていくのをますます嫌がり、不快感を隠せずにいる。ある日、ハリルは激怒して、声がかかっても応じようとしなかった。

「困らせておけばいいんだ。ぜったいに行かないぞ。もううんざりだ」とハリルは怒鳴った。「ここで続いていることをだれかに嗅ぎつけられたりしたら、俺たちは物笑いの種になる。もっとひどいことにもなる。頭がおかしいと思われるぞ。あそこにいる狂った女と同じくらいいかれてるって。考えてもみろよ、サイドの不名誉になるんだぞ！」

「じゃあぼくひとりで行くよ」とユスフはきっぱり言う。

「なんでだ？　この状況がわかってるのか？」ハリルはさっと立って、声を荒らげ悲痛な叫びをあげた。「殴ってでもわからせようとするつもりみたいだ。「奥さまは自分から忌まわしいことをして、結局はお前のせいにするに決まってる。冗談だと思ってるんだろ。ほんとにお前の態度は気に入らない。狼人間に耐えて、未開の地を生き延びたんじゃないのか。どうしてわざわざ取り返しのつかない恥を被ろうとするんだ？」

「恥なんてない」ユスフは冷静に答える。「あの人、悪いことなんてできないよ」

ハリルは左手で頭を抱える。数分間、二人は押し黙ったまま座っていた。その後、ハリルは顔をあげ、ユスフを怪訝そうに見つめた。はたとなにか悟ったのか、改めて愕然とした顔をする。目は怒りと痛みで熱を帯び、口角は震えている。ひと言も話さず、敷物にどっかり腰をおろして前方を見ている。ユスフが立ちあがって家に行こうとすると、ハリルは振り返った。

「なあ、ここに座ってくれ。行くな」ハリルは穏やかに語りかける。ちょうどユスフはテラスからおりて庭に向かおうとしていた。「ここに座って。ちゃんと話そう。恥を被るな。なにを考えているのか知らないが、間違いなく悲惨なことになる。これはおとぎ話なんかじゃない。お前が理解していない事情がまだまだあるんだ」

「じゃあ話して」ユスフは声を落とすが一歩も譲らない。

ハリルはうんざりして首を振った。「そんなに簡単に話せないこともあるんだ。ちゃんと座ってじっくり話そう。あの家に行ったら、お前だけじゃなく、俺たちみんなの恥になるんだ」

ユスフは無言で庭園のほうを向き、ハリルが戻ってこいと必死に叫んでも、目もくれなかった。

8

「こちらはズレハ。ちゃんと名前を知っておいてほしいって」とアミナが言う。奥さまとは離れて、ユスフの正面の右手に座っている。ユスフは話を聞くふりをして顔をまじまじと眺める。先日ちらりと見たときの印象よりも丸い顔で、目には屈託のない楽しげな色を浮かべ、元気いっぱいに見える。ユスフはうなずいて笑顔を見つめるが、奥さまの鋭い視線を感じて微笑み返さないようにした。

「ハリルは奥さまの言うことをちゃんと伝えていたわけではないの」とアミナは続ける。「もちろん奥さまも知っている。兄は言いたいことを言っていただけ。難しい表現だと言葉が思いつかなかったこともあったかな」

「きみのほうが上手に話せるね。ハリルにそう言うよ。でもどうして？　ぼくに伝えなかったことってなんなの？」とユスフは問いかけた。

アミナは質問を聞き流し、奥さまに向き直って、話しはじめるのを待つ。奥さまはそっとなでるような優しい声音でひと言発し、アミナから目を逸らしてユスフを見る。「わたしの心は恥と痛みで傷ついている。ハリルはこのことをきちんと説明しなかった。痛みは精神をえぐるけれど、喜びをもたらしてくれるって。祈りが効いているのね。効果があるって言ってる」

ユスフは打ち消したかった。あんなもの真に受けちゃいけない。奥さまを見ると、潤んだ目が光っている。さっとうつむいて祈りを唱え、次の瞬間、自分はわざわざ深みにはまろうとしているのだと悟った。

「夕方、ここに来て、家のなかで食事をするようにって。お望みなら中庭で寝てくれてもいいって」とアミナは言って大っぴらに微笑む。「ハリルはここで寝るのを許さないでしょうけど。大騒ぎして止めようとするはず。気にせずいつでも来たいときに来てもらっていい、呼ばれるのを待つまでもなく、ということよ」

「お礼を伝えて」とユスフ。

「お礼の必要はありません」とアミナは奥さまを代弁して穏やかに言う。「あなたがいると幸せな気持ちになる。だから感謝するのはわたしのほうですって。それよりも話してほしいそうよ。どこの出身で、どこにいたのか、もっと聞きたいって。そうすればあなたを理解できる。お返しとして、ここの暮らしが快適になるように、わたしにできることがあれば遠慮なく言ってほしい」

「少ししか話してなかったけど、ほんとにぜんぶ言ってたの？」ユスフはたずねる。

「そうね。それにハリルが伝えていないことも」とアミナは答える。「奥さまが口を開くとハリルは怖がっていたの」

「きみは怖くないの？」

アミナはにやりとするが返事はしなかった。奥さまがなにか訊き、アミナは笑みをたたえたまま振り返る。アミナがささやくと、奥さまも頬を緩める。ユスフは二人を眺めていて、無意識にぶるっと震え、なぜだか己の弱さを痛感した。そろそろ失礼しようと腰を浮かす。奥さまは前回と同じく手招きし、ショールをおろして顔をあらわにする。ユスフは手を伸ばして青黒いあざに触れ、手のひらに熱を感じる。もう一度頼まれても、きっと応じるだろうと思っていた。奥さまは低い呻きを漏らして神に感謝する。アミナがため息をついて、立ちあがる音が聞こえた。庭に出る戸口まで付き添ってくれる。すぐに扉を閉めなかったので、ユスフは振り向いて話しかける。顔は見えなかったが、のぼりゆく月のおぼろげな光のなかで、くっきりと輪郭が浮かびあがっていた。

「きょうだいなのに、きみとハリルはぜんぜん似てないね」二人が似ていないことなど実はどうでもよかったのだが、できるだけ長くアミナを引き止めたかった。

アミナは返事をしない。身じろぎもしないので、答えるつもりはないのだと思った。少しして、ユスフは踵を返し、暗い庭を歩き出す。アミナも自分を引き止めようとするか確かめたかったのだ。

「ときどき、ここからあなたを見ているの」

ユスフは足を止めて振り返り、ゆっくりと戻っていく。

「楽しそうにしてるよね――この仕事」アミナはわざと言葉に力も熱も込めずに、さりげなく言った。「見ていてうらやましくなる。水路を掘っているとき、わたしもやってみたいって思った。サイドの留守中、たまに夜の庭を散歩しているの。このあいだ、お守りを見つけたでしょ――」

「うん」ユスフはシャツの上から、首に紐でぶらさげたお守りに触れる。「これをこすると善良な精霊を呼び出せるってわかった。頼みごとをすればなんでもやってくれる」

アミナは声を抑えてくすりと笑い、またため息をついた。「善良な精霊からなにをもらったの？」

「まだなにも頼んでないんだ。計画を立てているところだよ。精霊は常に忙しくしてるから、つまらないことのために呼び出しても意味がない。ろくでもない頼みごとをしたら、怒って二度と来てくれなくなるかもしれないもんね」

「ここに来たとき、お守りを持ってたんだけど、ある日、壁の向こうに投げ捨てたの」とアミナ。

「たぶん、これなんじゃない」

「善良な精霊が来なければね」

「どうして捨ててしまったの？」

「災いから守ってもらえると言われていたのに、そんなことなかった。わたしが捨てたものとはちがって、そっちのお守りにご利益があるといいね。わたしよりも守ってもらえるといいね」

「災いから身を守れるものなんてないよ」とユスフは言って、戸口の人影に向かって歩き出す。アミナはあとずさって、ユスフが数歩離れているうちに扉を閉めた。

ユスフが戻ると、店は閉まっていて、ハリルの姿はどこにも見あたらなかった。早々に寝具が敷かれている。ユスフは大の字になり、ハリルが帰ってきたらぶつけるつもりでいる問いに考えを巡らせる。予想以上にひとりの時間を持ててよかったと思い、ハリルの帰宅を気長に待つ。しかし、いくら待っても帰ってこないので心配になってきた。どこに行ったのだろう。空には大きな月が四分の一ほどのぼっており、とても近く、重く感じられて、見ているだけで押しつぶされそうな気がする。月明かりのまわりで、黒く縁取られた雲が瞬く間に流れていき、いびつな形になって固まっている。後方では、暗い雲が空一面を覆い、星をことごとく消し去っていた。

暖かい暴風雨に打たれて、ユスフはふいに目を覚ました。豪雨が襲いかかり、強い風に煽られてテラスにたたきつける。月はすっかり隠れていたが、降りしきる雨が青ざめた光を放ち、仄暗い茂みや木立を照らす。そのようすは海の底に沈む巨石さながらだった。

血の塊

1

「あいつに語らせればいい」ユスフがアミナのことを訊くと、ハリルはぞんざいに答えた。嵐の夜が明けるころ、ハリルは疲れ果ててよれよれの格好で帰ってきた。もつれた髪には小枝や枯れ草のかけらが絡まっていた。騒ぎを避けてきちんと店を開けるが、姿を消していた理由を語ろうとしない。あからさまな敵意は見せないものの、ユスフと距離を置いて、一日じゅう、近づこうとするたびにやんわりと拒絶し、ちょうど二人が出会ったころのおどけた愛嬌をまたわずかに見せるようになった。あんな嵐のなか、どうやって濡れずに済んだのと訊いても、ハリルは聞こえないふりをした。ユスフはあの手この手でなだめようとしたが、とうとうげんなりして、傷つくまま放っておいた。

夜になると、ハリルは食事を取りに行き、こわばった作り笑いを浮かべて戻ってきたが、苦悩と怒りを隠しきれずにいた。**どうしてしゃべらないの？**　ユスフは訊いてみた。ハリルはただ皿を指差して食べはじめた。二人は黙々と食べ、その後、ユスフは皿を持って立ちあがり、奥さまとアミナを訪ねていった。ハリルは家に入ったときに、女性たちと話をつけようと、あれやこれやを禁じたり脅したりしたのだろう。

もしかすると、手荒な真似をしてでもぼくを止めようとするかもしれない。ユスフはそう踏んでいた。ところが家に行こうと腰をあげても、ハリルは見向きもしなかった。

奥さまは溢れんばかりの笑顔で迎えてくれた。甲高い声で抑揚をつけた鋭い旋律が部屋に満ちる。奥さまはしきりに話したがり、最初の夫――神のご慈悲があらんことを――と暮らすためにここに来た時期のことを語った。夫はかなり年上で、彼女が十五歳になるかならないかのときに五十歳かそこらだっただろうか。何か月か前に、病と他人の妬みのせいで妻と赤ん坊の息子を亡くしたばかりだった。この息子は唯一、数週間生き延びた。ほかの子たちは命名できる程度しか生きられなかったが、夫は全員の名前を覚えており、亡くなる間際まで妻と子どもたちのことを涙なくしては語れなかった――みなに神のご慈悲があらんことを。奥さまは同じ町の出なので、夫の悲しみを知っていたし、だれもがその点に敬意を払っていた。夫は心に重荷を抱えながらも優しく接してくれた。ただし最後の一、二年は、病のせいで怒りっぽく、気難しくなってしまったのだが。そんなこんなで、この家に住むようになり、ムゼー・ハムダニも一緒に連れてきた。といっても、当時は彼もまだ老いていなかった。

庭園を造ったのはムゼー・ハムダニだ。もちろん、なにもないところからはじめたわけではない。何本かの古木はすでにあった。ハムダニは土地を切り開き、池を造り、四六時中、子どもみたいに作業に打ち込んだ。かつて夫があの歌にひどく立腹したので、やめるように言わなければならなかった。ハムダニは父から贈られた結婚祝い。だから幼い時分から知っている。もうひとり、何年か前に死んだシェベという年老いた奴隷もいた――神のご慈悲があらんことを。十年以上前、サイイドとの結婚にあたり、ムゼー・ハムダニに自由を贈ろうとした。当時の法律では人の売買は禁じられていたが、すでに奴隷として拘束されている者を解放する必要はなかったのだ。にもかかわらず、ムゼー・ハムダニは与えられた自由を拒否した。それで憐れな老人は、いまもこの庭にいて、カスィーダを詠唱している。

「なぜハムダニという名前なのか知っていますかって訊いている」アミナは遠くを見るような虚ろな目で言った。「奴隷だった母親は高齢で息子を授かり、この子の誕生に感謝してハムダニと名づけた（ハムダニは「賞讃する者」の意）。母親が亡くなり、わたしの父がハムダニを所有していた家族から買い受けた。借金で身動きが取れないほど貧しい家族だったので」

沈黙のなか、奥さまはユスフを見つめて朗らかに笑う。笑顔のまま話を続けるが、今度は長々と語らない。

「ここに来て近くに座ってほしいって」とアミナは伝える。ユスフは彼女の目をのぞき込んで助けを求めようとしたが、忙しそうに視線を逸らされた。奥さまは絨毯の少し離れた場所をぽんとたたいて、まるで内気な子どもを扱うみたいにユスフに微笑む。ユスフが腰をおろすと、奥さまは手をとって顔のあざに置き、自分の手を重ねた。目を閉じて、安堵と喜びの混じった長い吐息をふうと漏らす。すぐそばに座っていると、顔と首の肉が硬く湿っているのがわかる。いくらもたたないうちに奥さまが手を放したので、ユスフはさっと立ち、うしろに退いた。

「まだ祈りを捧げてもらってないわね、と言っている」アミナはよそよそしく小声で話す。ユスフは例によって偽りの祈禱をぶつぶつ唱え、そそくさと立ち去った。奥さまの顔に触れた手がまだ温かかった。

ハリルにアミナのことを訊いたのはそのあとだ。ハリルは憎々しげにユスフを睨みつけた。ほっそりした顔が侮蔑に歪み、ユスフは唾を吐きかけられるかと思った。ハリルは「あいつに語らせればいい」とだけ言って、カウンターに並べていた砂糖の袋にまた注意を向ける。夜をとおして重苦しい沈黙が続いた。ユスフはどうしても自ら話を切り出したいわけではなかったものの、ハリルがいまにも口を開いて、怒りと不安をぶちまけるのではないかと思った瞬間がたびたびあった。どこまで成り行きに任せればいいのかはっきりせず、気がかりで迷いもあったのだが、これでいいのだと心のなかで意地を張っていた。少なくとも、込み入った事情や秘密の話を知ることができるだろうし、アミナの姿を見て声を聞くことに抑えきれない喜びを感じていた。こんなふうに行動しようとする力がどこから湧いてくるのかはわからない。ハリルがなにを言っても、自分がなにを知って、なにを思っても、家に呼ばれたら断らないつもりでいた。

翌日、カスィーダの本を手にして、なつめ椰子の木陰に座っているムゼー・ハムダニを見つけた。老人は苛立って、どこか別の木の下に移動して静かに腰をおろそうとでもいうように、あたりをきょろきょろ見まわした。

「お願い、行かないで」とユスフは懇願する。声にどことなく親しみを感じて、老人はためらいを見せた。ムゼー・ハムダニは少し考えて、こわばった顔の筋肉を緩める。いつもどおり、だれの話も聞きたくないという態度で面倒くさそうにうなずいた。さっさとしろ。

「自由を与えられたのに、どうして拒んだの？　奥さまのことだけど」ユスフが顔をしかめてたずねると、老人はむっとして前屈みになった。

ハムダニはしばらく黙って地面を見つめていた。それからふっと笑い、歳のせいで黄ばんでまばらな長い歯を見せた。「こういう生き方が性に合っている」

こんな言い逃れみたいな文句ではぐらかされたくないと思い、ユスフは老庭師に慌てて首を振った。

「でも奥さまの奴隷だったし――いまもそうなんでしょ。それでいいの？　せっかくの機会だったのに、どうして自由を受け入れなかったの？」

ムゼー・ハムダニはため息をつく。「なにもわかってないのか？」と語気鋭く言い返し、もう話さないという態度で口をつぐむ。ややあって言葉を継ぐ。「贈り物として自由を与えられた。あの人がそうした。でもあの人が自由を与えられるなんてだれが言ったんだ。お前の言う自由がどういうものかはわかっている。俺には生まれたときからその自由がある。ああいう人たちが、お前は俺のものだ、俺はお前を所有していると言うのは、通り雨が降ったり、一日の終わりに太陽が沈んだりするのと似ている。次の朝、否が応でも太陽はまたのぼる。自由も同じだ。連中は閉じ込めて、鎖につないで、ささやかな望みを踏みにじることはできる。だが自由は奪えるものじゃない。生まれた日と同じで、縁が切れるときにも、連中は人を所有しているわけじゃない。わかったか？　この庭は俺に任された仕事だ。あそこにいるあの人がこれより自由なものを与えられるか？」

年寄りの物言いだな、とユスフは胸の内でつぶやく。たしかに知恵はある。でも忍耐と無気力を説く知恵にすぎない。それなりに尊敬に値するかもしれないが、ならず者が自分の上にどっかり座って、臭い屁をかましているときにそんな悠長なことは言えないはずだ。ユスフは黙っていたが、老人を悲しませてしまったと自覚していた。いまのいままで、これほど饒舌に語ってくれたことはなかった。話さなければよかったと後悔しているのかもしれない。

「生まれはどこなの？」ユスフは老人の機嫌をとって、なだめるために質問する。それに母親のことを訊きたかったのだ。自分の身に起こったこと、自分も母親を失ったことを話したかった。ムゼー・ハムダニは返事もせずにカスィーダの本を拾いあげると、すぐさま手を振ってユスフを追い払った。

2

ユスフは三日間、毎晩ハリルの無言の軽蔑をものともせずに邸宅を訪問した。何度となく説得して話し合おうとしたがうまくいかなかった。ついには店の客まで心配してハリルの状態を訊いてきた。三日目の晩、庭に通じる暗がりに近づいていくと、ハリルに呼びかけられた。少し立ち止まったが、取り合わずに見えない小道を歩いていった。そこから中庭の戸口に向かうと、ユスフのために扉が少し開けてある。ユスフは奥さまの質問に次ぐ質問に答え、母のこと、内陸への旅のこと、山間の町での生活のことを語った。奥さまは壁にもたれて、微笑みながら耳を傾ける。アミナが通訳しているあいだも、ユスフから目を逸らさずにいる。ショールが肩からずり落ちて、首のあざや胸もとがあらわになっても直そうとするようすもない。ゆったりと体を預けるこの女性を見ていて、ユスフは自分の内側に冷たく固い孤独の芯があるのを感じた。こちらからはアミナに質問を投げかける。アミナは答えをはぐらかして奥さまのことを詳しく説明するだけだが、ユスフはそれでも満足して聞いていた。「この傷ができたのは、若かったとき、最初の夫と結婚したばかりのころだった」とアミナは伝える。「もともとただのあざだったのに、時とともにどんどん深くなり、心にまで達してしまった。つらすぎて人といるのが嫌になった。だれもがわたしの醜い姿を馬鹿にして、苦痛に呻くわたしを笑い物にした。でもいまはあなたが祈りを唱え、手で触れて、傷を癒してくれている。心が安らぐのを実感しています」

「ここにはじめて来たとき、どうだったの？　こうなってしまったことを――どう思ったの？」ユスフはアミナにたずねる。

「幼くてなにも考えられなかったかな」とアミナは静かに答える。「文明を持つ人たちと一緒にいたから恐れることはなかった。ズレハおばさまが親切で信仰に篤いのは有名だし、庭も家も楽園のように思えた。特にわたしみたいな貧しい田舎娘にはね。お客さんが訪ねてきたら、みんな庭の美しさをうらやんで胸を痛めたものよ。もし信じられないというなら、町の人に訊いてみるといい。毎年、施しの時期になると、ズレハおばさまは貧しい人たちにますます多くを分け与えた。この家では手ぶらで追い返されることなんてない。サイドの仕事は神の恵みを受けているのに、奥さまは奇妙な病で苦しむ。これも神の思し召しだし、わたしたちには神の叡智を判断するすべはないものね」

ユスフはつい微笑んでしまう。「単純な質問をしただけなのに、どうしてそんなおかしな話し方をするの？」

奥さまが唐突に口を開き、感情を抑えて話す。まもなく声は和らいだ。アミナは通訳する前にどうすればいいのかわからず、黙り込んでいるようだ。「わたしにはあんまり話してほしくないみたい。あなたの話を聞きたいって。あなたの言葉は理解できないけれど、なんという見事な話しぶりなんでしょう、とのことよ。じっとしているだけでも瞳はきらめき、体は光を放つ。それになんて美しい髪」

ユスフは驚いて奥さまを眺める。目は涙で潤み、顔は臆することなく輝きを帯びている。振り向いてアミナを見ると、うつむいていた。「顔に息を吹きかけて、もとどおりにしてもらいたいんですって」と伝える。

「そろそろお暇したほうがいいかもしれない」ぞっとするほど長い沈黙が続き、ユスフはやっとのことでそう言った。

「あなたを見ると喜びのあまり痛みを覚える、ですって」アミナはうつむいたまま話しているが、声に笑いが混じっているのは明らかだ。

奥さまは憤慨してまくしたてる。内容は理解できなくても、アミナに出ていけと命じているのは察しがつく。アミナが部屋を離れてしまい、どうやって退出すればいいのかわからず、ユスフも立ちあがる。奥さまは憤りながら姿勢を正し、苦痛に顔を歪める。沸きたつ怒りが徐々に鎮まると、ユスフを手招きして近くに呼ぶ。ユスフは出ていく前に、艶のある紫色のあざに触れ、手のひらの下でどくどく脈打つのを感じた。

アミナは中庭の戸口の陰で待っていた。ユスフは正面で足を止め、手を差し出したかったが、そんなことをしたらもう相手にしてもらえなくなるかもしれないと思った。「戻らなくちゃ」とアミナはささやく。「庭で待っていて。待っていてね」

ユスフは庭園にたたずんでいた。さまざまな考えが頭のなかを駆け巡った。そよ風が木々や茂みを吹き抜け、夜の虫の低く満ち足りたざわめきがかぐわしい空気を満たす。アミナもハリルが警告して禁じたことを繰り返し、奥さまのことでぼくを咎めるだろう。あるいは、毎晩家を訪ねてきて、わたしのそばに座っているのは、無邪気な夢を抱いているからなのでしょ、などと言われるかもしれない。時間がたつにつれ、延々と待ち続けている気がして不安が募ってきた。こんな夜更けに、庭に隠れているところを見つかって、恥ずべき盗みを企んでいると疑われるかもしれない。そこに突然、なにかがこっそり動く気配がした。さてはハリルが庭に探しに来て、ひと悶着を起こそうとしているのだな。逃げ出したい衝動を何度かぐっとこらえた。ようやく戸口で音がしたので、ほっと胸をなでおろし、足を速める。

ユスフが歩み寄ると、アミナはしっ、静かにと制する。「長くはいられないの」と声をひそめる。「奥さまがなにをするつもりか、わかったでしょ。言ったことを伝えるべきではなかったけど、少なくとも、なにを目論んでいるかははっきりしたはず。このことにとりつかれているのよ――だから気をつけて、もう近づかないで」

「そしたらきみに会えなくなる」とユスフは打ち明けて、しばし口をつぐんでから続ける。「質問に答えてくれなくてもいい、これからもきみに会いたい」

「質問って？」とアミナが訊く。ユスフには暗闇でも笑顔が見えたような気がした。「質問に答えている時間なんてない。奥さまに聞かれてしまう」

「じゃああとで」と言うと、ユスフの全身から歌が溢れ出す。「あの人が眠ってから。庭を散歩したらい い」

「ものすごく怒っているの。わたしたち、同じ部屋で寝ているし。きっと気づかれてしまう――」

「ここで待ってる」

「それはだめ。いったいどうしたら」アミナはその場を離れ、中庭の扉を閉めた。数分後に戻ってきた。「うとうとしているみたい。眠っているふりかもしれないけど。で、質問って？」

この際、質問などどうでもよかった。もし手を伸ばして彼女に触れたりしたら、二度と近寄らせてもらえなくなるのではないかと不安だった。「どうしてきみとハリルはちっとも似てないの？　しゃべり方もぜんぜんちがう――兄と妹なのに。別の言葉を話しているみたいだ」

「わたしたち、きょうだいじゃない。ハリルから聞いてないの？　なんで言ってないのかな。あるとき、人狩りが二人の少女を無理やり舟に乗せようとしていた。ハリルのお父さんはそれを目撃したの。男たちは浅瀬を歩いていて、女の子二人は泣きじゃくっていた。お父さんは大声をあげて、水のなかに突進していった。人狩りはひとりは諦めて、もうひとりをさらってまんまと逃げてしまった。お父さんはわたしを家に連れ帰って、その後、家族に迎えてくれたの。だからハリルとわたしは兄と妹として育ったけど、血のつながりはない」

「ううん、聞いてない」ユスフはぼそりと答える。「もうひとりは？　もうひとりの子はどうなったの？」

「姉さんのこと？　どうなったかわからない。母がどうなったかも。父のことは少しも記憶にない。まったくなんにも。寝ているうちにさらわれて、数日間歩かされたのは覚えているけど。ほかに訊きたいことは？」アミナの冷たく嘲るような口調が暗闇ではっきり聞こえ、ユスフはたじろいだ。

「故郷のこと覚えてる？　つまり、どこなのかってこと」

「名前は覚えてるかな――ヴンバかフンバといって、海のそばだったと思う。あのころ、まだ三歳か四歳だった。母の顔すらちゃんと思い出せないものね。さてと、行かなくちゃ」

「待って」とユスフは呼びかけ、手を伸ばして引き止めようとする。腕をつかんでも、アミナは振りほどこうとしなかった。「結婚してるの？　おじさんはきみの夫なの？」

「そう」アミナは冷静に答える。

「うそだ」ユスフの声に痛みが滲む。

「ほんとよ。それも知らなかったの？　だれでも知っていることなのに――ここに来たとき、奥さまがすべて説明してくれた。そう、奥さまがね！　あなたの拾ったお守りは、ハリルのお父さんが養子にしてくれたときに受け取ったもの。ある人を呼んで、養子縁組の書類を用意してもらった。その人がお守りも作ってくれた。ずっとこれが守ってくれるよって。でもそんなことなかった。たしかに自分の人生はある。だけど、この人生を生きていると実感できるのは、なんにもなくて空っぽだから、なにも与えられていないから、ただそれだけのこと。夫は、サイドは、天国の住人の大半は貧しい者で、地獄の住人の大半は女だってよく言っている。この世に地獄があるとしたら、それはここよ」

ユスフは言うべき言葉を見つけられず、ややあって彼女の腕を放した。苦しみと諦めを一貫して淡々と語るようすに圧倒されてしまった。あの穏やかな微笑み、自信に満ちた沈黙から、これほどの悲しみを胸にしまい込まなくてはならなかったとは、想像だにしなかった。

「いつも庭でせっせと働くあなたを見ていた」とアミナはまた話しはじめる。「ハリルから、あなたのこと、あなたがここに連れてこられたいきさつを聞いた。それで思い描いていたの。いろんなものが奪われてしまった悲しみを木陰や水のせせらぎや大地が癒してくれているんだろうなって。うらやましかった。いつの日か、戸口に立つわたしに気づいて、きみも出ておいでって強く言ってくれるんじゃないかって期待していた。さあおいで、一緒に楽しもうって誘いかけてくれるのを夢見ていた。でもまもなく、奥さまが熱をあげるようになって、あなたは遠くにやられた。さあ、もうじゅうぶんよね――ほかに訊きたいことはある？　じゃあ行くね」

「あとひとつ」とユスフは呼び止める。「ここを出ていくつもりはある？」

アミナはふふっと笑って、ユスフの頬に触れる。「あなたが夢見がちな人だってわかっていた。庭で見ていてそう思ったの。早く戻らないと。またはじまってしまう。奥さまに近づかないで。いいわね？」

「待って！　どうやったら会える？　ぼくがそっちに行かないとしたら」

「もう会わない。だって、なんの意味があるっていうの？　わからない」

アミナが去ったのち、手の感触の余韻が頬に残った傷痕のように思えた。触れるとじんじん熱い気がした。

3

「どうしてこそこそ隠しごとばかりして、あんなにふてくされてたんだよ。最初から最後まで素直に話してくれればよかったのに」とユスフはぴしゃりと言って、すでに寝具に横になっているハリルのそばに腰をおろす。

「そうだな」とハリルは不承不承返事をする。

「じゃあなんで話してくれなかった？」

ハリルは起きあがり、あたりで唸りをあげる蚊の大群から身を守ろうと、シーツを肩に掛けた。「なぜって単純じゃないからだ。単純なことなんてなにもないし、この問題は、なあ、どう思うかって軽々しく話せるようなことじゃない」とハリルは答えた。「ああついでに、ふてくされてたって話だけど、お前のやってることが恥ずかしかったんだ」

「そうか、それは悪かったね。不機嫌というわけじゃなく、恥ずかしいと思ってたのか。じゃあ、そろそろ単純じゃない問題をもう少し話してくれたっていいんじゃないかな」

「妹はなにか言ってたか？　自分の身の上とか――」ハリルは訊き返す。

「きみの父さんが人狩りから助けてくれたって。そのあと娘として養子に迎えてくれたって」

「それだけ？　ああそうか、ならたいしたことないな」ハリルはむっつりして肩を丸める。「やせっぽちの老いぼれ商店主にそんな勇気があったとはな。ああいうやつらは銃を持っていただろうに。とにかく親父は川に飛び込んで、子どもたちを放せと怒鳴った。泳げもしないのに。

「俺たち家族はここから南にある小さな村で暮らしていた。貧しい場所だよ。前に話したよな。店に来る客はもっぱら漁師や農民。野菜や卵を持ってきては、釘や布、砂糖と交換していた。ちょっとした密売がうまくいけばいつも歓迎された。あいつもそう、どこかへやられる密売品《マゲンド》だった。売り飛ばされた姉さんと同じで。うちに来たときのことをよく覚えてるよ。わんわん泣いて、どろどろに汚れて――怯えきっていた。町ではあいつの話を知らない人はいなかったけど、だれも訪ねてこなかった。それで俺たちと暮らすことになったんだ。親父は妹を生ける屍《キファ・ウロンゴ》って呼んでいた」とハリルは言ってにやりとする。「朝、親父は食べる準備ができたら、すぐに妹を呼んでパンを取ってこさせた。あいつは隣に座って、パンのかけらを手ずから食べさせてもらっていた。小鳥みたいに。毎朝、キビのパンに溶かしギーをつけて。そばでぺちゃくちゃしゃべり、親父のちぎったパンを食べようと大きく口を開ける。母さんが用事をしているとついてまわり、俺が出かけるときは一緒に来た。ある日、この子にうちの名前をあげて、家族の一員になってもらおうと親父が提案した。親父がよく言ってたな。神は小さな血の塊から人間をお創りになったって（コーラン第九十六章「凝血（アル・アラク）」第二節）。妹は俺たちに比べて、町の人たちとすらすら会話をしていた。お前と同じ、スワヒリ人だ。少しちがった話し方をするけど。

「そしてサイイドが現れた。この部分はとても単純だ。憐れで愚かな親父は――神のご慈悲がありますように――借金の返済の一部として七歳だった妹を差し出した。妹が結婚できる歳になるまで、俺はレハニでいることが決まった。親父が買い戻してくれなければな。ところが親父は死んで、母さんと兄さんたちはアラビアに帰ってしまい、家族の恥もろとも俺はここに置き去りにされた。悪魔のモハメド・アブダラが俺たちを引き取りに来たとき、妹の服を脱がせて、汚い手でなでまわしやがった」

ハリルはすすり泣き、涙が静かに頬を伝った。

「結婚後、ここにいたければいていいとサイイドは言った」とハリルは続ける。「それで妹の世話をするために残ることにした。親父に売られて囚われの身になった気の毒な妹のために――親父の魂に神のご慈悲がありますように」

「でもきみたち二人とも、これ以上ここにいる必要なんてないじゃないか。アミナは出ていきたければ出ていける。だれにも止められない」ユスフは声を張りあげる。

「なんと、お前は勇敢だな」とハリルは泣き笑いをする。「みんなで逃げて山で暮らせるってか。まあ、出ていくかどうかは本人次第だな。もしあいつがサイイドの考えを無視して出ていったら、俺はレハニに逆戻りか返済するしかない。それが取り決めで、名誉を守るために必要なことだ。だから妹は出ていかないし、あいつがここにいるなら俺も一緒にいる」

「どうして名誉の話なんかできるんだよ――」

「じゃあなにを話せばいいっていうんだ。憐れな親父と――神のご慈悲がありますように――サイドは、俺からほかの一切のものを奪ったんだ。俺をこんな役立たずの臆病者にしたのがあの二人でないなら、いったいだれなんだよ。単に俺の性分なのかもしれないし、俺たちの生き方――習わしなのかもしれない。でも妹はちがう。二人はあの子の心をずたずたにした。名誉よりも守るべき大切なものがあるっていうのか？　名誉というのが気に食わないなら、好きなように呼んでくれ」

「名誉の話なんかどうだっていい」とユスフは憤る。「またそういう高尚な言葉を盾にして、うしろに隠れているだけじゃないか。ぼくは彼女を連れ出すつもりだ」

ハリルは寝具に横になって体を伸ばす。「サイドと妹が結婚した夜、俺は満ち足りた気持ちだった。何年も前に見たインド人の婚礼ほど豪華じゃなかったけどな。歌もないし宝石もない、客もいなかった。これでもう妹は籠のなかの小鳥ではなくなって、悲しい歌を口ずさまなくてもいいんだって、内心ほっとした。ときどき夜に歌っているのを聞いたことあるか？　結婚が妹の恥を拭い去ってくれると思ったんだ。もちろん、あいつが出ていきたいというならそれでいい！　そもそもこの何年も、お前を引き止めた人なんていないけどな。でもいったいどこに行こうっていうんだ。サイドは手をあげる必要すらない。お前はだれからも非難される、間違いなく。罪人だ。町に残ったら身の安全すらない。妹はなにか言ってたか？　なにか約束をしたかってことだが」

ユスフは答えなかった。怒りがおさまり、無謀な決意に異論を突きつけられて安堵を覚えはじめた。たぶん自分にはどうすることもできないのだ。暗い中庭の戸口に立つアミナの記憶は、まだ手のなかに温かく残っている。それなのに、みるみるうちに冷めていって、なにかもっと落ち着いたものへと、静かな時間に包みを解くような大切な宝物へと変わっていくのを感じた。よくも一緒に逃げるなんて言えたものだな。そんな話を持ちかけられたら、アミナは面と向かって笑い飛ばし、助けを呼ぶだろう。とはいうものの、アズィズおじさんのことを話したり、人生は地獄だと語ったりしていた、苦しみの滲む声が耳に響く。頬に触れる手、あの手の温もりを感じる。出ていくつもりはあるのかとたずねられて、ふと笑ったあの声――。

「ううん、なにも言ってない。ぼくのことを夢見がちだって思っている」ユスフはしばらくして口を開く。ハリルがもっと質問してくると予想していたが、まもなくため息が聞こえて、眠ろうとしているのがわかった。

ユスフは目を覚ますと、疲れ果てて途方に暮れていた。ひと晩じゅう、寝たり覚めたりを繰り返し、このまま問題を放っておくべきか、それともアミナと話して決断を迫るべきかと葛藤していた。彼女が自分の人生とぼくの人生を語ったようす、ぼくをいつも見ていて、二人の暮らしを重ね合わせてきたことからすると、軽蔑されて背を向けられる心配はなさそうだ。アミナへの感情のなかに似たような思いもある。この感情をうまく伝えるための言葉がじゅうぶんにあるわけではないが、自らの意思だけで生じた希薄なものでないのははっきりしていた。でもこういうことは、もし彼女に覚悟があるとして、のちに起こることに比べたら、かすかなつぶやきにすぎない。それでもアミナに話そうと心に決めた。こんなふうに語るだろう。**ここが地獄というならいますぐ逃げるんだ。そしてぼくも一緒に行かせてほしい。ぼくらはあの人たちに臆病で従順でいるよう飼い慣らされ、痛めつけられても敬うように仕向けられてきた。ここを離**

れればいい。ぼくも一緒に行かせて。二人とも、どことも知れぬ場所に囚われている。ここよりひどいところなんてあるかい。たしかに行く先々では、壁に囲われた庭はないし、頑丈な糸杉やざわざわ揺れる茂み、たわわに実をつける木々、驚くほど色鮮やかな花々も見られないだろう。日中にオレンジの樹液の苦い香りは漂ってこないし、夜になってもジャスミンの匂いにすっぽり包まれることはない。ザクロの実や庭の隅の甘い薬草の香りもしない。池や水路を流れる水の音色もないし、真昼の酷暑になつめ椰子の木立がくれる安らぎもない。うっとりする音楽も聞こえてこない。まるで追放だ。だけど、こんな人生よりひどいものがあるだろうか？　すると彼女は微笑み、頬を触って熱くさせる。夢見がちな人ねと言って、ここよりも完璧な庭を造りましょうと約束するだろう。

両親のことでは後悔はしない、とユスフはひとりごちる。ぜったいに後悔しない。何年も前、両親は自分たちの自由と引き換えにぼくを捨てた。今度はぼくが両親を捨てる番だ。息子を囚われの身にして苦痛が和らいだというなら、それももう終わり。これからはぼくが自分の手で人生を切り開く。平原を自由に歩きまわるあいだに両親を訪ねていって、あなたたちが厳しい教訓を与えてくれたおかげで、こうやってひとり立ちできたのだと感謝してやってもいいかもしれない。

4

その日、商店は客でごった返していた。ハリルは明るく気ままに仕事に打ち込んだ。快活な振る舞いを目にして、特にしょんぼりしていた人たちでさえも笑顔になった。すっかり元気になったな、と客たちは口々に言った。アッラーに讃えあれ！　冗談もますます大胆になって、ややもすれば愚弄ともとられかねないほどだったが、持ち前の人を惹きつける愛嬌のおかげでどの人も腹をたてる気にならない。「いったいどうしたんだ」と客たちは訊いてくる。ユスフはにっこり笑って肩をすくめ、左のこめかみをぽんとたたいてみせた。いくつかの説があった。若さゆえの情熱だろう。筋違いとはいえ、健全だし悪い感じはしない。人生に縛られる前に思う存分笑ったほうがいい。大麻をちょっとやって効果があったんだ、と別の者が言い出した。たぶん慣れていないから頭がのぼせてしまったんだろうな。ある女性は髪の手入れのためにココナッツ油二オンス（約六十グラム）を買いに来て、ハリルが愛撫の喜びについて強烈なたとえ話を披露するので、だれかがこの青年の性器にトウガラシでも塗ったんじゃないかしらと訝った。テラスの老人たちは高みの見物を決め込んで、うれしそうにげらげら笑った。ハリルは視線を合わせなかったが、ユスフはそわそわした目つきに異様な興奮を見て取り、すれちがいざまに脇に避けた。

午後、慌ただしさが落ち着いてくると、ハリルはこれ見よがしに店の隅に箱を押し込み、居眠りしようと腰をおろした。ユスフの記憶にある限りでは、ハリルがこんなことをしたのははじめてだ。突然調子が悪くなるのは、ぶすっとしたりはしゃいだりを繰り返しているせいなのかもしれない。ムゼー・ハムダニがバケツの水を苦労して運んでいるのが見える。池の水を補充しているのだろう。バケツから水がばしゃばしゃこぼれ、老人が庭に向かって数歩も進まないうちに、足にしぶきがかかり、地面がぬかるんでしまった。ユスフはあえて急いで助けに行こうとせず、妬みと苛立ちを感じつつ、じっと眺めていた。だがムゼー・ハムダニは例によって作業に没頭していて、こちらに気づいてはいないようだ。ほどなく、老人は振り向きもせずに庭園をあとにし、突進するヤスデのごとく、足を引きずり、着実な速度で空き地を歩いていった。歌ははっきりとは聞こえないが、ときおり声がうわずり、詞を逆向きに歌っているみたいに響いていた。

夕方のいつもの時間にユスフは邸宅を訪れた。これで最後だと自分に言い聞かせる。奥さまのための祈禱をさっさと済ませ、アミナを見つめて、そして――もしも勇気が出せたなら、一緒に逃げようとささやくんだ。わずかに開いた中庭の扉から入っていき、小声で呼びかけて到着を知らせる。部屋は香の匂いに満ち、奥さまはひとりで座って待っていた。ユスフは足を踏み入れるのが怖くなり、戸口で立ち止まる。奥さまは微笑み、手招きして呼び入れる。美しく着飾り、長いクリーム色のドレスが琥珀色の糸できらめいている。ショールを脱いで身を乗り出し、もっと近くに来るようにと手を振ってしきりに急きたてる。ユスフは二歩前に進んで止まる。心臓の鼓動が速くなり、出ていかなければと悟る。奥さまは静かに話しはじめる。情感たっぷりに語り、次第に柔らかな笑顔になる。なにを望んでいるのかわからなかったが、表情には紛れもなく情熱と痛切な思いが滲み出ている。奥さまは両手を胸に押しあてて腰をあげる。肩に手を置かれてユスフは震えあがる。あとずさりすると、じりじり近づいてくる。踵を返して逃げようとしたら、背後からシャツをつかまれた。シャツはそのまま手のなかで破れてしまったようだ。部屋を飛び出したとたん、苦悶の叫びが聞こえてきたが、ユスフは振り返ることも、ためらうこともなかった。

「なにをしたんだ?」暗くなる庭を走り過ぎていくユスフに向かってハリルが怒鳴った。ユスフはテラスに座り込む。頭が真っ白になって、うんざりして、自分の置かれた状況がたまらなく惨めになり、途方に暮れた。何時間にも思えるほどテラスにとどまり、恥と怒りのあいだを揺れ動いた。厄介な事態になる前にいますぐ立ち去るほうがいいだろう。でも恥ずべきことなど一切していない。こんな人生をぼくに強いている、ぼくたちに強いているやり方こそが恥なのだ。悪巧み、憎しみ、執念深い強欲が素朴な美徳ですらも取引の道具にしてしまう。逃げよう。それより簡単なことはない。四方八方から課される圧迫を逃れられる場所に。だがずいぶん前から孤独がしこりとなって、行き場を失った心に巣食っている。どこへ行ってもついてまわり、ささやかな生きがいを得ようとあれこれもがいたところで、結局、望みは色褪せ、砕け散ってしまうのだろう。あの山間の町に行こうか。あそこに行けば、ハミドからひとりよがりの質問攻めに遭い、カラシンガが妄想を語って楽しませてくれる。それとも、フセインと一緒に山奥に引きこもって暮らそうか。きっと小さな満足を味わえるだろう。それとも、チャトゥのもとへ行き、いまにも崩れ落ちそうな領地でスルタンお抱えの道化にでもなろうか。あるいはウィトゥへ赴き、大麻中毒のモハメドが罪を犯したせいで失ってしまった母親と愛しい故郷を探そうか。けれども、どこに行こうと両親やきょうだいのことを訊かれ、なにを携えてきたか、なにを持って帰りたいかと問われる。こういう質問をされても曖昧な答えしか返せないだろう。サイイドは香水の匂いをまとい、がらくたを詰めた袋と自信たっぷりの優越感だけを武器に、見知らぬ土地の奥深くまで旅をする。森にいる白人は旗の下にどっかり腰をおろし、武装した兵士に囲まれて怖いもの知らずだ。いっぽう、ユスフには旗もなければ正しい知識もなく、一段上の名誉を主張することができない。自分にはこの見知った狭い世界しかないのだと思い知った気がする。

ハリルは殴りかかろうとするみたいに腕を振りあげて、暗闇から足早に向かってくる。「だから言っただろ、面倒なことになるだけだって」と怒鳴りつけ、ユスフを無理やり立たせて引っ張っていく。「ここを出よう。町へ行こう。このバカ、バカが——奥さまが喚きたてていることを教えてやろうか。いままで散々親切にしてあげたのに、あの子はいきなり獣のように襲いかかってきて服を引きちぎった、だってよ。俺は町から人を連れてくるように言われた。証人の前で告発するんだそうだ。お前はぶちのめされて、唾を吐きかけられて——いくらでもひどい目に遭うだろうな」

「触ってもいないのに」とユスフは訴える。

ハリルは腕を放すとユスフをぶん殴り、怒りに任せて倒れ込んだ。「そんなことわかってる、わかってるさ！　なんで俺の言うことを聞かなかったんだ」と叫ぶ。「触ってないだと！　奥さまが集める証人にそう主張してみるんだな」

「これからどうなる？」ユスフはかっとしてハリルを押しのけ、立ちあがる。

「逃げるしかない」

「罪人みたいに？　どこに行くっていうんだ？　出ていきたければ出ていくよ。それに見つかったらどうなる？」

「だれもが奥さまの肩を持つだろうな。言っただろ、これから奥さまの望む人たちを町から連れてくるって。でないと助けを求めて大騒ぎしてしまう。みんな奥さまの言い分を信じるだろう。このまま放っておけば、ひょっとすると明日の朝には気が変わっているかもしれないが、そうは思えない。逃げるんだ。ここの人たちのこと、知らないのか？　殺されてしまうぞ」

「ぼくはうしろからシャツを破かれたんだ。逃げようとしていたのは明らかだよね」

「バカなこと言うな！」ハリルは叫んで、信じられないという表情で吹き出した。「だれがわざわざ訊くっていうんだ。そんなことどうだっていいんだよ。うしろからだって？」ハリルはユスフの背中をちらりと見て、狂ったような笑いを抑えられずにいる。少し考え込んで、なにかを思い出そうとしていた。

二人は急いで海岸に行き、何時間でも座って話のできる暗がりを見つけた。ユスフはほんとうの罪人みたいに、真夜中にこそこそ逃げ出すのはいやだった。ハリルにどれだけ説得されても、告発されるのを待って、きちんと弁明して、それから出ていきたいと言い張った。だめだめ、ぜったいにだめだ、とハリルは喚いた。足もとの堤防に絶え間なく波が打ちつけていたが、ハリルの声は荒海の唸りをもかき消した。

二人が商店に戻ると、もう真夜中近かった。がらんとした町は静まり返り、ユスフの夢にしょっちゅう現れるやせこけた犬だけがあたりをうろついている。店に着いてすぐ、ユスフはどことなく不穏な空気を感じ取る。留守中になにかが起こったのだろうか。ややあって、状況がはっきりとわかった。香水の匂いが漂い、アズィズおじさんの帰宅を知らせる。ちらりと目をやると、ハリルも気づいていた。君主《ファラオ》が戻ったのだ。

「サイドだ」ハリルは緊張した声でささやく。「夜のうちに帰ってきたんだな。こうなったら、お前を助けられるのは神しかいない」

なにはともあれ、アズィズおじさんが帰宅したことを知って、ユスフはうれしくてぞくぞくした。意外にも、おじさんのことはまったく怖いと思わない。ただ、自分にかけられた嫌疑についてどんなふうに語るのか知りたくてたまらなかった。精霊《ジン》が木こりを罰したように、ぼくを猿に変えて、荒涼とした山の頂に追いやるのだろうか。ハリルが前途に待ち受ける悲惨な運命について語っているときに、ユスフは寝具を広げて横になった。当の本人が癪に障るほど落ち着いているので、ハリルは黙り込むしかなかった。

5

アズィズおじさんは夜明けとともにやってきた。ハリルはおじさんの姿を見るや、例のごとく脇目もふらず手に飛びつき、興奮気味に挨拶する合間にキスをする。おじさんはカンズをまとい、サンダルをはいているが、帽子はかぶっていない。わずかながら砕けた雰囲気がして、ゆったりと穏やかに見える。ところがユスフに向けた顔は厳しく、普段とちがってキスのために手を差し出すこともなかった。

「話は聞いた。あの奇妙な振る舞いはいったいなんだ?」とおじさんは言って、敷物から立ちあがったユスフにもう一度座るよう手で促す。「正気を失ってしまったようだな。納得のいく説明ができるかね」

「なにも悪いことはしていない。奥さまに招かれたので、そばに座っていただけです。ぼくはシャツをうしろから破かれたんです」ユスフの声は思いがけず、厄介なほど震え出した。「つまりぼくは逃げようとしていたんだ」

アズィズおじさんは微笑み、こらえきれずに歯を見せて笑った。「ああユスフ」と嘲るように言う。「人間の本性は卑しいものだと話さなかったか? どうしてまたそんな目に遭ったんだ。まさかお前がそんなことになるとは。うしろからと言ったな? だからすべて明らかだと。危害を加えるつもりはなかったし、加えてもいない、なぜならうしろからシャツを破かれたから、と」

ハリルはアラビア語で説明しはじめる。アズィズおじさんはひとしきり耳を傾け、手を振って遮った。

「本人に語らせよう」

「なにもしていない」とユスフ。

「何度も家に入っただろ」とアズィズおじさんは言って、再び表情を硬くする。「そんな無作法をどこで覚えた？　お前に家を任せたら、醜聞と不名誉の場にされてしまうな」

「ぼくが家に入ったのは、奥さまが望んだからで、祈禱をしてほしいと言われたからです――傷を癒すために」

アズィズおじさんは無言のままユスフを見つめる。次になにを言うべきか、なにをするべきか迷っているようだ。内陸への旅の最中、ユスフがしばしば目にした表情でもある。こんなふうにしばらく思案したのち、たいていは口を出すのではなく、成り行きに任せることになった。それは嵐の前の静けさでもあった。「お前を一緒に連れていくべきだった」ようやくおじさんは口を開く。「こうなることを想定しておくべきだった――。奥さまは具合が悪いのだ。不名誉なことが起きていないというなら、この件はもうこれくらいにしておこう。シャツがうしろから破かれたとなればなおさらだ。だが、なにひとつ部外者に話してはいけない。頻繁に家に入るのはやはり間違いだ」

ハリルはまた早口でアラビア語を話す。アズィズおじさんは二、三度つっけんどんにうなずいて、アラビア語で答える。何度かやり取りがあり、おじさんは店のほうに軽く顎をしゃくった。

「どうしてしょっちゅう家に入ったんだ」ハリルが店を開けに行ったあとでおじさんはたずねた。

ユスフは返事をせずに相手を見つめる。このとき、アズィズおじさんはハリルが寝ていた敷物の上に座っていた。片足を曲げて腰をおろし、伸ばした腕で体を支えている。ユスフが次の言葉を待っていると、おじさんの顔に穏やかで愉快そうな笑みが広がっていった。

「アミナを見るためです」とユスフは白状する。そのひと言が出てくるまでずいぶん時間がかかった。

おじさんは顔をほころばせて、口もとに悠然と笑みをたたえた。アズィズおじさんが店のほうに目をやったのでユスフは視線を追った。カウンターのそばにいるハリルは怒りと憎しみに満ちた目でこちらを見ている。それからくるりと背を向けて、鎧戸を開ける作業を続けた。

「まだ話すことはあるか?」アズィズおじさんはユスフに視線を戻して訊いた。「なんとも勇敢じゃないか。この数週間で目覚ましく成長したな!」

どの程度正直に話すべきか、話したとしてどんな変化があるのかと逡巡し、なかなか返事ができなかった。するとおじさんが続けた。「旅の途中、お前が以前暮らしていた町に立ち寄って親父さんを訪ねたんだ。お前のことで相談がしたかった。ここに住んで働いてもらうかわりに、負債をすべて帳消しにすると申し出るつもりだった。しかし親父さんはすでに亡くなっていた——神のご慈悲を賜らんことを。母親はあの町にいなかったが、その後どこへ移ったのかだれにも教えてもらえなかった。おそらく故郷に戻ったんだろうな。どこかわかるか?」

「わからない」とユスフは答える。喪失感はない。けれども、母もひとり残されて、どこかで生きているのかと思うと、急に悲しみが襲ってきた。母のことを想像すると涙が溢れてきた。アズィズおじさんは痛みを見せるユスフに小さくうなずく。そしてじっとようすをうかがっていた。ユスフに任せて物事を進めればいいと思っているみたいに。ユスフは長いあいだ黙り込み、心のなかで燃えあがる言葉を口にすることができずにいた。**彼女を連れて出ていくつもりだ。あなたが彼女と結婚したのは間違っている。まるで彼女になにもないかのように、心を踏みにじるのは間違っている。こんなやり方で人を所有するなんて、ぼくらを所有するなんて間違っている。**アズィズおじさんは頃合いを見て腰を浮かし、手を差し出してキスを求める。ユスフが前屈みになって香水の匂いに包まれると、おじさんはつかのま、もう片方の手を後頭部に置いて、ぴしゃりとたたいた。

「どういう仕事をしてもらうのが一番いいのか、あとで話し合おう」アズィズおじさんは機嫌良く言った。「旅ばかりしていて、もういい加減うんざりしているんだ。お前に手伝ってもらえるかもしれないな。昔馴染みのチャトゥに再会できるかもしれないぞ。それはそうと、二人とも気をつけるんだぞ。ハリル！お前もだ。北部の国境で、ドイツ人とイギリス人の戦争が近いとささやかれている。昨日の午後に戻ったとき、町の商人たちから聞いたんだ。すぐにでも、ドイツ人は人をさらって軍隊の荷担ぎにするつもりらしい。しっかり用心しなさい。万が一、連中を見かけたら、すぐに店を閉めて隠れるんだ。ドイツ人がなにをするか聞いたことがあるだろう？　さて、では仕事にかかってくれ」

6

「ほんとに気に入られてるよな」とハリルはうれしそうに言った。「ずっと言ってただろ。サイイドはすごい人だって。疑いようもなく。帰宅して、奥さまをひと目見て、思ったにちがいない。**この狂った女はわたしのかわいい子を苦しめているのだ。こういう女はいつでも厄介なものだが、うちのやつはとびきりの猿だな、こん畜生。**どっからどう見てもあの人はおかしいんだ。めそめそ憐れっぽい声を出して、傷がどうのとぶつぶつ嘆いて。おまけに破れたシャツときた！　ああなんと、シャツを破かれるとは！　まったくなんて話だ！　立派な天使が集まって、お前のことを気にかけてくれてるんだな。こうなった以上、お前が面倒に巻き込まれないように、サイイドは結婚相手を探してくるだろう。内陸の商店の素敵な女の子とか。今回出かける前には、だれか頭にあったんじゃないか。もしかすると俺にも見つけてくれるかもしれないし、そしたら合同で結婚式ができるぞ。二人は姉妹かもな。二人分いっぺんに支払ったほうが安あがりだろう。裁判官《カーディー》に儀式を執りおこなってもらうのも半分の費用で済むし、初夜のあとの洗濯もいっぺんに片づく。道路の反対側にある家を借りて一緒に暮らそう。妻たちは双子を産んで、煩わしい雑用を互いに手助けする。で、俺たちは家のテラスに敷物を広げて座り、そうだな、たぶん——世界情勢について語るんだ。なかなかいいだろ。いや、神の約束の実現についてかもな。そして朝には道路をわたってサイイドの仕事をする。どうだ?」

俺たち合同で結婚式をするから、サイイドが催してくれる祝宴に来てくださいよ、とハリルは客に言い触らした。サイイドをご存じのとおり、ぜんぶ法《ハラール》にのっとり、清らかですよ、と。余興もこと細かに語る。踊り手や歌い手、竹馬乗り、香をのせた盆を運ぶ少年少女の行列、脇でバラ水をまく男たち、その他なんでも。ありとあらゆるごちそうが振る舞われ、夜通し素晴らしい音楽が流れる。ユスフも客たちと一緒に微笑む。ハリルがこれほどはしゃぎにはしゃいで気ままに話をでっちあげ、尾ひれをつけるので、笑わないわけにはいかない。客たちにほんとうなのかと訊かれて、心が乱れてしまったんですよ、とユスフは説明する。「熱に浮かされているんです。放っといてやってください。さもないと不安になって、もっとひどくなってしまいますから」

日課をこなしに庭に来たムゼー・ハムダニを見て、ハリルは大声で呼びかけた。「聖人《ワリー》、俺たち二人とも結婚するんですよ。びっくりしませんか?　サイイドが今後の暮らしの段取りをつけてくれるんです。

ちょっと時間のあるとき、俺たちのためにカスィーダを歌ってください。こんな幸運、だれが予想できたでしょうね。そうそう、こいつは庭の手伝いができなくなりますよ。じきに別の場所で花壇を耕して、茂みを刈り込むことになるんで」

ハリルは事態が悪化しなかったことに胸をなでおろし、おどけてみせているのだろう。はじめのうち、ユスフはそんなふうに考えていた。アズィズおじさんは奥さまの問題を難なく片づけてしまい、ユスフはアミナのことで食ってかかろうともしなかった。その気になれば、おじさんはなんとでも好きなようにぼくの扱いを決めるだろう。のちにユスフはハリルに馬鹿にされているのだと気づいた。あんなに熱っぽく勇ましい話をしていたのに、おじさんのぞっとする提案に屈して、ただ沈黙するしかできないのだ。ハリルも自分も結局は似た者どうし。自ら進んで商人に仕えている。手にキスをしてへりくだる。ハリルは絶望を語っていた。父親がアミナに働いた悪事を償うためにここにいるのだと。ユスフは仕え続ける理由を説明できない。

「サイイドって、そろそろちゃんと呼んでみろよ」ハリルは笑った。

7

二人が最初に兵士の存在を知ったのは、商店の前の道路を走り過ぎる男たちを見たときだ。午後遅い時間で、涼しい通りをそぞろ歩きながら外の風にあたって会話を楽しむ人、町から帰宅する途中の人がいた。突如、そこかしこで小さな集団が散り散りになり、アスカリだと口々に叫んで、道路から逃げていったり、町の外れに向かったりした。ハリルは家に駆け込んで注意を呼びかけ、ユスフは大急ぎで店を板で塞ぐ。二人は薄暗い場所にしゃがんで、心臓をどきどきさせ、互いを見てにやりとした。閉じこもってすぐには商品の匂いで息が詰まりそうだったが、澱んだ空気に慣れてくると呼吸も楽になった。板と板の隙間から空き地と道路がわずかに見える。やがて白い軍服姿のヨーロッパ人将校に続いて、兵士の隊列が一糸乱れずゆっくりと行進してきた。隊列が近づいてくると、ドイツ人がひょろりとした若者で、微笑んでいるのがわかった。二人は顔を見合わせて笑い、ハリルは板ののぞき穴から退き、ため息をついて座り直した。

アスカリは裸足で整然と行進している。ドイツ人将校が進路を変えて店の前の空き地に入っていくと、アスカリもさっと方向転換する。空き地に到着するや、隊列は糸を抜いた首飾りのようにばらばらに散っていった。兵士たちは声をたてずに、どこかに日陰を見つけると、満面の笑みを浮かべ、ほっと吐息を漏らして地面に荷物を放り、体を投げ出す。将校はしばし邸宅と閉まった店を注視する。そして微笑んだまま、まったく慌てるようすもなく、二人のいるほうにぶらぶらと歩き出した。将校が離れていくと、兵士たちは会話に興じて笑い合い、ひとりが汚い言葉を叫んだ。

ユスフはのぞき穴から目を離さず、恐怖に顔を引きつらせて、笑顔のドイツ人をまじまじと眺める。将校はテラスで足を止めて、じきにユスフの視界から消えた。大声で指示が出され、休憩中のアスカリのあいだから折り畳み式の椅子と机が運ばれてきた。ドイツ人は腰をおろす。店を塞いだ板のすぐ向こうに顔が見える。ユスフはそのときようやく、遠くから見たほど将校が若くないことに気づいた。火傷か病気をしたみたいに、顔の皮膚はぴんと張っていて滑らか。てっきり笑っているのかと思ったら、顔は歪んで険しくこわばっている。歯はむき出し。突っ張った顔の肉が腐りはじめて、口もとから剝がれ落ちているかのようだ。死体の顔そのもの。ユスフはあまりに醜い外見と残酷な表情に衝撃を受ける。

まもなく軍曹がアスカリに起立を命じた。シンバ・ムウェネを彷彿とさせる、いかにも屈強そうな男だ。兵士たちは不満げに三々五々固まって待機する。みな揃ってドイツ人将校のほうを向いている。ドイツ人はというと前方を見据え、何度かグラスを唇に持っていく。飲み物をすするかわりに、グラスの縁に醜悪な口をつけて一気に流し込む。しかるのち、兵士たちを一瞥した。ユスフはこくりとうなずく顔を見ていた。

軍曹の命令が飛んでくる前に、アスカリは機敏に行動する。驚くべき速さと正確さで一列に整列して気をつけの姿勢を取り、ついで三人ずつに分かれてそれぞれ別の方向に走り出す。指揮官の護衛に三人が残る。店先の両側にひとりずつ立ち、三人目が脇をまわっていき、庭園の扉をこじ開けた。将校はグラスを唇に近づけて傾け、口を開いて中身を注ぎ、顔を真っ赤にしてまで貪欲にごくごく飲んでいる。白い液体が顎を伝ってしたたり落ち、手の甲で拭った。

庭園に入っていったアスカリが戻ってきて報告する。ややあって、ユスフにはこの男がスワヒリ語を話しているのがわかった。庭には果物の実った木があるだけで、家は施錠されています、と言っている。将校は見向きもしない。報告を終えたアスカリがくつろごうと木の下に戻っていくと、ドイツ人は振り返って、板を打ちつけた商店をじろじろと見る。ユスフはまっすぐ目をのぞき込まれている気がした。

アスカリが戻ってくるまでにかなりの時間が経過したようだった。捕らえた男たちを先に歩かせて、歌ったり喚いたりしている。やがて空き地は捕虜で溢れ返った。ドイツ人将校は腰をあげ、うしろ手を組んでテラスの端に歩いていく。**ゴグとマゴグだな。**ハリルはユスフの耳もとでささやく。連れてこられた男たちのほとんどは怯えきった表情をしており、真ん中に追い立てられ、見知らぬ土地に来たみたいに無言であたりを見まわす。なかには和気あいあいと内輪で語り合い、慣れ慣れしくアスカリに罵声を浴びせる者もいる。とはいえ、相手はおもしろがっていない。数分たつと、アスカリはお調子者たちのあいだを歩き、痛烈な一撃で黙らせ、顔から笑みを消し去った。

アスカリが全員戻り、無表情になった捕虜が中央に集められ、軍曹がテラスに歩いていって命令を受ける。ドイツ人将校がうなずくと、軍曹は満足そうに声を張りあげ、部下たちのもとに引き返す。捕虜は押し黙ったまま二列に並べられ、暮れゆく空のもと、町のほうへと連行されていった。将校は背筋を伸ばし、実に抑制された動きで、重い足取りの隊列の先頭を進んでいく。白い軍服が薄明かりに照らされてほんのりと輝いていた。

隊列が見えなくなる前に、ハリルは店からするりと抜け出して脇にまわりこみ、家のなかが無事かどうか確認した。庭園は穏やかな静けさに満ち、夜の調べが黄昏どきに小さく震えている。ユスフはアスカリの野営の跡を探りに行った。恐る恐る近づき、不快な臭いが残っているかのようにくんくん鼻を鳴らす。地面は男たちに踏み荒らされ、依然として不穏な空気がたちこめている。スフィの木陰のすぐ先に糞便の山が散らばっていて、早くも犬たちが寄ってきて夢中でかじりついている。犬は不審そうにこちらをさっと見て、横目で警戒する。物欲しげな視線から餌を守ろうとわずかに体を動かした。ユスフはしばし呆気にとられていたが、ふとこの下卑た見方に気づいて愕然とする。犬たちは糞を食らうやつがいるとわかっていたのだ。

月明かりのなか、またも臆病心が胎盤のぬめりにくるまれて瞬くのを目の当たりにする。かつてその息づかいをはっきり感じたことがあった。あのときはじめて見捨てられる恐怖が芽生えたのだ。いまこの瞬間、知らぬ間に堕ちるところまで堕ちてしまった犬たちの飢えを眺めていると、これからどうなるのかがわかる気がした。行進していく部隊はまだ見える。背後で庭園の扉のかんぬきが掛かるような音がする。素早くあたりをうかがい、ひりひり痛む目をあげて、隊列を追いかけた。

二〇二一年ノーベル文学賞受賞記念講演

書くこと

書くことは喜びであり続けています。学校に通っていた少年時代にも、物語を創作したり、先生が生徒の興味をそそるだろうと考えた題目で作文したりするのは、時間割のなかで一番心待ちにしていた授業でした。みんな黙りこくって机に覆いかぶさり、記憶や想像を頼りに、語る価値のあることを手繰り寄せようとしたものです。若かったころ、こうしてひたむきにペンを取ったときには、特になにを言いたいわけでもなければ、心に残る経験を呼び覚ましたいわけでも、強い信念を表明したいわけでも、怒りを述べたいわけでもありませんでした。そのうえ、表現力を伸ばす訓練をさせる先生だけが読者であればよかったのです。書くように言われたから、書くことに喜びを感じたから、書いたのです。

何年ものちに、今度は自分が教師になって反対の経験をします。静かな教室でわたしは腰をおろし、生徒たちは背中を丸めて書き綴っている。まさにD・H・ロレンスの詩を思い出しました。数行ほど引用しましょう。

「最良の学校」より

ぼくはひとり教室の岸辺に座り、
夏服を着た少年たちを見守る。
だれもが一心に丸い頭を垂れて、文章をしたためる。
そして次々に顔をあげ、ぼくを見つめては、
息をひそめて思案する。
なにかを見ているようで、なにも見ていない。

ふいにまた目を逸らす。仕上がりにささやかな喜びを覚え、
ぼくからまた顔を背ける。
望みどおりのものを見つけて、得るべきものを得て。

先にわたしがお話しした書く練習、この詩が描写する作文の授業は、あとあと考える執筆の営みとはま

るでちがうものです。なにかに突き動かされ、方向性を持ち、繰り返し手を加え、延々と構成を変えるような作業ではありません。若い情熱を傾けたときには、さほどためらいもせず、修正もせず、ただただ無邪気に、いわば一直線に書いていました。それに読書にしても、気の向くままに、同じく手当たり次第にやっていました。当時、この二つの行為が緊密に結びついているとは思いもしませんでした。早起きして学校に行く必要がなければ、夜遅くまで本に読み耽っていたこともあります。そういうおりには、不眠気味の父が仕方なく部屋に来て、明かりを消しなさいと注意するのでした。父さんだってまだ起きているのに、どうしてだめなの、とはいくら度胸があっても言えません。父親に対してそんな口のきき方をするものではないからです。いずれにせよ、父は母の睡眠を妨げないように、消灯後の暗闇で眠れぬ夜を過ごしていたので、明かりを消しなさいという注意はやはり筋が通っていたのでしょう。

その後、書いたり読んだりする経験は、若かりし日の行き当たりばったりのやり方に比べると秩序だったものになりましたが、依然として喜びであることに変わりはなく、骨折りだと感じることはめったにありませんでした。ですがだんだんと別の喜びに転じていきます。変化にはっきりと気づいたのは英国で暮らしはじめたあとのことです。故郷*を恋しく思い、よそ者として生きる苦悩を抱えながら、それまで考えもしなかったことをいろいろと思い巡らすようになりました。あのころの、貧しさと疎外感に苛まれた長い時期を経て、趣の異なる文章を書くようになったのです。語るべきこと、取り組むべき課題があり、言葉にして深く考えるべき後悔や怒りがある。わたしのなかでそうした思いがますます明確になっていきました。

なによりもまず、無謀にも郷里を逃げ出して、置き去りにしてきたものを反芻しました。一九六〇年代の半ば、わたしたちの生活は途方もない混乱に見舞われます。一九六四年の革命**がもたらした社会の激震にともない、蛮行が繰り返され、善悪の区別が曖昧になりました。人びとは拘留、処刑、追放の憂き目に遭い、大小さまざまの屈辱と抑圧に呑み込まれます。そんな出来事の渦中にあって、しかも思春期の心理では、目の前で繰り広げられる光景が歴史のなかで、来るべき時代に、どういう意味を帯びるのかと冷静に考えることなどできませんでした。

英国に移り住んでまもなく、やっと問題に向き合えるようになりました。なぜあれほど互いに醜いおこないができたのかと沈思し、いかに嘘や妄想で心を慰めてきたのかと振り返りました。わたしたちの歴史は偏っていて、数々の残酷さに口を閉ざしていました。政治に人種が持ち出され、革命後、ただちに迫害が起こります。父親が子どもの前で惨殺され、娘が母親の前で暴行を受けました。英国で暮らし、悲惨な状況から遠く離れながらも、わたしは煩悶していました。そのためでしょうか。出来事の余波を生きる人たちに交じっていた場合よりも、強烈な記憶に抗えずにいたのかもしれません。いっぽう、こうした経緯とは別に、いくつもの痛みを想起して思い悩むようにもなりました。親から子へ惨い仕打ちがなされ、社会や性に関する通念のせいで声が奪われ、不平等がはびこって貧困と従属は見逃される。たしかに、こういう問題はすべての人間の生についてまわり、なにもわたしたちだけが特別に抱えるものではありません。とはいえ、問題を意識せざるをえない環境に置かれるまでは、必ずしも気にかけるわけではないのです。思うにこれこそが、深い傷から逃れて、あとに残してきた人たちから離れ、日々なにごともなく生きている者の心に重くのしかかる責任なのでしょう。やがてわたしは頭に浮かんだ想念を徐々に記しはじめます。まだきちんと整理された形ではなかったのですが、心に渦巻く混乱や不安を少しでも明らかにして安堵するために書いたのでした。

　ところが、そうこうするうちに、ひどく気がかりな事態が進行していることが判明します。出来事が歪められ、消し去られ、当時の価値観に合わせて作り直され、かくして単純化された新しい歴史が生み出されていたのです。この単純化された新しい歴史が、例によって勝者の語る歴史であるのは言うまでもありません――勝者とはいつでも好きなように物語をこしらえるものです。あまつさえ、この歴史は評論家や学者、作家でさえも望んだものでした。かれらもまた、実際にはわたしたちに関心があるわけではなく、自身の世界観に沿った枠組みからしかわたしたちを見ようとせず、人種の解放と前進というお馴染みの物語を求めていただけだったのです。

　そこでこういった歴史を拒絶しなければならなくなりました。古い時代の証となるもの、豊かな生にかかわる建造物、偉業、人情をことごとく蔑ろにする歴史を退けるのです。長い年月を経て、わたしは生まれ育った町の通りという通りを歩き、ものや場所や人の退廃ぶりを目の当たりにしました。みな歯をなくし、白髪交じりの頭になって、過去の記憶が失われるのを恐れながら暮らしている。だからこそ記憶を保存し、この土地の在りし日の姿を書きとめる努力が必要になりました。人びとが生きる糧とし、自らを理解する手だてとしてきた時代や物語を取り戻さなくてはならなかったのです。そして、自己満足に浸る支配者がわたしたちの記憶から抹消しようとする迫害や残虐行為について書かなければなりませんでした。

　さらにもうひとつ立ち向かうべき歴史認識がありました。英国という支配の中心に居住していて、植民地支配下のザンジバルで教育を受けていたときよりも鮮明になったことです。わたしたちの世代は、親の世代とものちの世代ともちがい、植民地支配の申し子でした。少なくともほかの世代にはない経験をしました。とはいえ、わたしたちが親の大切にしていたものから切り離されたとか、のちの世代が植民地支配の影響を受けずに済んだと言っているのではありません。つまり、帝国主義の高い威信があった時代にわたしたちは成長し、教育を受けたということです。口あたりのいい表現で支配の本来の姿が覆い隠され、わたしたちもその偽りを受け入れていました。ほかの場所はともかく、ここではそういう状態だったのです。この地域で脱植民地化運動が勢いづき、植民地支配による略奪の跡に目が向けられる前の時代の話です。わたしたちの下の世代は独立後の失望を味わい、自己欺瞞で己を慰めるばかりでした。植民地勢力との接触によってかつての生活が一変してしまったこと、国家の腐敗や失政のいくらかは植民地支配の遺産でもあることを見極められなかったか、じゅうぶんに把握できていなかったのかもしれません。

英国でこれらの問題の一部が明らかになったのは、だれかと出会い、会話や授業で説明を受けたからではありません。わたしのような人間が、この国の人の文章やなにげない話でどう語られているのか、テレビ番組などの人種差別的なジョークでどう描かれ、どう嬉々として受け入れられているのか、日々、商店やオフィスやバスで出くわすあからさまな敵意にどう映っているのか、という事情をより良く認識するに至ったからなのです。偏見や嫌悪に対しては無力でしたが、読書で深い理解を得られるようになるとともに、書くことを通じて、わたしたちを見下し、軽視する人たちの自信満々でいい加減な物言いに抗いたいと強く願うようになりました。

ですが、書くという営みは、どれほど爽快で励みになったとしても、戦ったり反論したりするだけではありえません。執筆においては、たったひとつのこと、これかあれかの問いや関心だけを扱うのではないのです。なにかしら人間の生が興味の対象となるので、どのみち残酷さや愛や弱さが主題になります。また、わたしはほかにも書き表すべきことがあると思っています。もしこうだったらという別の可能性、冷たく傲慢な目には見えない現実、一見するとちっぽけな者がいかに蔑まれようとも誇りを持っていられる希望。こういうことも書く必要がある、そして誠実に書かなくてはならないと感じました。そうすればきっと醜さと美徳がともに明かされて、単純化や固定観念を脱した人間の姿が現れ出る。うまくいけば、ある種の美しさすら生まれるでしょう。

そんな眼差しで世界を見つめていると、予想もしないところから、弱さや脆さ、残酷さのなかの優しさ、思いやりの力が浮かびあがるかもしれません。以上のような理由で、書くことはわたしの人生において、意義深く、夢中にさせてくれる営みであり続けています。もちろん人生とはそれだけではありませんが、この場では関係のないことです。ちょっとした奇跡のように、冒頭でお話しした少年時代の書くことの喜びは何十年とたったいまでも変わっていません。

最後に、わたしとわたしの作品に素晴らしい栄誉を与えてくださったスウェーデン・アカデミーに心から感謝の意を表したいと思います。厚くお礼申しあげます。

二〇二一年十二月七日

＊ザンジバルとは、一般にインド洋に位置するザンジバル諸島の地域名であり、同諸島最大のウングジャ（ザンジバル）島、二番目に大きいペンバ島を中心とした島々から成り立っている。グルナはウングジャ島出身。

＊＊ザンジバルはイギリス保護領時代（一八九〇―一九六三年）を経て、一九六三年十二月十日、スルタンを戴く立憲君主国として独立を果たす。しかし一九六四年一月十二日、アフロ・シラズィ党の主導による政変／革命が起こり、ザンジバル・ペンバ人民共和国が成立する。同年四月二十六日、すでに六一年に独立を達成していた対岸のタンガニーカと連合国家を形成して、タンガニーカ・ザンジバル連合共和国が生まれた（同年十月にタンザニア連合共和国と改称）。革命にともない、「人種」の対立が煽られて、アラブ系、南アジア系住民が迫害の対象となり、多数が殺害され、出国を余儀なくされた。

ただし、対立構造は二分化や単純化できるものではない。イギリス支配下の政策で「人種」の区別が制度化されたことで、もともとあった緊張関係が強化され、さまざまな集団間の社会的・経済的不平等が人種／階級の対立に転じた側面がある。

また、独立から革命へと至る時代は、アラブ系住民とアフリカ系住民の対立軸でとらえられがちだが、独立時にはアラブ系のザンジバル・ナショナリスト党がアフリカ系のザンジバル・ペンバ人民党と連立を組み、六四年の革命においてもアフリカ系のアフロ・シラズィ党とアラブ系の社会主義政党ウンマ党が協力関係にあったなど、実情はより複雑である。なお、ザンジバルは革命後からザンジバル革命政府の統治下にあり、連合共和国成立以後も独自の司法権、立法権、行政自治権を有している。

解説

二〇二一年のアブドゥルラザク・グルナのノーベル文学賞受賞は驚きをもって迎えられた。大きな賞を受賞しているわけでもなく、広く読まれているわけでもない作家が突然、最高の栄誉を得たという印象があったのだろう。ただし、グルナの小説に親しんできた読者であれば、驚きを感じつつも、功績は認められて当然だと思ったにちがいない。作品を敬愛してやまない読者のなかにはアフリカ出身の作家も多く、口々に興奮と喜びを語っていた。実に二〇〇三年、南アフリカ出身のJ・M・クッツェー以来の大陸からの受賞であった。

冷静で控えめなグルナ自身は、これまでも作品は評価を受けてきたとしながらも、ノーベル賞ならではの点として、全世界に反響が広がり、新しい読者が増えることを挙げている。受賞後、版元で品切れだった作品は続々と復刊され、新たに複数の言語で翻訳が進められている。もっとも意義深いのは、タンザニアで *Paradise*（一九九四年）のスワヒリ語訳 *Peponi* が刊行されたことだ。本書『楽園』もグルナ作品の初の日本語訳となり、〈グルナ・コレクション〉として *By the Sea*（二〇〇一年）、*Desertion*（二〇〇五年）、*Afterlives*（二〇二〇年）の翻訳も予定されている。

アブドゥルラザク・グルナは一九四八年、イギリス保護領であったザンジバルで、イエメンとモンバサ（現ケニア）にルーツをもつ家庭に生まれた。一九六七年、十八歳で兄とともにイギリスにわたり、次に郷里に戻ったのは八四年になってからだという。一九八二年、ケント大学で博士号を取得し、八五年から二〇一七年に退職するまで同大学で教鞭を執った。スワヒリ語話者ではあるが、イギリスを拠点に英語で執筆活動を続け、これまで十作の長篇小説、短篇小説やエッセイを多数刊行している。

スウェーデン・アカデミーの発表を受けて、世界各地の報道機関はグルナが難民であったと報じた。しかし実際には、グルナが自らを難民や亡命者であると語ったことは一度もなく、イギリスには観光ビザで入国したという。一九六四年のザンジバル革命（二八四頁の注参照）ののち、社会の混乱が続くなか、兄と二人、より良い未来を夢見て、わずかな所持金だけで見知らぬ土地に降り立った。長いあいだ貧窮に喘ぎ、人種差別に苦しめられた。あとに残してきた人や場所、記憶や歴史に思いを馳せた。作品で変奏される故郷を離れた者の痛みと寄る辺なさ、二つ以上の場所にまたがる生の軌跡は作家自身の経験によるところが大きい。イギリス移住後、書きたいという思いに駆りたてられて物語を紡ぎ出した経緯は、本書収録の「ノーベル文学賞受賞記念講演」で語られているとおりである。

グルナの作品と歴史

グルナのほとんどの作品の背景には故郷のザンジバル、そしてザンジバルを含む東アフリカ沿岸地域の歴史と社会がある。直接の舞台ではない場合でも、ザンジバル出身の登場人物を通じて故郷との関係性がたどれる。

スワヒリ世界と呼ばれる東アフリカ沿岸地域は、歴史的に国際色豊かで多様性溢れる社会と文化を誇ってきた。そこには何世紀にも及ぶ海を介したさまざまな人やものの往来、言語や慣習の混交、諸勢力による支配の推移といった文脈が広がる。いにしえの時代よりインド洋交易がおこなわれ、やがてアラブやペルシアから人びとが移住をはじめて現地の住民と混じっていった。その過程でイスラームが伝わり、バントゥ系の言語にアラビア語の語彙を豊富に取り入れてスワヒリ語が発展していく。十一世紀から十三世紀に都市国家が出現、十五世紀までに繁栄を遂げるが、十六世紀になるとインド洋交易圏の支配を目論むポルトガルに征服される。その後、スワヒリ諸都市がアラビア半島のオマーンの力を借りてポルトガルを打ち破り、十七世紀末以降、オマーンの支配下に置かれるようになった。

一八三二年、オマーンのスルタン、サイイド・サイードがザンジバルに海上貿易の拠点を築き、自らも移り住んで沿岸部の統治に乗り出す。関税制度を整え、欧米諸国と通商条約を結び、クローブ・プランテーションを導入した。この時代、ソマリア南部からモザンビーク北端までの海岸部がオマーン帝国の勢力圏に収められ、スワヒリ諸都市はゆるやかな政体として統合される。一八五六年、サイイド・サイードの死去にともない、後継者争いが勃発し、イギリスの介入によって、オマーン帝国はオマーンとザンジバル、二つのスルタン国に分かれ、弱体化していった。続いてヨーロッパ列強諸国によるアフリカ分割がはじまる。一八八〇年代、ドイツがタンガニーカ湖の東に進出、一八八四年から八五年のベルリン会議を経て、ウングジャ（ザンジバル）島対岸の沿岸部から内陸までを保護領と宣言、イギリスとの協議により東アフリカの勢力図が定められていく。ザンジバルは対岸への統治力を失い、一八九〇年、イギリスの保護領となった。

「受賞記念講演」でも触れられているが、革命後のザンジバルでは、こうした痛ましくも豊かな歴史の蓄積がまるで存在しなかったかのように、単純な「オマーン支配による抑圧」の物語が持ち出され、「アフリカン・パワー」との敵対の構図が強調された（Abdulrazak Gurnah, "An Idea of the Past," *Leeds African Studies Bulletin*, 65, 2003）。だからこそグルナは、ごく普通の人びとの経験や記憶、感覚を呼び覚ますことを通じて、複雑で多層的な歴史と社会を描き直そうとしてきたのだろう。

『楽園』の舞台と歴史的文脈

一九九四年のブッカー賞最終候補に残り、グルナの代表作とみなされる『楽園』はまさしく歴史に取り組んだ作品である。舞台は二十世紀初頭のドイツ領東アフリカ（のちのタンガニーカ）、すでにドイツ帝国の支配が進み、だれもがドイツ人の存在を恐れている。イギリス人は登場しないものの影としてつきまとい、最後には独英間の戦争（第一次世界大戦）の前夜であることが明かされる。ザンジバルは直接の舞台ではないが、登場人物の語りのなかで想起され、サイイド・サイードの治世についても言及される。架空の地名と実在の地名が入り交じるなか、ラム、ウィトゥ、キリフィ、モンバサ（以上、現ケニア）、バガモヨ、ムリマ（海岸沿いの地域名）、キルワ、リンディ、ムトワラ（以上、現タンザニア）などの町や島の名が挙げられ、沿岸地域の地図が立ちあがる。

興味深いのは、大商人アズィズの隊商が内陸への旅に出るにあたり、途中まで鉄道を用いるところだろう。このウサンバラ鉄道は海岸と内陸をつなぐ目的で、一八九三年にドイツが建設を開始した。出発点のタンガはアズィズの家がある海沿いの町と思われる。第一次大戦前のドイツ支配の時代には、ここからハミドの暮らす山間の町、キリマンジャロの麓のモシまで路線が延びた（一九一一年完成）。主人公ユスフの一家が引っ越してきたというカワは架空の町だが実際にはコログウェ、ちょうどタンガとモシの中間にあたり、一時期、路線拡張の拠点として栄えていたと語られる。ちなみに、キリマンジャロ周辺で牛飼いと呼ばれているのはマサイ人のことである。

アズィズの隊商はタンガニーカ湖の西岸、すでにベルギーの支配が及ぶコンゴ東部のマルングを目指す。最初の目的地のタヤリは実際にはタボラといって、十九世紀半ばまでに沿岸からのアラブ人・スワヒリ人隊商の中継地として活気に沸き、十九世紀後半には多くのヨーロッパ人探検家が立ち寄った。また、妻を亡くしたばかりの首長（スルタン）が治める湖畔の町はタンガニーカ湖東岸のウジジであり、探検家のスタンリーが行方不明になっていたリヴィングストンを発見した場所として知られる。

ザンジバルの市場で扱われていた象牙や奴隷は、もともと内陸の住民からもたらされたものであったが、十九世紀はじめ、反対に沿岸の住民が隊商を組んで内陸へと入っていき、輸入品と引き換えに象牙と奴隷を得るようになった。こうして内陸部にイスラームやスワヒリ語が浸透していく。

小説でも触れられているように、隊商にはインド人の資本が提供された。東アフリカ沿岸地域のインド人移民は、ほぼインド北西部のカッチ、あるいはグジャラートから来た商人であり、古くから商業ネットワークを構築」していた。サイイド・サイードのもとで急速に移住が進み、ザンジバルで大きな共同体を形成する。一部の有力商人は王室の経済基盤を支え、関税徴収も請け負い、強固な足場を築いた。本作では、シク教徒のカラシンガが重要な登場人物に据えられたり、インドがルーツの文化、言語がたびたび描かれたりしており、インド人移民の歴史も垣間見える。

作中の二十世紀初頭の隊商にはかつての栄華はなく、これが最後の旅になると語られる。一八七〇年代ごろまでは奴隷売買が盛んにおこなわれたが、一八七三年にはイギリスの圧力によりザンジバルで奴隷貿易の全面廃止令が出され、九七年には奴隷制が廃止された。小説の舞台はすでに奴隷の取引が禁止されている時代であり、奴隷の身分は残存していても、おおむね過去の話として想起されていることがわかる。ユスフ、フセイン、ハムダニ、アミナなど、登場人物による奴隷制や支配と隷属についての語りが内在的な視点として提示されているのは重要だろう。ところで、一般的にはヨーロッパ勢力が人道上の理由で奴隷制廃止を唱えたように見られがちである。しかし実を言えば、ドイツ領では奴隷制は禁じられなかったばかりか取引に課税までされ、イギリスの政策にしても、支配を展開する一環であったという点は留意しておきたい。

小説の奥行きと重層性

グルナの作品は美しく簡潔な文体で綴られる。『楽園』も一見すらすらと読み進められるように思えるが、実は奥行きが深く、いくつもの層が折り重なったテクストである。

十二歳の少年ユスフは苦境に陥った父親の借金の形（レハニ）として大商人アズィズに引きわたされる。アズィズのもとで働き、やがて内陸の奥地へと向かう隊商に加わる。出会いと学びを重ね、友情や恋心を育み、悩み惑い、自身や周囲の人びとの隷属状態に疑問を抱くようになる。小説は主人公が十八歳になるまでの経験や葛藤をたどった成長譚と言えるが、結末には曖昧で不穏な余韻が残る。作品全体をとおして、古い世界が消えて新たな時代が到来するという予感、不透明な未来への不安が漂い、ユスフの物語は矛盾含みであらざるをえないことが理解できる。

このユスフの物語を支えているのはイスラーム／アラブ・ペルシアのテクストや伝承である。まず指摘できるのは、クルアーン（本文中ではコーラン）の第十二章「ユースフ」（旧約聖書「創世記」ではヨセフ）、つまり、預言者ユースフの物語が下敷きになっている点だ。以下、スワヒリ語にはアラビア語の長母音がないため、表記を分けて記すことにする。

美しい容姿をもつとされるユースフは、隊商によってエジプト王の侍従長アズィーズ（「創世記」ではポティファル）に売られる。アズィーズはユースフを養子にするか働かせるかして、手もとに置くことを望む。ユースフはアズィーズの妻に誘惑されるが抵抗し、逆に彼女の名誉を汚そうとしたとの濡れ衣を着せられるが、アズィーズはユースフを信じて妻を非難する。背後からシャツが破かれていることから無実と判明するも、ユースフは結局投獄される。

小説がまさに預言者ユースフの物語をなぞっていることがわかるだろう。クルアーンではユースフを誘惑する妻に名前はないが、のちの伝承でズライハと呼ばれる。つまり、作中のアズィズの妻ズレハの名前も借用されている。クルアーンにおいて、ユースフは夢解釈の能力をもち、そのおかげで囚われの身から脱し、エジプトを飢饉から救い、両親と再会を果たす。いっぽう、『楽園』のユスフは悪夢に苦しみ、両親と生き別れになり、隷属を断ち切れないことが予想される。

小説の根幹を成すクルアーンのもうひとつの重要な要素として、タイトルにもなっているParadiseがある。クルアーンではジャンナ、すなわち「楽園／天国」であり、「庭園」という意味でもある。楽園と庭園は小説を貫くモチーフであり、登場人物がそれぞれに思い描く楽園の相違は作品読解の大きな鍵になるだろう。

ほかにもクルアーンやイスラームの伝承への言及はいくつも見られるが、神に抗う勢力、ゴグとマゴグ（クルアーンではヤージュージュとマージュージュ）についても触れておきたい。小説ではゴグとマゴグを防ぐ壁こそが世界の果て、野蛮人の地との境界という認識が共有されており、民族や文化を隔てる縁として何度か話題にのぼる。これに関連して、沿岸地域のムスリムによる文明と野蛮の区別、内陸部と非イスラームを野蛮とする視線が繰り返し明らかにされる。とはいえ、この見方は決して無批判のまま伝えられるわけではなく、異なる視点や立場が並置されて、複雑な社会の様相がとらえられることになる。同じように、ゴグとマゴグとの境界は、登場人物の語りによってその都度変化していき、最後にはユスフの兄貴分、ハリルがドイツ人将校を見て「ゴグとマゴグだな」とつぶやく。壁が崩壊してゴグとマゴグが攻め入る世界の終末と、混乱を極める時代の到来の予感とが重ね合わされていると言えるかもしれない。

重層的な小説世界を読み解く手がかりとして、さらに注目したいのは、そこかしこで参照されている十九世紀後半から二十世紀初頭のスワヒリ語テクストである。移動の主題を扱うアフリカ文学作品が議論されるとき、しばしばヨーロッパの探検記や旅行記、小説――必ずと言っていいほどコンラッドの『闇の奥』――が引き合いに出される。たしかに隊商の移動が核となる『楽園』からもそうした帝国の旅の物語が思い起こされるだろう。しかし、本作がはっきりと依拠しているのはスワヒリ語の散文の伝統である。

ハミドの家でモンバサ出身の商人がおじの経験として語るロシアへの旅の物語（一一七―一一九頁）は、サリム・ビン・アバカリ『ロシアとシベリアへの旅』（Salim bin Abakari, *Safari Yangu ya Urusi na ya Siberia*）にもとづく。この旅行記は西江雅之氏により「ロシア・シベリア見聞記――アフリカ人サリム・ビン・アバカリの見た〝暗黒大陸〟」として日本語に訳出されており、『アフリカのことば――アフリカ／言語ノート集成』（河出書房新社、二〇〇九年）に収録されている（初出は『現代詩手帖』一九七〇年三月号・四月号）。

もっとも広範に言及されているのはセレマニ・ビン・ムウェニェ・チャンデ『アフリカ内陸への旅』（Selemani bin Mwenye Chande, *Safari Yangu ya Bara Afrika*）である。この内陸部への象牙取引の旅の記録では、厳しい自然環境、敵対的な村々での経験が語られるが、多くの逸話が細かい描写に至るまで「奥地への旅」と「炎の門」の章に組み込まれている。とりわけ顕著なのは、アズィズによってタボラ（小説ではタヤリ）のアラブ人統治者と地区名、ドイツ人支配下での衰退が説明される場面であり、原典からほぼそのまま引用されている箇所もある（一四六―一四八頁）。

加えて、象牙と奴隷の貿易で成功を収め、コンゴ南東部まで勢力を広げたザンジバル出身の商人、ティップ・ティプの自伝『ハメド・ビン・ムハンマド・アル・ムルジェビ、またの名をティップ・ティプ本人が語る生涯』（Tippu Tip, *Maisha ya Hamed bin Muhammed al Murjebi yani Tippu Tip*）が参照されているほか、十九世紀のレハニの生活の詳細は、ムトロ・ビン・ムウィニ・バカリ『スワヒリ人の慣習』（Mtoro bin Mwinyi Bakari, *Desturi za Waswahili*）にもとづいているとの指摘もある。なお、アバカリ、チャンデ、バカリのスワヒリ語の散文はドイツ人が書き取り、編集したものであり、ティップ・ティプの自伝は、まず本人がスワヒリ語で口述した内容がアラビア文字で筆記され、その後ラテン文字に移されて、ドイツ語と英語に翻訳されてもいる。

スワヒリ語テクストが用いられている部分では特に、通訳を介した意思疎通とその困難さ、登場人物が互いを理解できない、理解しているかどうかが不明な瞬間が出てくる。小説を覆う曖昧さはこうした複数の文化や言語が出会い、交じり合う状況を表したものでもあるだろう。それぞれの他者への思い込みや偏見、相容れない視点や意見がぶつかるさまが、優劣をつけず、善悪の区別もなく語られていく。この曖昧さ自体から多層的で流動的な歴史が浮かびあがる。

『楽園』はイスラーム／アラブの伝統やスワヒリ語文学の豊饒さを透かし模様のように織り込んで、時代と場所を超えた想像力の広がりを喚起する。さまざまな音、色、匂い、風景を鮮やかに蘇らせつつ、混成的で動態的な文化と社会を描き、ユスフを中心にいくつもの声をすくいとる。激動の時代を生きる人びとの物語に東アフリカの歴史の光と影が映し出されているのだ。

＊

グルナはノーベル文学賞の受賞発表直後に、この賞をアフリカとアフリカの人びと、読者のみなさんに捧げると述べた。故郷のザンジバル、タンザニアのみならず、アフリカ各地から祝福の声が届いて感激していると語っていた。グルナは作家としてどんなカテゴリーに押し込まれることも拒んできた。それでも大陸とその文学に特別な思いを抱いているのがわかるだろう。

受賞発表から数日のうちに、百三人のアフリカ人／アフリカ系作家から祝辞が寄せられた。これを機に大陸内外で展開するアフリカ文学にさらなる注目が集まってほしいとの期待の声も続々とあがっている。わたしもアフリカ文学にかかわる者として、そう強く願うひとりである。

わたしがグルナの小説に出会ったのは学部生のときのことだ。その後イギリスに留学し、作品に惚れ込んだ。長年の夢であった翻訳出版がかなって感慨無量である。

アブドゥルラザク・グルナさんに心からお礼を申しあげます。ご多忙にもかかわらず、質問に丁寧に答えてくださり、感激しました。翻訳に携わることができてこのうえなく光栄に思います。

訳稿を仕上げるにあたり、小野田風子さん、塩田勝彦さん、竹村景子さん、田浪亜央江さんにご助言をたまわりました。ほんとうにありがとうございました。とりわけ、スワヒリ語文学がご専門の小野田さんには何度となく相談に乗っていただきました。感謝の気持ちでいっぱいです。

画家の田上允克さん、装丁家の成原亜美さんに厚くお礼申しあげます。作品世界にぴったりの美しいデザインに心を揺さぶられました。

編集部の藤波健さんをはじめ、白水社のみなさん、そして鹿児島有里さんには最後の最後までたいへんお世話になりました。深く感謝いたします。

二〇二三年十一月

粟飯原文子

訳者略歴
粟飯原文子（あいはら・あやこ）
法政大学国際文化学部教授。訳書にC・アチェベ『崩れゆく絆』（光文社古典新訳文庫）、C・オピオマ『ぼくらが漁師だったころ』『小さきものたちのオーケストラ』、O・ブレイスウェイト『マイ・シスター、シリアルキラー』、M・メンギステ『影の王』（以上、早川書房）などがある。

〈グルナ・コレクション〉
楽園

二〇二三年一二月一〇日 印刷
二〇二四年 一 月 五 日 発行

著 者 アブドゥルラザク・グルナ
訳 者© 粟 飯 原 文 子
発行者 岩 堀 雅 己
印刷所 株式会社 三 陽 社
発行所 株式会社 白 水 社

東京都千代田区神田小川町三の二四
電話 営業部〇三（三二九一）七八一一
編集部〇三（三二九一）七八二一
振替 〇〇一九〇‐五‐三三二二八
郵便番号 一〇一‐〇〇五二
www.hakusuisha.co.jp

乱丁・落丁本は、送料小社負担にてお取り替えいたします。

株式会社松岳社

ISBN978-4-560-09462-4

Printed in Japan